成
为
更
好
的
人

John Schlimm

FIVE YEARS IN HEAVEN

The Unlikely Friendship that Answered Life's Greatest Questions

我在天堂那五年

[美] 约翰·施利姆 著

彭金玲 译

广西师范大学出版社
GUANGXI NORMAL UNIVERSITY PRESS
·桂林·

我在天堂那五年
WO ZAI TIANTANG NA WU NIAN

著作权合同登记号桂图登字：20-2015-089 号

图书在版编目（CIP）数据

我在天堂那五年 /（美）约翰·施利姆著；彭金玲
译. —2 版. —桂林：广西师范大学出版社，2018.1
（2018.11 重印）
  书名原文：FIVE YEARS IN HEAVEN: The Unlikely
Friendship that Answered Life's Greatest Questions
  ISBN 978-7-5598-0453-2

  Ⅰ. ①我… Ⅱ. ①约…②彭… Ⅲ. ①回忆录－美国－
现代 Ⅳ. ①I712.55

  中国版本图书馆 CIP 数据核字（2017）第 260100 号

广西师范大学出版社出版发行

（广西桂林市五里店路 9 号　邮政编码：541004）
  网址：http://www.bbtpress.com
出版人：张艺兵
全国新华书店经销
湖南省众鑫印务有限公司印刷
（长沙县榔梨镇保家村　邮政编码：410000）
开本：880 mm × 1 240 mm　1/32
印张：11.25　　插页：6　字数：202 千字
2018 年 1 月第 2 版　　2018 年 11 月第 2 次印刷
定价：65. 00 元

如发现印装质量问题，影响阅读，请与出版社发行部门联系调换。

每周六天，奥古斯丁修女独自在工作室安静地工作，创制精美的陶器，任由外面喧嚣的世界呼啸而过。

修女与布利岑

布利岑是我见过的最懒洋洋的小猫，在商店 > >
和工作室的各个角落，我总是看到它在打
盹。修女的膝上似乎是它最为惬意的打呼噜
的宝地。

Ｖ
Ｖ

我请修女创作一尊以她自己为原型的雕像，最好配上她那条常年沾染了颜料的蓝色围裙。于是就有了这尊小小的陶瓷雕像——她看起来很平静，完全沉浸在祷告之中。

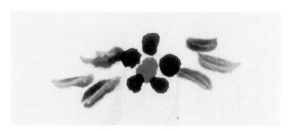

勿忘我是修女作品的标志性符号。她经常告
诉我："勿忘我，还有这每一个小点，都是
简朴的代表。"

＜＜

V
V

修女最著名的作品是她的"格西特制"。在我认识她的五年里，
她创作了近 500 个"格西特制"。有一天，她向我讲述了这些作
品的特殊含义，这让我想起我们的人生旅途中，处处充满了她所
说的"喜乐与悲伤"——"发生在窑炉里的一切都不是我所能控制
的，就像生活中发生的事情一样。我们无法控制我们生命之中的
喜乐与悲伤……然而每一次喜乐和每一次悲伤都是一份礼物。"

我最喜欢的『格西特制』

这是我和修女最喜欢的"格西特制"。多年后，我偶然在那只象征绝望之中保持信心的主红雀旁，发现了一张引人注目的、熟悉的面庞——耶稣。

＜＜

∨
∨

修女不愿浪费任何东西，她常常用剩下的黏土制作小小十字架，每个十字架上都有一朵勿忘我。她向我解释了小小十字架里蕴藏的含义——如此脆弱，然而又如此坚韧。

圣母马利亚

修女为我创作了几尊圣母像，她总是提醒我：

"马利亚是一个完美的角色，值得今天的人

们去效仿。"

< <

修女为开放日创作的第一个限量版装饰
品——圣景驴。我们在标签上加上了修女为
此所写的宣传语：“这头谦卑的毛驴一路驮
着耶稣和马利亚回到伯利恒。”修女是我认
识的最谦卑的人，她教会我如何在生活中追
求一条更谦卑的道路。

格
言
碗

我请修女用黑色的笔把她最喜欢的话写在她　　　　　　< <
为我特制的素胚纹碗上，由此产生的作品简
单而华丽。她在碗上写下的话语，是一首无
声的激励之歌。
在碗底内侧，修女写下了她最喜欢的词："和
平"，并在碗底外侧签下了她的名字。

V
V

"和平鸽"是修女创作的第二个限量版装饰品，在标签上，她引用了埃利·维塞尔的一句话："和平不仅是上帝赐予我们的礼物，也是我们给予彼此的礼物。"

"请牢记: 那个改变世界的微笑正是你的。"
修女教会我的一件事情就是，发现自己的天
赋和才能，并与世界分享。作为一名艺术家，
我创作了一幅 18 英尺长的作品，名为"改
变世界的微笑（正是你的）"。我在画布上
画了几十张空白的脸，邀请人们在画上添加
微笑。

< <

献给

我的父亲和母亲

杰克和巴布·施利姆

再版序

每一天，我无不在思念我的朋友奥古斯丁修女。

每当听到远处传来的风铃声，我就会想起修女工作室前廊的那串风铃。那时，我总爱用手轻轻触碰风铃，让她知道我来了。如今，风铃那和谐的旋律恰如修女在我耳边低语，祝福我，激励我。

每当看到一个花园或遍地的野花，我就会忆起修女是多么喜爱侍弄她工作室外面的花花草草。每当我和动物嬉戏，我就会想起修女有多么喜欢动物。这样的点滴时刻总是在提醒我，要尽情欢笑，要永葆一颗年轻的心。

每当看到瑰丽的夕阳、壮阔的风景，或其他颜色绚烂、线条优美、质地丰富的艺术品，我就会忆起奥古斯丁修女创作的近 500 个"格西特制"，每一个都是独一无二的艺术珍品。不论阅读写作、艺术创作，还是教书育人之际，修女带给世界的这些艺术品总在激发我的想象力和创造力。

每当学生前来向我请教咨询他们面临的问题，或是有人在大街上或者别处遇到我，向我倾吐他们遇到的挑战，寻求指引，我总是会回想起奥古斯丁修女耐心聆听我向她倾诉心事的点点滴滴。奥古斯丁修女教我学会倾听，学会真心诚意地引导他人，学会带领自我前行。她身上流淌着谦卑、怜悯和仁爱。

每当遭遇困境、情绪低落，我总能听到修女对我说：我们要拥抱生命中的喜乐和悲伤，并从中学习功课。她教会我，生命中的每一刻都是珍贵的礼物；她还教会我，与其他人的连接也是一份厚礼。

我时常微笑着举目望天。想起我曾经拥有这样一位挚友，想起这位挚友教给我的宝贵功课和时至今日这些功课对我的指引，我充满了深深的感激。我知道，修女并未远去，她就在我身边。我时常想起我们对话的场景，她的音容笑貌犹在眼前，特别是那双宁静眼眸中的亮光。有时我还与她在梦中相遇。

欣闻此书将在中国大陆再版，我心欢畅。亲爱的读者，愿你也能与奥古斯丁修女成为朋友。

你将会读到一段光阴的故事，一段友谊的故事，在那难忘的五年，修女的机敏睿智让我受益良多，相信你也会有所收获。你将与我们一同欢笑，一同创作，加入我们敞开心扉的畅谈。你将会从字里行间找寻到安慰和医治。你将会找到一条通往幸福生活的道路。你将会发现什么是爱。

透过书中的图片，你将会看到那个我所认识和喜爱的奥古斯丁修女——温暖、善良、喜乐，带给人安慰，脸上总是带着一丝微笑。你也将会看到修女制作的许多精美陶器，这些都是她凝聚毕生智慧、留给这个世界的礼物。

我衷心地希望，不论你在高山或低谷，或是生命中更艰难的时刻，都能够常常翻阅此书。我希望书中的话语和图片能够带给你安慰，让你的脸上浮现微笑，指引你前面的路。

祝你平安！

约翰·施利姆

致中国读者

亲爱的读者：

  很荣幸与你分享《我在天堂那五年》一书。在本书的字里行间，我希望你可以找到一些问题的答案，比如，如何过一个完满的人生，以及找寻生命的真实意义等。

  生命中有五年的时光，我很幸运有一位亲密的朋友——奥古斯丁修女相伴。是她，向我揭示，上帝会使用喜乐与悲伤，为要成就我们生命的美丽。当你阅读此书，你将会发现，无论你是谁，无论身处何处，你的生命都是何等宝贵。你身上还有许多奇妙的天赋，正等待你去发掘，等待你与他人去分享这份上帝赐给你的礼物。此生，你的的确确有一个伟大的使命。

  作为此书的作者，与大家分享这本书，最大的乐趣就是看到每一位读者与书中的故事发生连接。每一位读者都能从中学到功课，并运用到自己的生活和面临的挑战中。奥古斯丁修女以其睿智和幽默，成了世界各地读者的知心朋友。通过将奥古斯丁修女介绍给读者，看到她那充满希望的信息打动每一位读者，让这个世界变得更加美好，我也享受到作为一名激励他人的信使的乐趣。

自本书在美国发行的那天起，就引发了一场全球性的社交媒体运动，遍及全世界近五百万人。当我走在大街上，在商店买东西，或者在其他地方，总有读者走上前来和我打招呼。还有读者给我寄送精美的手写信，或者通过社交媒体给我发消息，告诉我这本书如何改变了他们的生命。

一位吸毒成瘾的母亲从奥古斯丁修女的话语中汲取安慰；一位祖母借着本书战胜六岁孙儿患癌去世的痛苦；一位挣扎在绝望边缘的年轻人读完此书后，学会了如何宽恕，如何继续前行；一位教师深受奥古斯丁修女宁静和谦逊性格的启迪，出版了著作；一群高中生对修女的艺术进行研究；一些人仿制了"格西特制"，以示对修女的怀念；还有一位四肢瘫痪的病人，在哥哥每晚为他阅读书中的章节内容后，如今已经和自己必死的命运达成和解。

《我在天堂那五年》一书赢得了励志类图书的一项大奖——克里斯多福奖，对此我受宠若惊。这项荣誉将帮助更多读者从奥古斯丁修女的功课和我们的友谊中受益。

　　每一天，我微笑着举目望天，对那段充满喜乐与悲伤的人生旅程充满感激。我知道，亲爱的奥古斯丁修女也在微笑着回望我。她是我和千千万万阅读此书的读者——包括现在的你——的守护天使和指路明灯。

　　我希望你享受阅读此书的过程，正如我享受写作此书，并与你分享这个故事一样。最后，我希望这本书让你的脸上浮现一个幸福的微笑。

　　请牢记：那个改变世界的微笑正是你的！

　　祝你平安！

John Schlimm

在尘世寻到天堂

倘若你有机会寻求到人生那些重大问题的答案，你的生活将会怎样呢？倘若你得知自己仅有一段有限的时间去拥抱上帝的恩典，这恩典将帮助你发现你到底是谁以及在这个世界的真正使命，你又会怎样呢？

三十一岁的我，彷徨无措，徘徊在人生旅程一个至关重要的十字路口，就在这时，我在人间寻到了天堂。那是一个毫不起眼却充满绚烂色彩的地方——早已被世人长久地遗忘，安静地隐匿于家乡小镇上那座有着一百五十年历史的修道院。那里充满了美丽、光芒、笑声、平安、医治、祝福和答案。我以前从不知道有这样一个地方，然而在我最需要它的时候，我找到了它。

向我打招呼的是八十七岁高龄的奥古斯丁修女，她穿着传统的修女服饰，仅仅五英尺[1]高一点，背微微有点驼。她面露温暖的微笑欢迎我，眼眸里闪烁着亮光，仿佛在说，我一直在等你。20 世纪 60 年代，她开始经营修道院的这家陶瓷小店，然而现在，她几乎退出了公众的视线。尽管如此，每周六天，她独自在工作室安静地工作，创制精美的陶器，任由外面喧嚣的世界呼啸而过。直到那个深冬的午后，我走进了她的小店。

　　接下来的五年，我几乎每周都会拜访奥古斯丁修女。她那个静谧的世界成了我的避难所和生命中最重要的课堂。从一开始，我俩就互为师生，行走在这条终极的、一生一次的朝圣道路上。在最后一刻，原本没有交集的两个人聚到了一起，在一段我称之为借来的时光里，慢慢前行。

　　在修道院的高墙内，我可以询问任何问题，倾吐任何秘密，宣泄任何挫败的情绪，将头脑风暴的任何点子付诸实践。我们无话不谈，话题涉及宽恕、死亡、上帝的存在、爱、成功、创造力、罪恶，还有我自己在人生道路上的挣扎。在上百次的交谈中，我一直深信，修女那里有我需要的智慧的言语，在人生的每一步上引导我前行。她的建议饱含智慧、真诚坦率，就像她制作的那些色彩缤纷的陶器，珍贵而稀罕。

1　英美制长度单位，1 英尺合 0.304 8 米。——编者注

当我们相聚的时候，我曾告诉我的朋友，这位具有伟大天赋、偏安一隅的艺术家，她的人生还有非常重要的篇章要书写，我希望以这种方式来回馈她的爱。

《我在天堂那五年》一书真实地记录了我与奥古斯丁修女之间的友谊，那是一段值得纪念、改变生命的际遇，尽管修女曾谦卑地称自己"仅仅是一个信使"。我诚挚地邀请您拉过一把椅子坐下，透过这些文字，遐想尘世中天堂的模样，正如在那个神圣的地方，当修女和我讨论那些永恒而普世的问题——如何过一个充实而有意义的人生时，我所做的那样。希望您能够在本书所给出的答案中受到启发，寻找到内心的宁静和生命的意义。

在黑暗之处，撒播光明。

——圣法兰西斯祷文

目 录

自 序

第七日

　　那是早春的一天，当我把车停靠在修道院的后门附近时，已是日头西斜。在我身旁，一边是修女们使用的水池和小小的墓园——一行行的名字和生卒年月刻在朴实、历尽风吹雨打的墓碑上；另一边，圣约瑟修道院的石墙高耸着插入碧蓝的天空。夕阳反射在窗户上，整个大楼像是镀上了一层黄金。

　　一天中的这个时刻，万物沐浴在一片充满希望的灿烂光辉中，却又骤然陷入黑影里。在这个时候，你要么沉浸在那种光芒里，仿佛与上帝凝神相望，要么在一片黑暗里畏缩不前。

　　玛格丽塔修女就在修道院里面，在她经营多年的礼品店旁边等候着。为了迎接我的到来，她早就关上了店门。玛格丽塔修女身材高大，从头到脚都被传统的修女服饰包裹着，她的形象总让我想起电影《圣玛丽的钟声》里面的英格丽·褒曼[1]。她的眼中透出温和的笑意，在黑白色修女服的映衬下，散发出某种神秘的美。在玛格丽塔修女身边，站着娇小的德洛丽丝修女，她是一位盲人。德洛丽丝修女曾经有过世俗生活，结过婚，有了小孩，后来来到了圣约瑟修道院，成了本笃会的一员。看着她优雅的仪态，我在想，她肯定能看到一些我们其他人发现不了的东西。

"我来了。"我说。

两位修女朝我微笑，玛格丽塔修女让我跟着她们进来。

德洛丽丝修女扶住同伴的手臂，走过一段较陡的楼梯。我跟着她们来到一段光线昏暗的长廊，以前我从未来过这里，它就像一座迷宫。走廊两侧摆放着圣母、耶稣、圣本笃[2]，以及各位圣徒和描绘《圣经》其他情景的巨幅油画和雕像。只要进入走廊几分钟，人就会一下子忘记外面喧嚣的世界。

我想，如果"平安"这个词有味道，那应该是一种经过漫长年月的清洗、打磨，从烛光、祷告、焚香、圣餐中弥漫而出的馨香。这种味道究竟是什么，我也说不上来，但此刻我正在大口大口用力地吸入。就像平安夜的弥撒仪式，在短暂的瞬间，

---

1 瑞典著名电影女演员，好莱坞全盛时期的女影星。——译者注（若无特殊说明，本书脚注均为译者注）

2 意大利罗马公教教士、圣徒、本笃会的会祖，被誉为西方修道院制度的创立者。

我总会闭上眼睛，吸入教堂里温暖的香气，让自己相信，这尘世间一切安好。这种感觉就像手中握住一件礼物，但是片刻过后，你不得不放手。

在这里，我失去了时间的概念。也许才过去几分钟，也许是几小时，也许已经过了几天。在一个通往永恒的地方，时间变得没有意义。我渴望永远在这条长廊里行走。

我们步入另一条长长的走廊，那里除了一扇门，其他的门都紧闭着。在走廊的中间，阳光从这扇门倾泻而出，洒满了整条长廊。

玛格丽塔修女和德洛丽丝修女停下脚步。"她在里边。"玛格丽塔修女微笑着说，朝那束光点点头。

我睁大了双眼，犹豫不决，就像任何人预感到要做某件永远改变他们人生的事情那样。

然后我听到她的声音，如此熟悉亲切。"我一直在等你。"奥古斯丁修女的声音从屋里传来，"我想听听你的旅行故事！"

我朝玛格丽塔修女和德洛丽丝修女咧嘴一笑。"依然如故。"我说。

"我们在这儿等你。"玛格丽塔修女微笑着回应我。

"好的。"我低语道，仿若在分享一个秘密。我对这两位女士心怀感激，她们就像一对守护天使，领我进入让人生变得特别的一个重要时刻。

我转过身，走进这光中。

第一部分

第一章

缘　起

五年前。

一个深冬的午后，我呆坐在电脑屏幕前，紧盯着自己的简历。那是一份可圈可点的"旅行日志"，记录了我刚刚结束的十年的人生旅程。首页的黑色光标不停闪烁，好似在嘲弄我，似乎想知道，接下来要去哪里？可问题是，我不再有答案。

屋外的天空灰暗低沉，狂风重重敲击着书桌旁的窗户。一阵寒风袭来，盘绕在我的每个感官之上，似乎要挤出我身体里面的生气。千头万绪涌上心头，就像一只坏了的指南针一样乱转。

过去的一年，我在职场遭遇了诸多不如意。我花费数年时间辛勤耕耘，默默为我的首部烹饪书编写菜谱，希望有朝一日它能被一家大出版机构相中，然而却无人问津。尽管我刚刚在哈佛大学获得教育硕士学位，却发现自己居然沦为高中母校一名吃力不讨好的代课教师。我灰心沮丧，困惑不已，迷茫无助。我已经三十一岁了，却仍然彷徨在人生的十字路口。

童年时代的好友史蒂夫过来看我，他建议我停止与无情鼠标的对抗，出去走走。然而我却不想出去。出去又能做什么呢？我呆呆地望着窗外。世界似乎停滞在一片永恒的白茫茫之中。

我出生并成长于小镇圣玛利斯，它坐落在宾夕法尼亚州西部山区。这里是我的家乡，也是一万三千人的家园，然而这儿并没有什么游玩的好去处。特别是在这样的酷寒时节，就连最不惧寒冷、最容易满足的因纽特人都会考虑换个地方过活。

史蒂夫建议我俩去逛逛当地修道院的一家陶瓷店，他记得他小时候去过那里。

"你是说那家礼品店吧。"我纠正道。尽管路过我们当地的修道院一千次，我却从不知道那里有什么陶瓷店。

"不，是陶瓷店！"史蒂夫坚持说，"在我很小的时候，我的曾祖母带我去过。"

"他们在那里做什么？"我问道，仍然不太相信朋友所说的。

"做陶瓷吧，我想，我也不知道，"史蒂夫气冲冲地说，"我只记得那是一个好玩的小地方。我还是小时候去过的，以后就再也没去了。"

我怎么不知道我们这个小镇最具历史意义的地方有一家陶

瓷店呢？我只去过修道院的礼品店，那是玛格丽塔修女经营的一家小店，店名叫作"小玩意与大珍宝"。每当我的母亲需要一样特别的圣牌[1]、玫瑰念珠、初次圣餐礼或受洗的礼物时，我就会跟着她去那里。那是小镇上唯一一家宗教礼品店。

我这个多愁善感的艺术青年开始遐想这样一幅场景——一排个子娇小可爱的修女在绘画和歌声中悠闲度日，这幅画面让我充满希望。至少，这次历险将会是一次愉快的散心。

"那好，走吧！"我说。

圣约瑟修道院是艾克县本笃会[2]修女的家园，离我家只有很短的车程，大约1.5英里[3]——驶过布鲁塞尔街，在红绿灯处往右拐向迈克尔南街，越过铁道，经过伊利大街，穿过电影院旁边的红绿灯，驶上迈克尔北街，在红绿灯处左拐驶入莫鲁斯大街，经过下一个十字路口，你会发现修道院就在右手边。最多五分钟，如果一路绿灯、不堵车的话，三分钟就到了。

我在这些街道上长大，街道从镇中央一片叫作"钻石"的绿草地和老兵纪念馆往外四散延伸，像车轮的辐条，又像太阳光线，这样的设计出自小镇创建者之手。从家里望去，看得到

1　刻有宗教人物的金属小牌。
2　天主教的一个隐修会，又译为本尼狄克派。
3　英美制长度单位，1英里合1.609 3公里。

我家的家族企业——"斯特劳布啤酒厂"，那是由我的高祖父在 19 世纪 70 年代创办的；还有许多木炭厂和粉末冶金厂，它们是小镇的经济支柱。我叫得出我家周围每位邻居的名字。这里是具有乡土气息的美国蓝领居住区。

史蒂夫开着车，车窗有些地方已经泛起了霜雾，我望向窗外，回想从这里延伸出去的道路，那是自十多年前我第一次离开家乡、前往大学校园以来走过的人生之路。为了找到一份有趣又高薪的工作，我在大学里主修公共关系；同时还辅修了室内艺术，以进一步磨炼自己作为一名视觉艺术家的技能。

我的公关生涯正式起步于宾夕法尼亚大街 1600 号[1]。大学二年级的时候，我身兼双职，一边去教室听课，一边全职担任白宫第二夫人[2]的公关主任助理。随后，我的处女作《与历史通信》一书被一家小型学术出版社出版，然而并没有引起什么反响。由于有了出版经验，加之来自美国一个历史悠久的酿酒家族，本身又喜爱美食，我开始设想写一本世界上有关啤酒的内容最全面的烹饪书，这个梦想的种子逐渐在我内心生根发芽。然而我决定暂不将此事告诉家人和朋友，等找到了出版社再给他们一个惊喜。

1　即白宫所在地。
2　所有美国副总统妻子的非正式头衔。

后来我离开了首都，租了一辆 U-Haul 公司[1]的车，沿着 66 号州际公路[2]来到了纳什维尔[3]。在那里，我成了一名明星经纪人，将公关的职业生涯提升到了新的高度。华盛顿让我见识了最高的权力和威仪，音乐城则向我全方位展示了乡村音乐皇族的幕后运作及其蔓延的国度。这两座城市向我展现的世界都远远超出了我的想象。

在我二十几岁的青春岁月里，华盛顿和纳什维尔占据了我的心，然而，这个在小镇长大的孩子最终对令人头晕目眩的公关生涯不再抱有任何幻想。作为娱乐圈某些超级巨星的经纪人，人们付钱给我去制造假象，我开始迷失在这些虚幻之中。对与错、真实与虚幻的界线日益模糊不清，很快，我自己的人生航向和目标也变得模糊起来。

在命运让我兜兜转转至其他地方之前，对更纯真质朴事物的向往把我带回了我的故乡，让我找回了自小学时代就萌生的当一名英语教师的渴望。我感受到了激励和教育下一代的呼召，不仅仅是教授文法基础和文学知识，而且教他们认识那个我曾

1　美国最大的搬家车租赁公司，U 即 "You（你）"，haul 是 "托运" 的意思，U-Haul 也即 "你租我们公司的车，你自己运送东西"。

2　该公路从芝加哥横贯到加州，被美国人亲切地唤作 "母亲之路"。在美国开拓西部的历史上，66 号公路扮演了重要角色，现已 "退役"。但仍有许多旅人来此公路 "朝圣"，回顾过往，体验西部风情。

3　美国田纳西州首府，乡村音乐重镇，素有 "美国音乐城" 的美称。

亲自经历过的一切皆有可能的世界。后者是我认为小镇学生尤其需要了解的。我还希望在这个过程中，寻觅到能够激起让那个真实的自我感兴趣的事物。属于自己的课堂，一本烹饪书的手稿——在这条新的起跑线上，内心有个声音比以往任何时候都更加强烈地催促我赶快将它们完成。

因此我来了一个"华丽"转身，将稳定的工作、朋友和大城市的霓虹灯抛在身后。追随自己的内心，我回到了故乡圣玛利斯。

当史蒂夫和我驶过莫鲁斯大街的最后一个十字路口，修道院映入我们的眼帘，此时，大片大片的雪花开始飘落在汽车的挡风玻璃上。我摇了摇头，意识到自己转了一个圈，重新回到了起点。我那时根本不知道，这些熟悉的街道接下来将会把我带至何方。

我们将车停在修道院前门的主停车场，柔软的雪花不停洒落，将万物染上洁白的光辉。在小镇的西边，圣约瑟修道院、圣马利亚教堂、一所天主教小学和初中，以及艾克县天主教高级中学占据了一块相当大的地界。这片神圣的地方占据了整个街角，一边沿着山坡延伸至绿树成荫的教堂大街，另一边伸向平坦的通往城外的莫鲁斯大街。

"陶瓷店在哪呢？"望着耸立在面前的巨大建筑，我惊讶地问道，似乎头一回见到它们。

"就在旁边。"史蒂夫回答。

有趣的是，可能你曾经无数次经过某个地方，还在它旁边的学校度过了少年时光，然而却从未留意过这个地方，也不知道里面发生的事情。圣约瑟修道院建成于1852年，当时是全美首家本笃会修道院。而我的家族在这个小镇的历史也至少可以追溯到19世纪60年代早期。

从莫鲁斯大街宽阔的停车场和前门开始，有着各样十字架尖顶的几层楼高的修道院，一路延伸至教堂街山，最终向右指向一栋高耸的建筑，这栋建筑将修道院和圣马利亚教堂连接起来。巨大的彩绘玻璃窗装饰着教堂的大理石墙面，每一扇都绚丽多彩，箭头直指天际。这样一个地方，除了实际的用途，人们还可以让思绪飞翔，为这个神秘高墙后与世隔绝的世界构想奇异和神秘的故事。

史蒂夫和我沿着修道院侧边铺砌的车道朝前走去，在雪地上留下的两行足印，很快便被飘落的雪花覆盖了。我们首先经过右手边的小礼拜堂，然后经过一堵长墙，上面的窗户一模一样。我们左手边有个车棚，停放着修女们平时使用的几辆小车和一辆皮卡车；还有一片地，修女们把它变成了菜园、温室和鸡棚；另外还有个车库，一些修女在那里干点废品回收的活计，赚点零花钱。远处就是史蒂夫和我曾经就读过的高中，眼下，我就在那里担任代课教师，同时希望寻求到一份更加稳定的工作。

"陶瓷店就在这里面。"史蒂夫指着一栋三层楼高、木石结构的小楼说道。这栋楼位于院子中心，穿过一条水沟，从主楼延伸至教堂出口的车道边。修女的池塘和墓园就在它的前方。得知这栋小楼被称作"客房"，我立刻就意识到，还在读高中的时候，我就对这里再熟悉不过了——那里有一条带顶盖的走道将"客房"与修道院的主楼相连。"我肯定陶瓷店就在走道那头，就在我们的右手边。"我的朋友说。

我盯着"客房"看了一会。"在走道尽头，靠近马路边的一间房子里，梅赛德斯修女曾为我补习代数，那时我读高一。"我说。

整整一年，每天放学后，我都会走过那扇连接高中与修道院的大门，拖着沉重的步伐穿过那道木质长廊，走进一间简单、毫无特色的房间。屋子里面仅有一张桌子、几把椅子，以及一幅全能的耶稣的画像。画像上的耶稣面露微笑，双目炯炯有神，每当梅赛德斯修女辅导我理解 x、y、z 之间的微妙关联时，他总在注视着我们。正是因着修女的帮助，我才能熬过第二天令我头疼的高等代数课。

高中生活发生了许多事，我很高兴一切已成为往事。眼下，令我困惑的是，为什么我要让自己重新置身于那栋建筑里面，担任一名代课老师。那真是一个我心甘情愿度过余生的地方吗?

在"客房"前追忆过去时,我真的不敢相信,我以前竟然不知道几步开外就有一家陶瓷店。我也无法想象,我居然在十多年后再次踏入同一栋建筑。

史蒂夫和我离开路边,走下几步水泥台阶,进到铺有木板条的走廊。雪花撒在走廊的边缘,好似大自然母亲正用一把蘸满象牙白颜料的刷子轻轻拂拭着地面。在走道的另外一端,十九级水泥台阶通向主楼。

当我们到达长廊的最后一扇门前,一张颜色发黄、大约小纸片大小的手写标牌证实了陶瓷店的确在营业,上面标有时间——"周一到周六:上午 10:00 至 11:30,下午 2:00 至 4:30"。下方,铅笔写的印刷字体整整齐齐——"请进。谢谢。"

"我想,这里正在营业。"史蒂夫说着,看了看表,正是两点一刻。

我推他先进去,因为他以前来过这里,尽管那是二十多年前的事了。

一进到室内,我首先感受到的就是一种静谧的、与神圣事物相联系的味道,或者是一种与古老的福地有关的味道,比如说大教堂。从前门望过去,第二间屋子亮着灯,很远的后面还有一道门,通往另外一个地方。

这间小小的前厅是主要的购物场所,阳光从两扇装饰着白色蕾丝窗帘的窗户透进来。右边靠着前面墙壁的地方有一个嵌入式展示柜，另外三堵墙壁摆满了从地板到天花板高的货架，一个超市用的三层红色塑料展示柜放在地板中央，仿佛一个小岛。

所有这些仅是背景，就像一幅空白油画布上的石膏底漆，而前景——那个处处摆满了彩绘陶瓷制品的地方——才是精彩上演的地方。

郁积在我心中的焦虑开始转化为期待和激动。数个星期，甚至数个月来，我头一回放松下来，专注于近在眼前的事物，而不是烦恼和未知。我深深吸了一口气，好使自己放松。我马上感觉到，除了满屋精彩的小玩意，这个地方有着某种特殊的气氛。

"有人吗？"我大声问道，期待有一群如天使般娇小可爱的修女出来迎接我们——她们手上拿着画笔，一边作画，一边愉快地哼着歌，打发下午的时光，就像电影《音乐之声》里面的场景，或者像《修女也疯狂》里的一样。

然而没有人回应。

"有人吗？"

还是没有应答。

史蒂夫和我对望了一眼，耸耸肩膀。突然，就像潜入某个禁区，被电击中的感觉掠过全身，我的心怦怦直跳。

我在商店里四处走动，眼睛睁得越来越大。货架上密密麻麻地摆放着手绘的雕像，有圣母马利亚、天使、动物、小丑、盘子、书立、花瓶、小猪储蓄罐、鲜花、小鸟、纪念匾、十字架、雪人、圣诞老人、篮子、风铃、大水罐，还有一个埃及女王纳芙蒂蒂[1]小小的胸像，一个巨大的甜筒冰激凌状的曲奇罐子，还有一个像蜂巢一样的蜂蜜罐。色彩和图形立刻释放了我所有的感官，这些货架就像我家里挤挤攘攘的调味架，提供探索的无限可能性。

　　我俩在屋子里静静地转着圈子，欣赏这些偶然遇到的珍宝。最后，我来了一句："我真没想到还有这么一个地方。"

　　这里面的东西如此瑰丽奇巧，让人眼花缭乱，然而又带着纯真的味道。这种感觉非常明显。踏入前门的那一刻，我们立刻变成了巧克力厂的老板威利·旺卡[2]，仙境中的爱丽丝[3]，奥兹国的多萝西[4]，遥远银河系的卢克·天行者[5]。然而这个地方是真实的，尽管我们仍然觉得自己踏入了一个神秘而无人知晓的仙境，一个离现实世界并不那么遥远的仙境。

1　埃及历史上最重要的王后之一，传说她不但拥有令人惊艳的绝世美貌，也是古埃及历史上最有权力与地位的女性。
2　电影《欢乐糖果屋》里的老板，拥有全世界最大的巧克力厂。
3　童话故事《爱丽丝漫游仙境记》中的主人公。
4　童话故事《绿野仙踪》中的主人公。
5　《星球大战》系列电影的主角之一。

我不知道修女在门口站了多久，她显然被我们的啧啧赞叹声逗乐了。我当时正在欣赏一尊圣母马利亚的雕像，她身材修长，穿着白色和浅蓝色相间的长袍，长袍底部装饰着三朵勿忘我。然后，我第一次听到了修女的声音。

"欢迎！"那是一个温柔、低沉的声音，略微发颤，然而亲切可人，从一开始就不会被人忘记——这个声音带来温暖，使人舒缓，就像是老祖母熟悉的问候，从她的声音里，你知道你已经找到了自己的归属之地。

我立刻将头转向把两间屋子分隔开的门口。

一位修女站在那里，身后房间的灯照在她身上。她不过五英尺高，背微微有点驼，戴着一副眼镜，身着传统的修女服：长长的黑色面纱、白色的头巾帽、黑色的长袍、自腰间垂下的棕色木质念珠、朴素的黑色鞋子。唯一的不同在于她系一条沾满了颜料的蓝色围裙。看到这一切，我微微笑了。

"您好！"我回应道，"我直到今天才知道这里有一家您的陶瓷店。"

修女微笑着说："这里开着有一段时间了。"那是我头一回见到她眼中闪烁的亮光，我立刻知道，自己今生再也不会忘记这亮光。

"我叫约翰，这位是史蒂夫。"我告诉她。

"很高兴见到你们。我是奥古斯丁修女。"

我觉得自己和这位老妇人一见如故，仿佛我俩相识已久。我很快就明白，真正的友谊，它的美好之处就在于，那是一种永恒的感觉。

"您的这些小玩意儿真是太漂亮了！"我的声音很大，满是惊叹。可怜的史蒂夫插不上话，只得作罢，点头同意我所说的。我记不清楚，上一回像这个小店一样让我心情激动的是何事何物；尤其是我本身就是艺术青年。这种心情就好似乘过山车最初那几秒的感觉，一点一点升到最高处，然后俯冲下来，让你的心停留在半空中。

"谢谢你。"修女温柔地笑着回答。我注意到她的眼眸中总闪烁着亮光。

"你们有几个人在这里工作？"我的视线越过她的肩膀，朝另外一间屋子望去。

奥古斯丁修女咧开嘴笑了，摆了摆手。"正如你现在看到的，有时我有一些志愿者过来帮忙，但其他时候就我一个人。"

"您一个人做所有的事情？"我难以置信地摇摇头。我们旁边是成百上千件物品，色彩绚烂，形状各异，大小不等。

修女点点头。"如果你们想看，还有更多东西。"她指指身后那间光线明亮的房间。

我拿起另外一件早就引起我注意的马利亚镀金雕像，和史蒂夫走到了另外一间屋子。在那里，我们发现货柜摆满了三面墙，从地板到天花板，里面堆满了小雕像、丰饶角[1]、南瓜、飞禽走兽、大碗和大水罐、茶叶罐子，还有几十个做成消防员、警察、牛仔、面包师和渔夫模样的酒瓶。此外，还有上百个"邓肯"牌子的釉彩和颜料瓶，它们按颜色分类，整整齐齐地摆在屋子前面的架子上。

在远处左手边的角落里有一个很大的水槽，上面挂着两张画着蝴蝶和野生动物的海报。右边靠墙的地方，窗户下边有一个收银柜，后面有一个货柜，从屋子前方延伸至后方。货柜上有一台电视、几本杂志、陶瓷目录和几盆植物。角落的一个架子上有一尊雪白的圣母雕像，她正注视着整个房间。

"看这里。"史蒂夫指着前面的两个小货架悄声说道。一个架子上摆着微型的雕塑，有栩栩如生的乌龟和青蛙，另外一个上面则满是瓢虫。修女手写的小价格牌标明，乌龟和青蛙的价格是"三声万福马利亚"，瓢虫则更加便宜，"一声万福马利亚"即可。

对于我来说，这确实是"无价"的，即使有人要我道一声"万福马利亚"就可以救我的命，我也说不出口。一想到要在一位修女面前背诵一句我曾经喜欢的祈祷文，我的头皮就发麻，

---

1 又名丰饶羊角，是感恩节最显著的象征物之一。人们通常会在用柳枝编成的羊角形篮子里装满鲜花和果物庆祝丰收和富饶，象征和平、仁慈和幸运。

脑海一片空白，这样的想法有些愚蠢，因为奥古斯丁修女一点也不吓人。然而，我还是情不自禁地回想起小学四年级的往事。那时，我穿着海军蓝校服，就像海军学校的一名学生，站在简·弗朗西斯修女面前背诵十诫。当我背到第八条的时候，突然脑袋一片空白，完全僵住！简·弗朗西斯修女慈爱地望了我一会，要我坐下，然而我的大脑还是一片糨糊。我勉强背到了十诫的第六条"不可杀人"、第七条"不可奸淫"，却始终背不出第八条"不可偷盗"。尽管在这之后，我对什么是永恒有了更深的理解，但是此刻，我不得不绕过这些乌龟、青蛙和瓢虫。

在奥古斯丁修女中间这间屋子里，三张长方形的浅黄色桌子摆成了马蹄形，马蹄口朝屋子前方敞开。桌子上面摆满了不同制作阶段的陶器。左边的桌子摆放着几排一模一样、还未上色的圣景 [1] 人物雕像，而右边桌子上的圣景雕塑已经上了一层底色。

"这个就是您的工作室吗？您在这儿给东西上色？"我心中激起一连串好奇的火花。

"是的，我想你可以这么说。"修女回答道，她仍然站在门口望着我们。从她的反应中，我猜自己是第一个称呼这间屋子

1　指耶稣降生圣景，每逢圣诞季，基督徒或者天主教徒就会在家中或者教会布置圣景摆设，即东方三博士朝拜马槽中的婴儿耶稣的情景。

为她的"工作室"的人。"这就是我经常坐着歇息和工作的地方，有时在桌子之间，有时在那后面。"她首先指着马蹄形桌子里面一把薄荷绿的纺锤形靠背椅，然后指了指右边角落后边的一把橡木椅。近处，一个黑得发亮的杯子摆在桌子中间，里面插满了画笔。我意识到，有人进来时，无论从哪个位置望去，她都能看得到。除了今天。我没有问她我们进来时她在哪里。

"那是哪儿？"我指着后边那把椅子后面的门问道，那扇门通往一间没有亮光的屋子。

"那里是我和泥与注模的地方。"奥古斯丁修女回答说，"我所有的素胚都放在那。"她并没有打算带我们去参观那间屋子。

"我们该走了。"史蒂夫说着，推了推我。

"我想买这两尊圣母马利亚的雕像。"我告诉修女，"您能不能在上面签上名字呢？"

她脸上好奇的神色难得一见，好似我在问她是否去过月球一样。

"我在每件陶器底部都写上了'SJC'，表示'圣约瑟修道院陶瓷店'（Saint Joseph's Ceramics）。"她回答说。

"您应该也签上自己的名字。"

又是一脸困惑的神情。"但它们属于修道院，不属于我个人。"

"然而您才是那位艺术家！"

此刻，她脸上是一副被逗乐了的神情，我猜想，在她漫长的一生中，从未被人以"艺术家"相称，也没有人请求她在自己的艺术品上签名。

"没有必要了。没有人需要我在上面署名。你知道，这都是上帝的杰作。"

"就签我买的这几个行吗？我想上帝不会介意的。"我坚持说。

修女笑着摇了摇头。"我猜，你非得要我签名才行。"她走到马蹄形桌子里面，坐到椅子上，离即将完工的圣景人物像只有一只手臂的距离。

"我记得这里有一支笔。"她说着，在那些等候她注意的陶器中找了找，"噢，在这里。"

"请您再加上日期。"我补充道，"今天是……"我扫了一眼房间，想找到一本日历。近段时间，日子一天一天流逝，生活没有新意，我已记不清具体的时日。

"2月21日。"奥古斯丁修女说。她抬头一瞥，微笑着点头。趁着修女在两尊雕像底部签上名字和日期的空当，我在一旁浏览桌上其他的黏土制品。桌上摆放着几头骆驼、奶牛、一群羊，还有马利亚、约瑟、东方三博士、一个牧羊少年，甚至还有婴儿耶稣，他们全都在凝视着我。

"修女，这个东西您是怎么做的？"

我指着一个小杯问道。这个杯子大约四英寸[1]高，中间有各种曲线，逐渐向上展开。杯子颜色清爽，绘着青绿色、绿色和白色——宛若在一片热带海域，你透过清澈的海水望向海底所看到的颜色。

　　修女本来在签名，这时停了下来，回答我的问题。"哦，那个，"她咯咯地笑起来，"我不愿浪费颜料，因此，工作的时候，我总是在那样的小件上清洗画笔。久而久之，上面就涂满了颜色，我把它放进窑炉里，想看看它会变成什么样。我也不知道会出来什么东西。"

　　"真是美极了！这个卖吗？"我拿起它端详，"就像是一片大海。我能看到海水、水草、白色的泡沫……"

　　"天哪！"她的眼睛睁大了，"我从来没有这样想过，但是你说得对。"

　　"我没有看到价格牌。这个怎么卖？"事实上，在那两尊雕像上我也没有看到价格牌。但无论价格多少，我都愿意掏钱。一只神圣的手创造了这些陶器，这点我确定无疑。今天的经历让我兴奋不已。你不能把一个太大的价格标签贴在上面。

　　"我看看。"修女回答，开始算起来。"这尊大的雕像五美元，这个镀金的四美元，这个小花瓶……两美元怎么样？行吗？"

1　英美制长度单位，1英寸合2.54厘米。

全部加起来才十一美元？"修女，你应该开价更高点！"

奥古斯丁修女摇摇头。"我觉得已经够高了。我想让大家都付得起钱。"

我暗笑自己。四十年前这个价钱可能很高，但是在今天的确是太便宜了。当我从钱包往外掏钱时，感到一丝愧疚。

在三件陶器上签完名后，修女把它们拿到结账柜台上。她小心翼翼地把每件物品都用白色的长条纸张包起来，这些白纸早前已经被切割得整整齐齐了。然后，她从附近的一个收纳盒里拿出一个折叠好的塑料袋，那个盒子里装着许多像这样可以多次使用的塑料袋。每样东西都秩序井然。她把我的东西放到袋子里，微笑着递给我。

我给她十五美元。"不用找零了。"

"你确定吗？"

"是的，我确定。"

"谢谢你！"她的眼中再次闪烁亮光，充满着感激。她将两张钞票放到铁皮钱盒里，然后在旁边的表格上记账。

"我会再来的。"当史蒂夫和我朝门口走去时，我回头大声说。

"希望你们再次光临。"我听到奥古斯丁修女回答道。

她喜乐的声音消失在我们身后，与重返室外迎面扑来的寒冷空气形成鲜明对比。在隆冬的午后度过了美妙的四十五分钟后，我完全忘记了外面世界的天寒地冻。

　　数年后，当再次凝视着修女在雕像下刻下的日期，我意识到，要记得遇到改变你生命的那个人的确切日期并非易事。每年，那个日子都会被我在日历上圈起来，旁边画上一颗小星星，就像是地图上一处令人欣喜的目的地。

第二章

喜乐与悲伤

　　初次见到奥古斯丁修女的一周后，我在一个午后再次回到了她的陶瓷店，这次是独自一人。史蒂夫已经返回纽约，但几个星期后就是他的生日，我想买一份完美的礼物，感谢他带我去修女的小店。

　　当然，买礼物仅仅是再度光顾小店的借口。内心深处某种更深的渴望引领我返回修女的工作室。我向往那里的宁静与温馨，因为此刻我正处在一种令人头晕目眩的生活之中：一本看似没有任何进展的烹饪书，一份教书匠的工作——这还得取决于清晨六点钟有没有刺耳的电话铃声响起，那是学校的秘书打来的，告诉我需要替当天生病的某某老师代课。当某种离心力将我的目标和梦想推离我远去时，一股与之相抗衡的力量把我带入奥古斯丁修女这方与世隔绝的世界。此时此刻，我的心就像一台黑白电影放映机，映射出的只有一连串的焦虑和失望。奥古斯丁修女的小店带来了一种让人恢复活力的色彩，我需要把它们添加到我的生活之中。

这一次，我发现"客房"旁边有个小停车场，就把车停在那里。当我匆忙走向那条通往小店的长廊时，积雪在脚下嘎吱嘎吱作响，就像吐司面包的碎屑。修道院的主楼像一座城堡一样耸立在我面前，厚实的墙壁上安装了几十扇窗户，我不禁想，也许有谁正在朝窗外张望，注视着我这个刚刚抵达的访客。远处，我能模糊辨认出圣马利亚教堂尖塔的顶端和十字架，它们从另一面耸立出来。

整个地方就像好莱坞影片中史诗般的画面，或者是美国公共电视台纪录片里看到的贵族世代居住的古老庄园。无论如何，这个地方尘封在过往的岁月中，一群谦卑的修女在这里履行她们神圣的使命。

这里曾经是一百二十五名本笃会修女的家园，她们活跃在这个自助建立起来的社区中，而如今修女的人数急剧下降，只剩二十来位，年纪最小的也有五十多岁。这个地方永久地停留在一条更加纯真的时间隧道里，游离于现代社会之外。在这个并不复杂的地方，社会的进步、最现代化的科技，以及其他腐蚀性的物质都被拒之门外。

圣玛利斯小镇这处神圣地方的本质，与20世纪初一个距离此处 68 英里、位于宾夕法尼亚州西部乡村、方圆 101 英亩[1]、名叫诺克斯的农场并无太大差别。即便在今天，那里的居民也不超过一千人。农场充满着田园风光——那里有一幢简朴的白色农房，厨房里有煤炉，客厅里摆放着管风琴，屋前有门廊，附近有水井、大谷仓和库房，连绵数英里的篱笆、草场、苹果园，还有成群的牛、马、小鸡、小猪、小猫和一头唤作雷克斯的圣伯纳德犬[2]——一个名叫安娜的小姑娘在那里长大，寻找到了她神圣的呼召。八十年后，我们的人生道路有了交集。

安娜有着灿烂的笑容，梳着马尾辫，穿着妈妈为她缝制的花罩衣，整日忙着摘苹果和浆果，赤脚追赶蝴蝶、大黄蜂和萤火虫。比起室内的家务活和上学，安娜更喜欢户外清新的空气和柔软的大地。安娜和兄弟姐妹一道——其中包括后来首先进入圣约瑟修道院、教名为塞克拉的姐姐艾格尼丝——将农场变成了自己的小天地。在她那小小的头脑里，每一个崭新的日子，每片山坡和田野，每只动物和小虫，每一条在树林中找到的小径，都成为她探险的新起点。这个小女孩的好奇心就像一个空白的素描本，她很快就将它填满了。

安娜帮助她的母亲克拉拉——一个善良快活、慷慨大方、

---

1 英美制地积单位，1 英亩合 4 046.86 平方米。
2 原产于阿尔卑斯山区的古老犬种，体型庞大，以善于救援闻名。

系着白色围裙的农妇——制作黄油、把田间地头的水果和蔬菜做成罐头、捡拾新鲜的鸡蛋以便礼拜六拿到镇上去卖。她还和父亲乔治一道挤牛奶、喂牲口、在大菜园里种菜、在门廊上堆放木条。她的父亲是一个敬虔而幽默的人，留着厚厚的络腮胡子。每天晚上晚饭过后，全家人聚在客厅念诵《玫瑰经》。一头名叫汉克的小猪这里转转，那里转转，拱拱每个人的脚趾头，这样的举动总是让安妮咯咯直笑。

多年后，这一切温暖的场景都在一首动听的歌谣中被吟唱出来——"和平与友善……在反舌鸟山上……"

奥古斯丁修女八十年前的家园反舌鸟山，如同今天的圣约瑟修道院一样，不受外界的影响，对于今天折磨我们其他人的压力和挑战，两者具有神圣的免疫能力，它们都是简朴生活的神圣避难所，而这种简朴的生活，根植于真正重要的事情。

近段时间以来，我比以往任何时候都能感受到现代世界的歌利亚[1]令我窒息。但就在此时，某种恩典降临，给我开出一张金色门票，让我进到这处被教堂和莫鲁斯大街包裹的神圣地方。在这里，时间是静止的。在这处避难所，我能够逃避出版商一封又一封的拒信，枯燥乏味、不属于我自己的课堂，还有那悬在某处飘摇不定的生活。砖墙里面的某种力量在呼召我，

---

1 《圣经》中凶猛的巨人，被少年大卫只身一人打败，比喻强权。

正如奥古斯丁修女少女时代的农场，那宽广的原野曾经对她低语的那样。不是通过言语，而是通过内心深处温柔的牵引。造访修女的陶瓷店仅仅一回后，那里就像一块巨大的磁石将我吸引，这种吸力拉着我，自然而平稳。我的好奇心掀开了一页，将我带至这处神秘之地。

当我朝"客房"走去时，空气冷得让人无法呼吸，每吸一口气都会刺痛我的肺腑。回想起一周以前奥古斯丁修女小店里的温暖，我不觉加快了脚步。

这次我不再犹犹豫豫。我打开商店前门，径直走了进去，好似我已经来过这里一百次，而不是第二回。满室温馨的香气和绚烂的色彩立刻带给我安宁。

这一回，蜷缩在前窗下方柜台上的一只花斑猫起身招呼我，我的到来使得它从酣眠中惊醒。

"喂，你好。"我对猫说。它和我同样惊讶。我相信，像奥古斯丁修女一样，它也不太习惯这些天在自己的庇护所见到这么多访客。"你是谁呢？你上一次不在这里。"

它依旧舒舒服服地待在原地，眼睛很快地扫了我一眼，满是怀疑。

"我想你见过布利岑了。"一个声音从左边的一个房间传出来。上一回，那间屋子的门锁住了。奥古斯丁修女从门口探出身来，脸上带着微笑。

"是的。"我回答道。转过身来，我看见她手里拿着一个小小的上了釉的十字架。"它上一回并没有在这里，难道不是吗？"

"客人来的时候，布利岑经常躲起来。它有时甚至会钻到墙缝里。我有好几天没有见到它了。但是饿了或者想引起注意的时候，它总会回来。——你是这样的吗？"当修女对它说话时，小猫抬起了头，但很快又低下了头，闭上眼睛。奥古斯丁修女咧开嘴笑了，她摇了摇头——我瞥见了多年前那个无忧无虑的农场小女孩。"那是它最喜欢的一个地方，靠着窗户。它能看到外面发生的一切，确切地说，是醒来后能看到。"

"我是不是来得不是时候呢？"我指了指她手里的十字架问。

"不是。我正在往窑炉里放东西。到里面来吧。这可不是每个人都能撞到的。"

窑室大约有一个小步入式衣柜大小，只够容纳靠在一边的八角形大窑炉，和靠在侧边与后墙的两个高架子。架子上摆满了刷了棕色、灰色、蓝色和粉色等各色釉彩的陶器，经过烧炼，它们就会变得色泽亮丽，晶莹发光。

在窑炉上面有一张约翰·F.肯尼迪的老式照片，下面还印着他那句名言："不要问你的国家能为你做些什么，而要问你能为国家做些什么。"从焦干的面容上判断，我暗自猜想，我们国家首位，也是唯一一位信仰天主教的总统的画像，自上个世纪60年代商店开业以来就悬挂在这里啦。我想象着修女们把这条金科玉律进行加工，把"你的国家"换成"上帝"。

"您今天好像有一炉子的东西要烧。"我指着修女身后拥挤的货架说道。

"是的，我要等到做好了一炉子的东西才开始烧制。"修女回答道。

她小心地拿起每一件黏土制品，踮起脚尖，弯向窑炉——窑炉比她还稍高一点，轻轻地把它们放好。"这些东西不能碰在一起，"她告诉我，"要不然它们会粘在一起。可不能这样。"

摆好一层后，就插入一块特殊的石板，然后在石板上摆满物品，接着又插入另外一块——就像一块多层的奶油蛋糕。

"这就像一幅拼图，要把它们全都恰到好处地摆放到一起，不是吗？"看着窑炉，我赞叹道，"您对此很精通啊！"我想，看着这些陶器经过窑火的淬炼，从平淡无奇到熠熠生辉，一定很有趣吧！它们要经历将木炭变成钻石、将绝望变成希望的魔法。

"我弄这个有一段时间了。"对于我的夸赞，修女这样回答。由于头伸入窑炉里，她的声音听起来很低沉。她正在摆放最后一层。"我们今天只能放这么多，其余的还要等等。"

"这个要烧多久呢？"

"几个小时。这个过程你不能赶，否则出来的东西不会很好。"

修女停顿了一会儿，凝视着装满了东西的窑炉。她的嘴唇翕动着，看得出来是在祈祷。她伸手去取身后的一瓶圣水，那是我之前没有见过的。她轻轻地将圣水洒在陶土上，画了一个十字架，然后抬起头，祈求道："法兰西斯，请你照看这些陶器。"然后，她转过来向我解释说："法兰西斯是我最喜欢的圣徒之一。每烧制一窑炉陶器，我总是请求他帮忙。"

"他怎么会拒绝呢？"我微笑着说，为有幸看到这特殊的一幕仪式而激动着。听到她对一位圣徒直呼其名，就好像在叫一位朋友一般，我不禁乐了。我猜她是少数可以侥幸这么做的人。

奥古斯丁修女慢慢地放下厚重的炉盖，把它盖紧。

"我敢说，当打开窑炉，看到一切都完成的那一刻，一定十分令人激动。"我说。

"是的，是这样。"修女回答说，"但我打开的时候，既有喜乐，也有悲伤。"

"喜乐与悲伤？"

修女靠着身后的柜橱，直视着我的眼睛。"每次打开窑炉时，我从来不知道自己会发现什么。有时，烧制出来的东西和我想象的一模一样，甚至更加好看；有的时候，有些东西碎了，无法修补。不管怎样，这些都不在我的掌控之中。上帝是老板，你知道的。"

我笑了。"我猜，这就像生活本身。"从这个新的角度思索，我想，这也像烹饪一样。它让我想起自己试验新配方时的情景。当我品尝第一口时，我不知道那将会是何种滋味；只有反复试验，不断尝试，直至找到感觉。同样，我也看到，自己代课的课堂和那窑炉有相似之处——胜利与失败并肩。即使作为一名代课老师，我也看到许多缺乏灵感、目光呆滞的十几岁孩子恢复了生机——当他们解出了一道方程式；当他们在诗行中发现自己的意义；或者当我告诉他们，在环绕我们这个小镇的山的那一边，有一个无穷大的世界正在等候他们。然而我也亲眼见到许多学生在一些倦怠、冷漠的老师手中枯萎——这些老师其实很久之前就在精神上失职了。

奥古斯丁修女点点头，显然对我的顿悟有所洞察。"最重要的是认识到，一旦我关上了盖子，发生在窑炉里的一切都不是我所能控制的，就像生活中发生的事情一样。我们无法控制我们生命之中的喜乐与悲伤。有时根本无法解释，为什么出来的东西有些完美至极，而有些却裂了，甚至碎成一堆。"

"那真是令人沮丧！"我插嘴道，摇摇头，看了一眼那位充满希望的年轻总统——他已凝固在时光里，"不知道自己会面对什么。"

修女咧嘴笑了："当你在这里待得和我一样久了，你就会看到许多喜乐和悲伤的事。约翰，生命里不是任何事情都会有保证的，然而每一次喜乐和每一次悲伤都是一份礼物。"

"悲伤——礼物？"这是一个我很难接受的概念。悲伤可不是我期待别人给我的东西。生命中的大部分时候，我都是压制住痛苦的事情，或者从中逃离，而不是去拥抱它们，尤其在眼下！

"上帝绝不会把超过我们所能承受的东西给我们。当我们将生命中的每一次喜乐——当然，还有悲伤——视作一份礼物，怀着感恩的心去领受它们，我们就会成为更加坚强的人。这份感激之心帮助我们建立信心，赋予我们存在的意义。否则，生命中太多的事情都让人无法承受。"

"表达感激并不总是一件容易的事。"

"上帝从来没有说过生活是一件容易的事。感恩与信心需要操练，就像绘画一样。每一步，不论是喜乐还是悲伤，都是礼物。我们对待这些礼物的不同态度，会带来不同的结果。这是建立坚强信心的秘诀之一。虽然事情的来临可能会超出我们的控制，让我们难以理解，但上帝仍然给予了我们一个选择，一个纯粹由我们自己决定的选择。那就是我们的自由意志。我们选择要走哪条道路。我们可以选择让悲伤击败我们，或是让它把我们塑造成为更加坚强和优秀的人。"

"看到窑炉里面碎了的陶片时，你会怎么做？"

"捡起每一块碎片时，我都说，'主啊，感谢你！'每一块碎片都让我停下来，学习感恩。"奥古斯丁修女回答说，"有时候，当我清扫窑炉里面一团糟的东西时，我要说许多声感谢呢。"她咯咯地笑了起来。

我能够想象出她捡起每块尖利碎片时的情景，正如思忖自己在教师和作者的职业生涯中的每一次挣扎一样——感受碎片粗糙不平的边缘，同时又悉心将它们轻柔地握在她温暖的掌中。艺术模仿生活。

就在那一刻，想象这位年老妇人清扫一炉碎片的场景，我意识到，一位重要的老师已经走入了我的生命之中。想到与她同名的圣徒奥古斯丁[1]，那位自耶稣基督以来最伟大的属灵导师，这一切就更具有完美意义。作为一个由罪人转变而来的圣徒，奥古斯丁那些振聋发聩的话语和教导使得早期西方基督教重焕活力，直至今日依旧影响深远。在他悔改与重生的时候，这位来自希波的伟大圣徒正好处在我现在这般年纪。同样，奥古斯丁修女的话语既谦卑又超然，既合情合理又极具感染力。

我朝我的新朋友微笑。随着本能的牵引，我回到了这个地方，如今一切又有了更多意义。

我突然记起了这次拜访的初衷。

"我想请您帮个忙。"

1　奥古斯丁是早期西方基督教神学家、哲学家，曾任北非城市希波的主教，故史称希波的奥古斯丁。

"尽管说吧。"修女说，她睁大眼睛，充满期待，同时示意我跟她穿过商店进到第二间屋子，就是我称之为"工作室"的那间。

"您还记得那个漂亮的小杯子吗？就是我上回买的那个。您说在它上面洗画笔的那个杯子。"

"记得，你说它看起来像大海。"修女想起来了，回过头来朝我咧嘴笑着。

"您有没有在一个更大的杯子上尝试过那种技巧呢？"

"没有，我从来没想过那样做。我只在你买过的那种小物件上做过。我从没有想过有人会买它们，因此我总是将它们送给其他修女和家人。我只是不想把它们洗掉，白白浪费颜料。"

此时，奥古斯丁修女正坐在马蹄形工作桌右手边角落的橡木椅上。我坐在旁边的纺锤形靠背椅里——椅子和架子涂成了一样的薄荷绿色，在接下来的几年，我时常坐在这把椅子上，好似上面刻了我的名字一样。一把一模一样的椅子摆放在桌子另一边，修女告诉我，她经常坐在那把椅子上工作。我的眼睛扫过从地板耸立到天花板的架子，它们占满了房间里的三堵墙。一件件珍宝吸引着我的目光。

"再过几个星期，就是我的朋友史蒂夫的生日了。我想您也许可以在一个大碗上清洗画笔，这样我就能把它送给他当生日礼物了。"

奥古斯丁修女想了一会儿。"我从来没有在大碗上洗过画笔，但是我想我可以尝试一下。"她说，眼眸里闪烁着亮光，"凡事都有头一回。"

"您有没有一个更大的碗的模型？"

"这些怎么样呢？"奥古斯丁修女指着靠墙柜台上的一大一小两个陶碗。它们都被涂成素色，里面种上了植物。

"这个大碗很好！您要多久才能做好呢？"

见到我如此激动，修女咯咯地笑了起来。"这种事情你不能太急。但我确实要给一些东西上色，也就是说还要清洗画笔。几个星期怎么样？"

"太好了！"

"做好的话，我打电话给你？"

"不用了。我想在那之前我会再来的，我要亲自来看看。可以吗？"

"好的。"

"我希望史蒂夫的碗会是喜乐，而不是悲伤。"当我起身离开时，我微笑着补充了一句。

"我想我们会知道的，不是吗？"奥古斯丁修女以一副实事求是的口吻说。

当我离开时，布利岑仍然在前窗底下呼呼大睡。有那么一会儿，我燃起一丝嫉妒，因为它看起来如此悠然自得。我多么想蜷缩在它身旁，让一天里剩下的时光悄悄溜走。

第三章

耐　心

"修女……您在哪呢？"

虽然已经到过陶瓷店好几次了，但我从不知道自己能在哪找到奥古斯丁修女——前门里面的窑室，中间的工作室，从里屋出来，或者甚至拿着铲子清扫通往小店的台阶和路边的积雪。

自从第一次发现她包在长及膝盖的海军蓝风衣里，脸上裹着一块厚实的手工围巾，清扫冬天最后的积雪后，我又来过好几回了。我总是让她进屋去，把铲子给我。她会不情愿地把铲子递给我，然后在我铲雪的时候陪我聊天。到了该进屋的时间，她总会提醒我："转过来，倒退着走。小心不要摔跤。这个台阶让我摔了好几回了。"不错，这是很怪的动作，但是这样进屋，当室内的暖风迎接我们时，我们的眼镜上不会泛起一层薄雾。此外，这种方式还能让我以一个全新的角度观看商店和外面的世界。当你倒退着走进一个地方时，你会发现你看到的世界是多么的有趣。这也是一幅非常有趣的场景——一位八十七岁的修女和一个三十一岁的年轻人后退着走入一栋大楼——就像趁着无人注意时打破规矩的反常举动。过了童年，你在生活中就很少拥有这样傻乎乎的时刻。

"修女，您在吗？"我再次喊道。寒冷的天气已离我们远去了，清新空气的暖流在室内涌动。

我走进工作室，在那把薄荷绿的纺锤椅边停下来，现在我将它视为自己的专用椅。我们许多午后的闲聊都是在这里进行。

"在这里。"一个声音终于从里屋传出来，就像是洞穴里的回声。

我从未到过里屋，甚至都没有瞧过一眼。到目前为止，我的来访只局限于外面的走道与两把纺锤椅之间的空间。那两把椅子在马蹄形桌子的右手边，互相对着桌子。

正是在这些地方，在那些静谧、无人打搅的时刻，奥古斯丁修女和我无话不谈：从她应该用哪种颜料给小猪储蓄罐上的蝴蝶结上色，到更加严肃的话题，比如如何应对生活每日给予我们的挑战；或者不管我们是谁，身处何处，如何朝着标杆的方向前行。在这些墙内，我们既是朋友，也互为师生。一个穿着黑白修女服的老妇人不会比一个战战兢兢走向人生另一个阶段的年轻人懂得更多或者更少。我们彼此搀扶着往前走。

"到后面来。"修女喊道。

她不必告诉我两次。对大多数人而言，后面房间的"禁止入内"，使得它散发出一种被禁止的诱惑气息。那里一定有非常精彩的东西，我非常肯定这点。如今我即将前去一探究竟。

通往里屋的门比商店里面的其他门都要窄小，对于修女来说刚好合适，我却必须要弯下腰，免得撞到头。

"嗨！"我一边打招呼，一边走进陶瓷店的第四间屋子。实际上，这才是一切开始的地方。

"你来得正好。"修女系着一条深蓝色的围裙，上面点缀着一群嗥叫着的狼。

里屋长而狭窄，宽度是前面两间房子的两倍，长度却只有一半。陶土散发的尘土气息与这栋古老建筑的甜蜜馨香混杂在一起。两张长桌子将屋子分成两半，上面凌乱地放着一堆潮湿的灰色陶坯以及正在使用的一些模具。

整个后墙是一组直达天花板的柜子，上面摆满了白色的素胚——素胚是陶坯烧炼过后，还没有上色或上釉的状态。这里有你能想象到的一切：马利亚和耶稣、天使、鸟儿、小狗、小猫、花朵、花瓶、盘子、杯子、啤酒杯、十字架、水果、灯笼、烛台、节假日的装饰品，甚至还有台灯底座。在房间远处的角落里，还堆积着许多塑料模具，看起来就像巨大的方块糖。

我飞快地估算了一下，包括上百个模具，这里大约有上千件东西。改天我得和修女好好探寻下这个模具宝库，这里埋藏着无尽的宝藏。

"修女，这里真是个奇妙的地方！"

修女给了我一个微笑。"这些东西在这里很长时间了。"奥古斯丁修女一边说，一边在屋子里边淘东西。她带着一丝惋惜说道："没有多少人想要这些东西了。可能只有十字架或者雕像还行，圣景像也还卖得动，就是这些了。"

"我真的不敢相信。这里有这么多很酷的玩意。"我在屋子里来回走着，凑近前去仔细一瞧架子上的那些素胚，就像在看一本 3D 的着色簿。

修女笑了。我想她并不经常在小店里听到"酷"这个词，或者听到人们用这个词来形容她的这些东西。"它们全都成了古董，就像我一样！"她说。

我抚摸着这些素胚。难以想象，它们在这里默默地待了这么多年，除了奥古斯丁修女和布利岑，没有人见过它们。

"人们如今对陶瓷没有多大兴趣了。"修女解释说，"但是我仍旧很喜欢画它们。动物和小鸟是我最喜欢做的。"第一次来的时候，我就注意到，商店和工作室的货架就像一艘诺亚方舟，上面摆满了陶制的小狗、小猫、鹿、熊、松鼠、兔子、火鸡、野鸡、企鹅、主红雀[1]、蓝松鸦、猫头鹰、鸭子、天鹅，甚至还有独角兽，种类繁多；更不用说那些每个价值"三声万福

1　一种盛产于美洲的鸟类，也称北美红雀，英文名为 cardinal，有红衣主教的意思。雄鸟颜色鲜艳，是游戏《愤怒的小鸟》中红色小鸟的原型，雌鸟颜色则略为暗淡。

马利亚"的小乌龟和小青蛙，还有价值"一声万福马利亚"的瓢虫。同样，里屋也是一个动物世界，只不过这里的动物像是用白雪雕琢的一样。

"我想人们也许需要提醒，才知道您在这儿。我以前也不知道您的商店在这里，直到史蒂夫带我过来。说到这里，我想起来了，史蒂夫非常喜欢您为他生日做的那个彩碗。他让我一定要谢谢您。那个碗现在放在他纽约的公寓里。"

一周以前，奥古斯丁修女完成了我特地为史蒂夫订制的碗。当她给其他陶坯上色时，就顺便在那个碗上清洗画笔。当那个碗终于烧制好了以后，最终呈现在我们眼前的是一个有着五颜六色波纹的彩碗。上面是一道深蓝色的边，下边流光溢彩，有红色、绿色、橙色、淡紫色、棕色、长春花色、腮红色、黄色和海军蓝色。

这样的作品绝不是艺术家事先构思或者打草稿就能完成的，唯有一双真正具有天赋的手凭借本能才能创造出来。这是一件完美的抽象艺术作品，让观者为不断涌现出的新事物而迷醉。

"一部分出自我的手，另外一部分出自上帝之手。"看到这只大碗的第一眼，我对这精美绝伦的设计惊叹不已，而修女却如此谦虚地回答道。

"对我而言这是完美的结合。"我告诉她，我以前从未见过任何像这样的东西。因为我自己是艺术家，而这件陶品激发了我的创作灵感，推动我在自己的艺术品——美国民俗油画和雕塑——上进行创新。我做这些东西，主要是送给亲朋好友。

"现在我想要您为我做一个碗，跟这同样大小的。"我央求道。

"我不能保证它还会是一模一样，也不能保证还做得出来。"修女提醒说。"我想它们是一次性的。"她补充说道，扬起了眉毛，大笑起来。

"我肯定，不管怎样，出来的东西都会很精彩。"我突然觉得自己在祈求闪电在同一个地方出现两次[1]。

"你觉得这里什么东西都很'精彩'。"修女开玩笑似的告诫说，"这怎么可能呢？"

"一定和您这位艺术家有关。"

修女开玩笑地朝我摆摆手。"我只是在做上帝的工。"

我检查着将屋子一分为二的大桌子上的物品。"嘿，这里有一个大碗，您可以用它来为我做一个彩碗。"我将它拿起来，没有意识到这个刚从模具里面出来的陶器是那么脆弱。这个柔软、潮湿的陶坯碗立刻在我的手中碎掉了，伴随着令人心碎的

1　西谚云，"闪电不会两次出现在同一个地方"，指幸运或者罕见的事情不会在完全相同的情况下发生两次。

哐当声，掉到了桌子上。

"对不起！我并不是想要……"

修女赶忙去桌边。就连布利岑也出场了，它从架子高处跳了下来，朝着一地碎片抽了抽鼻子，带着一副看笑话的表情。

"我想这个从一开始就是一个'悲伤'。"奥古斯丁修女咯咯地笑着说。

"真的不好意思！"

"正如我告诉过你的，不管在窑炉里面还是外面，有喜乐也有悲伤。没有关系，我等会再来清扫。"修女以不容置疑的口吻说，"请随我到这里来。我需要你的帮助。"

把那堆令人懊恼的碎片留在身后，我跟随奥古斯丁修女来到屋子深处的一个角落，这里有个巨大的缸子，里面装满了液体黏土。

"制陶的奥秘在于耐心。它们一开始是厚厚的黏土，用粉末和水混合而成，比例要精确。"修女一边解释着，一边慢慢地搅动那些暗色的混合物，仿佛那是一锅大杂烩。"如果太浓了，你就需要多加点水，太稀了，那就需要再加点粉末。"

作为一个仍处在挣扎状态中的新老师，以及试图将写作提升到另一个高度的写手，我不得不承认，自己的耐心还需要不断锤炼。对新手而言，都是如此。

修女走到黏土缸旁边的桌子前，拿着一个很大的白色模具靠近缸子。模具的两头被厚厚的黑色橡胶带绑着，中间还紧紧绑了一根带子。

"这里，抓住这个模具。"她指导我。

这个模具摸上去凉凉的、滑滑的，我紧紧抓住它。刚刚在屋子那头捅了娄子，唯有这样做才能弥补。我不想再次搞砸。

"这个模具是做什么的？"

"东方三博士[1]。"修女拿起一根厚管子，好像对着一个气泵，拧开开关，点燃地上的压缩机。她把管子插入模具上端的一个小口，挤压手柄，将液体黏土灌入模具。

仿若灵光一闪。我此刻唯有紧紧抓住模具，等待黏土冒出来。我幻想着黏土会像科技博览会里面失去控制的火山喷发一般，将我们全都变成活雕塑；但是什么也没有发生。修女做这个已经有几十年的经验了，片刻过后，她松开了手柄，当黏土轻轻地触到了模具的内边缘时，她完全松开了手。

"这个要过上一夜，等里面的东西变硬了才能拿出来。你刚才都看到了，即使这样，它们仍然很脆弱。做这个需要慢慢来，急不得。"我的朋友朝我眨了眨眼。

---

1 《圣经》记载，耶稣出生时，三位博士在东方看见伯利恒方向的天空上有一颗大星，于是便跟着它来到了耶稣的出生地，为刚出生的婴儿带来了黄金、乳香和没药，他们被称为"东方三博士"。

"时间与耐心。"我补充道，仍旧为刚才打碎的陶坯碗感到惋惜，"这个我总是掌握不好。"

"这些需要操练，就像做其他任何事情一样；但即使这样，结果还是不能保证。"奥古斯丁修女解释道，"待到这些东西变硬了，成为陶坯，接下来的事情就由窑炉来决定了，我们不知道会发生什么。"

"我想，在您关上窑炉之前，您的祈祷和所撒的圣水多少会提供一些保证，更不用说还有圣法兰西斯照看每样东西。"

"上帝自有他的主张。"修女说，"即使这些东西成了素陶，它们在上色的时候也还要小心翼翼地处理；然后这些上过色的陶件会重返窑炉，进行第二次烧制。如果它们通过了所有的考验，就会摆到货架上。有时候，布利岑可能在夜里出来逛的时候发现它们，这就意味着第二天早上我会在地板上发现它们。"

"这是悲伤吗？"

"感恩的时刻。"奥古斯丁修女纠正道，"这是一个缓慢的过程，一路上有各种考验等着每一件陶品。通常，它们比你想象的要更加坚强。"

几乎每一天，我的邮箱里都会收到出版商一封"谢谢，但是不用了"的拒信。每封信都很蜇人，让我不断反问自己，还有没有写这本烹饪书的必要。然而，正如修女所说的，创造和产出的行为本身就是一个过程，这需要时间的磨炼。我开始明白，每一封拒信考验的都是同一个问题：我是放弃、就此退出呢，还是回到厨房，创造更多的菜谱，第二天再将一本更好的手稿寄给更多的出版社？谢谢奥古斯丁修女，我知道那个问题只有一个答案。

尽管被拒令人痛苦沮丧，然而某种希望开始在我内心升腾起来，鼓舞着我的斗志。修女的话在我脑海中回响：比你想象的要更加坚强。

像您一样，我心想，注视着眼前这个身材不高、其貌不扬的妇人，她有一种能够让一间屋子焕然一新的诀窍和把握自我的神奇力量。

是的，或许也像我一样。

第二部分

第四章

勿忘我

"这是一件礼物吗？"一个午后，在桌子的那一端，奥古斯丁修女这样问我。观看她工作，我不禁惊羡于她的灵巧。几个月前，她度过了八十八岁的生日，就在十一月，在我过三十二岁生日之前。她一手拿着一只茶杯素胚，另一只手的食指和大拇指之间稳稳夹着一支纤细的画笔，那支笔已经在浅蓝色的釉料里蘸过了。她正在画茶杯的边，一次点五个点。

"是的，送给我自己的礼物。"我微笑着回答，"我觉得我需要一个特别的杯子来装绿茶。每次我打开橱柜，里面的东西都是千篇一律。您知道，都是旅游纪念品或者老旧的圣诞节礼物，还有一些上面印着俗气的句子，但人们认为那是些不错的礼物。我敢说，不知不觉，这些东西悄悄堆积，越来越多，但全是垃圾。"

"很有意思，不是吗？当我们没有注意的时候，有些东西就像变魔术一样堆积在我们身边。"

"我想，我现在可以在简历里加上魔术师这一项了。"我说，觉得自己就像一只充满负罪感的收集鼠 [1]。

修女咯咯地笑了。

"我想，至少我应该拥有一只对我而言具有特殊意义的茶杯，这样就可以把其他的杯子扔掉。我喜欢喝热气腾腾的绿茶，它们能帮助我提神。"

"这么说，你正在让生活简单化。"修女把我想说的表达出来，她依旧全神贯注于正在绘制的勿忘我，"这是好事。"

"我想您可以这么说。在橱柜里有一只特别的杯子，而不是两打随便的杯子，至少会让每天的选择容易一些。另外，自打我头一次来这，在圣母马利亚的长袍上看到那些勿忘我，它们总是会让我会心一笑。"

这些天我没有怎么笑过，因而偶尔笑一笑都大有裨益。除了每次打开邮箱看到拒信让我畏缩，我还害怕黎明时分的电话铃声，告诉我需要去高中担任一天代课老师。我通常五点左右或五点半就醒了，躺在那里，心窝一阵阵紧揪，等待电话来折磨我。铃声有时响起，有时不响。有的时候，我干脆把话筒挂

---

1 又称林鼠，这种啮齿类动物喜爱把各式各样的东西运回家里。这里用来形容什么东西都舍不得扔的人。

起，盯着床头柜上闪烁的数字，直到确认学校不会再打电话过来。我将听筒放好，上床睡觉，泪水夺眶而出。我觉得自己是个彻头彻尾的失败者。代课老师不好当——对于许多学生而言，代课老师的到来意味着他们可以随心所欲；对我而言，作为候补队员坐在人家的桌子前，那是六个半小时的煎熬。

总的来说，只有区区数百人的艾克县天主教高中有许多好学生，他们来自辛勤打拼的蓝领家庭，这些家庭是我们这个工业小镇的脊梁。这些孩子令人开心，然而还是有些学生相当考验我忍耐的极限。我曾告诉修女，最近的一堂电脑课上，我正在黑板上写操作指南，突然，随着一声刺耳的咔嚓声，有个东西——那是电脑鼠标里的小铁球——击中了黑板，离我的头就差四分之一英寸。我甚至都没有回头，只是嘟嚷道"没有打中"，然后继续写字。我希望他们不要再朝我扔什么东西了。

更糟糕的是，在学年之初，我被叫去替一个离开后就没有回来的老师补数学课。令我恐慌的是，在学校重新聘用一名合格的数学老师之前的那几周，我必须再次学习代数和几何，以便提前学生一步教导他们。我恨不得再次叫梅赛德斯修女来辅导我！当轮到我来补微积分课时，我划清了界限，让那些学生自修了一个月。

当我将纳什维尔的工作抛在身后，决定重返学校考取教师资格证时，现今的这一切完全是我始料未及的。

从积极的一面来说，我最近向学校申请了全职英语教师的职位，这份工作将从秋季开始。对于拿下这份工作，我信心满满。毕竟，这里是我的母校，我是他们最忙碌的代课老师，大部分学生都喜欢我，我拥有高中英语和言语交际两个教师资格证，以及从全国一流大学的教育研究院获得的硕士学位。此外，我还拥有长达十年的其他领域的工作经验，这些都赫然印在我的简历上。

然而，我担心自己难以掌控的因素会胜过这一切。即便最优秀的资格证书，通常也会成为权术和操纵大权者个人意见的牺牲品。具有讽刺意味的是，要获得一份全职教职，最大的障碍可能正源于我任代课教师以来最享受的任务——在校长手术后的康复期间暂代他教授高级英语第四册。

我在很长一段时间内教授同一门课程，而且还是自己得心应手的课程，这实在是一种优待。接连几周，学生们与我都沉浸在诗作的抽象含义和对诗歌的解构中。这些作品都是我精心挑选的，包括 A.E. 豪斯曼、劳德·丁尼生、威廉·华兹华斯、巴勃罗·聂鲁达[1]、伊丽莎白·巴雷特·勃朗宁、拜伦勋爵、约翰·厄普代克、兰斯顿·休斯、罗伯特·弗罗斯特，还有我最喜爱的康斯坦丁·P.卡瓦菲斯[2]等人的诗作——"当你启程，前往伊

1　智利当代著名诗人。

2　希腊现代诗人。

萨卡岛，愿你的道路漫长，充满奇迹，充满发现。"

但是，显然校长并不愿意看到他的学生更加喜欢我这样一个事实。当被问及对我的看法的时候，这些十来岁的孩子快言快语，以为他们的赞美会帮助我更有可能被学校聘用。我只希望，自己的未来无须寄托在他人脆弱的自负上。时间自会证明一切。而在此之前，我只得等待、煎熬。

我感到自己的内心怀着回到课堂的渴望，我想去授课、去激励这些年轻人。这是我的归属之地。然而，我陷入水中，就好似有大白鲨咬住双腿，把我往下拖。我所怀抱的希望正在离弃我。

难道我注定永远当一名代课老师吗？这个念头不停地在我脑海中回旋。

用勿忘我修饰完茶杯，奥古斯丁修女把它放到了桌上。她接着拿起一只茶碟，同样用那些小点来装饰它。

"大自然里的许多东西都有一种镇静作用。"她说，"还有什么比一棵树、一场雨、一轮满月，或者开满花朵的原野更加简单的么？这就是为什么大自然是完美的静养之地。"

"绝对是。"我赞同地点头，"每当我感到压力过重的时候，特别是这段时间，我总喜欢走上一条很老的土路，它通往一处很大的田原，我喜欢去那里。那个地方叫作'熊跑'，是我们这个酿酒家族在镇子外边拥有的一块地。"以前，我曾经告诉过修女，我是圣玛利斯斯特劳布酿酒家族的第五代传人，这是我引以为傲的一份遗产。"我觉得在那片开阔的田野上，上帝更加容易看到我。提醒他我在那里也无妨。"然而我非常肯定，如果上帝在天上注视我，不论我身处何处，他都有火眼金睛，能够看到我。

我告诉修女，我多么喜欢在那片田野当中找一块软土或者草丛，然后席地而坐或者躺下。鸟儿在附近的枝头啾啾地鸣唱，蜜蜂和小虫在头顶嗡嗡地盘旋，蚂蚁和小虫安静地在身旁干活。倘若我在那里一直一动不动，偶尔会有小鹿窜到田里来吃食。当我和小鹿四目相对——我们同样的脆弱，任凭周围环境的摆布——整个世界都停了下来。在那里停留的时候，我更加明白，为什么农民都能得享高寿。那我们呢？我不禁想。我们只是偶尔去到那里。

接受了十二年的天主教教育，在内心深处，我知道上帝无处不在。每当我需要他的时候，他都无处不在，即使他对我祷告的回应并不是我所希望的。然而我也知道，就像潮水会让地平线变得模糊一样，有时我们面临的压力会将我们压倒，甚至让我们失去最基本的理解力。

"你知道勿忘我是如何得名的吗？"我的朋友问道。

"不知道，是怎样的呢？"

"德国有个传说，当上帝给地球上所有的植物和花朵命名时，这种蓝色的小花叫喊起来：'主啊，请不要忘记我！'上帝回答说：'没有人会忘记你，从此以后这就是你的名字。'我想，这是值得我们铭记的一句简短而优美的祈祷文：主啊，请不要忘记我！这几个字说明了很多。"

"多美的故事啊！"我感慨道，注视着修女的画笔。这段时间，有好多次我甚至怀疑上帝是否真的把我给忘了。当祷告并没有如我们所期望的那样很快得到回应时，我们很容易下这样的结论。我不得不经常提醒自己，那些没有得到回应的祈祷不意味着上帝没有倾听，然而我仍然时时疑惑。我甚至纳闷，修女如何能够每天待在商店，静静地干着自己的活，一做就是几十年。她就像野地里一朵微不足道的小花。她远离喧嚣的世界，那个世界也早已将她遗忘，虽然上帝没有忘记她。对这一切，她似乎毫不介意。

"我喜欢您画的这些柔弱的勿忘我。"我对她说。

奥古斯丁修女从茶碟中抬起头。"看近一点，你会发现，看似柔弱的东西实际上非常坚强。就像这些平凡的白色小花一样，它们能生长在一些非常幽暗、潮湿的角落。"

我脸上浮现出困惑的神情。

修女把茶碟举起，这样它刚好对着我。这是一个展示和教导的时刻。她用右手的食指指着一个小点。"你看这个点。一个点是我们能创造出来的最简单的标志，画笔轻触一下即可。

只是一个小点。刚开始，它可能显得其貌不扬，没有力量。它很简单，但这正是它所蕴含的美。这个简单的点可以用来给一句重要的话画上句号。在地图上，这个点可以标记一个偏僻小乡村的位置，也可以标记世界上最大的城市。作为小数点，它可以将一美元和一百万美元区分开来。这个点也可以是眼中的瞳孔，或是引燃大火的一个火花。当无数个这样的小点四散在天空，它就成了我们举头观看的星空。当有人从天空往下看时，地球上这样的小点就是你和我。这个简单的点，不会比一粒沙子或一颗雀斑大，却充满力量。"

我盯着那一抹灰色，窑炉会把它变成湛蓝色，宛若夏季的天空。那个点——勿忘我的一片花瓣——突然在我眼中变得坚定。它充满意义。没有这个点，勿忘我将会是别的东西，而不会是现在的模样。因此，若没有这些点，世界也会大大的不同。

修女接着道："勿忘我，还有这每一个小点，都是简朴的代表。"

我记起了自己最喜欢的《圣经》经文——《马太福音》6章28至29节："何必为衣裳忧虑呢？你想：野地里的百合花怎么长起来；它也不劳苦，也不纺线。然而我告诉你们，就是所罗门极荣华的时候，他所穿戴的，还不如这花一朵呢！"福音书作者笔下描写的可能正是奥古斯丁修女画笔下的勿忘我。

"即使说出'简朴'这个词都会让我觉得更加放松。"我说道，觉得单单说出"简朴"这个词的四个音节[1]都像长长地吐出一口气，"在我们这个复杂和喧嚣的世界，没有多少简朴。我此刻的生活里也没有。"简朴不正是我搬回故乡、一心想要寻找的吗？寻找一条更加简单、更加真实的道路。它在哪里呢？哪里有可供我去追寻的勿忘我的踪迹呢？

"因为简朴源自每个人的内心。这个世界之所以复杂而喧嚣，是因为人们把它弄成了现在这副模样。但是这些都不是世界起初的样子。"

"您的意思是？"

"想一想世界起初的样子。当然，它可能是一片荒芜，未经修饰，然而其中却有着简朴的秩序。日出与日落，出生与死亡，美丽，森林与丛林，大海，全都充满着生命自然的秩序。当我们人类进入到这幅图景当中，带来了毁坏、情感、野心、贪婪、罪恶。为了迎合我们自己的欲望和诱惑，我们毁灭并污染了那份简朴。然而，到头来，我们只是自食其果。如今，一切成了一场混战。我们全然忘记了什么是简朴，也忘记了它有多么大的能力。"

修女继续在茶碟上绘制勿忘我。点、点、点、点、点……那是她自己的摩斯密码，预示着简朴，留给那些愿意留心的人

1　简朴的英文单词为 simplicity。

看。一旦烧制好了，茶杯与茶碟上的两朵小花将会在透明釉的底色中脱颖而出，像一套精美玲珑的瓷器。

"我们如何才能够回归那份简朴呢？"奥古斯丁修女描述的第一部分的图景是伊甸园。那是她童年时代的反舌鸟山农场。我猛然意识到，那也是"熊跑"，被碧蓝的天空、青青的草地和无数野花环抱的古老田原。那是一座没有围墙的大教堂。然而，我不能永远生活在那片田园之中。比起从现实中暂时的逃离，这些问题需要更多的答案。

我们如何将简朴编织入日常的生活中呢？我需要知道答案。

坐在修女的工作室里，我开始意识到，这个更为宏大的问题的部分答案就在我眼前。我正在被简朴环绕：各种各样的形状和绚烂的色彩，泥土与烈火，桌子底下一只打盹的猫咪，就连我呼吸的空气都如此清新。这一切的中心就是那位艺术大师，她象征着简朴的理念。到目前为止，在我数次拜访中，我注意到奥古斯丁修女每天总是一模一样的装束——一件被磨得很薄的黑棉布衣服，让人不禁想起还是农场小姑娘的她只有妈妈做的为数不多的几件罩衣。没有必要满衣橱花哨的衣服。她曾经告诉过我，她的头巾帽的上端是用一个清洁剂的塑料瓶子做的。那是一个白色的硬东西，戴在头上，衬着她的黑色长袍，给人一种端庄威严的感觉。

"重新获得简朴感取决于我们每一个人。"修女解释说,"你谈到了当今这个世界的复杂和喧嚣,之所以如此,是因为我们把自己一层层埋到里面。每一天,我们都在上面添加一层壳,却从来没有剥掉这些壳。即便动物也知道每年有规律地蜕掉它们的外壳,而我们人类却不会。我们成了自己最危险的敌人。就好像日复一日穿上一层又一层的新衣服,然后走到热浪下面被活活烘烤。"

我立刻想起了家中的小卧室。粗略一算,我大约有四十件罩衣,三打牛仔裤和正装长裤,还有多到可以武装一支小型部队的短裤、T恤和系扣领衬衫,以及一百来条上班系的领带和将近二十双的鞋子。我想象自己把每一件衣服都穿在身上,直到衣橱和抽屉空空如也,直到喘不过气、认不清自己。

"我完全能够体会那种感觉。"我说,"不舒服,憋得难受,很难集中精力。"

"正是这样。最终你不能动弹,甚至无法呼吸。迟早,你会到达沸点,然后融化。"

换句话说,这正是我此刻的生活状态。"这像一个回不去的点,一个毫无退路的绝望境地。"我是不是没有希望了呢?这个想法让我后背阵阵发凉。我曾在自己的梦想上双倍下注,希望回到故乡去追寻教书育人、读书写作的生活。我的同龄人早已结婚生子,参加工作十来年,而我却一无所有,一切还得从头再来。

"对于有些人来说，这是一个无法回头的点。"修女画完了那个茶碟。她拿起另一支细长的画笔，在一瓶标记为"太阳黄"的瓶子里蘸了蘸，然后拿起茶杯端详了一会儿，开始在每朵勿忘我中间加上点。"一层又一层，繁复和喧嚣的壳从里到外、从各个方向而来，袭击我们。秘诀就是将它们一层层剥掉，清除干净，打开窗户，让阳光和新鲜的空气透进来。"

"很难做到。"

"是吗？"

是吗？我的朋友反问我。我思考她的问题，而她仍在慢慢地给世界添加上更多欢快的小点。每一种颜色都是她已有答案的线索。她正在引导我自己去找到解决方法。

我终于答话道："也许不难，但有时看起来不可能，或者没有用处，这样会摧毁一个人。"

"我们对付的是简朴，不是深奥的火箭科学。"修女眨眨眼，提醒我，"简朴就是你不用费力去想的东西。我不明白，为什么思考大问题的人需要复杂的解决方案呢？"

"我们怎样才能剥掉那些壳呢？"

"每天做几次简单的深呼吸，这样能帮助你剥去那些壳。每天在一个安静的地方静坐五分钟，如果你愿意的话，来上一杯热腾腾的绿茶，也有助于你剥去那些壳。"修女建议说，"你也可以环顾周围，问问自己：'有什么是我不能缺的？卧室里的电视，所有的小玩意、杂志、书籍、衣服，还是其他堆积起来的东西？凡事做到完美，取悦每个人的需要？犯错，让错误来困扰我？'你可以每个星期、每个月，或者随便什么时候任选一天，清除身边乱糟糟的东西。那是你给予自己的恩典。"

"为什么他们在学校里不教这些？"我咧开嘴大笑起来，"如果我们全都那样做，这个世界将会更加美好。"

奥古斯丁修女微微笑了。"你已经在开始剥去那些壳了。"

"我有吗？"我差点以为修女会诧异地看着我，对我说"废话"！我错过什么了？

"对于初始者而言，你的'熊跑'田原听起来不错。试着多去那里走走。当你远离它的时候，也不要忘了在那里的那种感觉。还有，每次你打开橱柜的时候，面对架子上那些没有意义的杯子，就会觉得不知所措，对吗？"

是的，我点点头。

"因此，正如你告诉过我的，你决定将事情简单化，只用一只特别的茶杯。你对自己说：这样至少会让每天的选择容易些。毕竟，你每次只能从一只茶杯中喝茶，因此不必有两打茶杯，这样架子上就会留出很多空间。当我把这只茶杯做好，你开始使用它时，这就如同吹进你每日生活的一缕清风。当我们扫除周围物质世界的桎梏时，我们也使内心的精神世界得到了自由。"

我再次点点头，渐渐开始有所领悟。"这种清扫也能够运用到生活的其他方面。"我意识到，"仅仅除去一点点垃圾就是往正确方向迈出的一步，是吗？"

这一次，修女点点头，在茶碟上点上最后一笔太阳黄。"是的。这同样适用于装面子摆阔，或者人们所说的'赶上琼斯'[1]。我总是在想，是什么原因？为什么人们总是要去取悦他人或者赶上别人呢？所有的这些努力和焦虑也会将你活埋，让你一步一步更加远离简单的道路，远离真实的自我。"

"我一直在想，这个邻居琼斯究竟是谁？"我开玩笑说。

修女和我都笑了。

接下来，修女用严肃的口吻提到了镇上的一个人。正如这个人的例子所揭示的，人们给自己添加上一层层物质的外壳，不仅违背了简朴的真义，还是邪恶的象征。

我告诉奥古斯丁修女，那个人装面子摆阔的决心使得他专挑那些心地善良的老人下手，尤其是富有的老人。他经常帮他们跑腿、修剪草坪、开车送他们去赴约，一步步讨这些老人的欢心，最终让他们的世界围绕他打转。他像一个寄生虫，剥夺了这些老人的独立，榨干了他们的金钱；除了这些可怜的老人，

---

1 习语，表示和你的富裕邻居保持同等的生活方式或质量，指和左邻右舍比排场比阔气。

镇上每个人都知道他的鬼把戏。就这样，他可以索要更多、更多、更多的东西——衣服、珠宝、饰品、汽车、旅行。有一次，他威逼一位垂死的寡妇改变遗嘱，赠予他一大笔钱，比此前她慷慨分派给他的还要多。当时，那位女士由于中风而不能动弹，只能在他递过来的遗嘱修改附录上画了一个大叉。

修女不赞同地摇摇头，"看来他是想与犹大为伍的那类人！"她俏皮地说，"我们都知道犹大的结局。"

我也摇摇头，不知道该不该笑，但我实在很想笑出声来。

修女之前那番关于装面子摆阔的话也让我想起那些与明星共事的日子。"您知道吗，修女，当我在纳什维尔当经纪人时，我的工作就是为我所服务的那些乡村歌手打造并维持某种排场。当初我入行时，并不完全懂得这一套。直到有天我和老板聊天时，才明白过来。我当时正在如饥似渴地阅读一位客户的自传，那本书非常励志。但我的老板哈哈大笑，对我说，'你早晚会发现那本书里哪些是真实的，哪些不是'。这句话引起了我的思考。"

"在那之前，我一直认为自己是一个来自小镇的单纯孩子。这并不是说我在成长中没有经历过糟糕的事情，而是我相信人们告诉我的。我期待着人们告诉我真相，而不是谎言。那份工作真的令我大开眼界。可是后来我出了问题。作为一名经纪人，我帮助艺人制造幻象、塑造最佳的形象和神话；这些光环包裹着我的客户们，但与他们的真实为人没有一点关系。我亲眼看到这些幻影给幕后的明星带来了什么，又是如何改变了他们。这些幻影使得他们的生活变得纷繁复杂，以至于我常常想，他们到底还记不记得自己究竟是谁。我现在也会在电视上看到他们，但我常常想，'这不是你的本来面目'。"

奥古斯丁修女专注地聆听着，不时摇摇头。我向她展现的是她从未经历过的。娱乐圈对她而言是一个陌生的世界。对她来说，纳什维尔就像天涯海角那样遥远。

我接着说道："我所知道的一位歌星已经结婚，还有好几个孩子。我不断告诉媒体，他是一个多么伟大的丈夫和父亲。后来才发现，他在外面举行演唱会时，对妻子不忠，而且居然是在自己手下一伙人的帮助下这样做的。得知这个消息后，我感到非常失望。然而，日复一日，我不得不在他的神话上添加新一层的装饰——满是谎言的装饰。"

"这真是可耻。"修女插话道，"并非所有可怜的灵魂都在炼狱之中。"

"纳什维尔的经历对我而言是一场巨大的历险。我也遇到了许多善良的好心人，经历了一些事情，我会永远将它们珍藏在心底。然而我也目睹了生意场和人性真正丑陋的一面，复杂的一面，简朴只是在镜头面前和宣传册里被渲染出来的。"

"你离开那里非常明智。"修女说，"当人们在那样的环境下待久了，他们的心灵就会被腐蚀。"

我无力地苦笑，表示赞同。"有时候，我把自己的简朴埋葬了。我很后悔这一点。"

奥古斯丁修女正在检查茶杯和茶碟上那一行行安静的野花。"后悔只会浪费宝贵的光阴。不要那样想问题。"她说，"你需要一直专注于前面的道路。耐心和其他美德的操练有一个经验累积的过程，简朴也是我们需要经过时间培育的，就像修剪一座花园一样。"

"像满园的勿忘我，是吗？"我能够想见若干年后的自己，坐在书桌前注视着那个茶杯和茶碟，就像修女现在这样。到那时，茶杯和茶碟可能会有缺口，釉层会出现裂纹，杯中会积聚茶锈——而这些只会让它们更显宝贵。我的目光和手指缓缓掠过每一朵勿忘我，每啜饮一口都温暖我的心房。我会更好地理解这个世界。

"是的，"修女说，咧嘴笑了，"绝不要低估简朴的力量。它能够释放你的思想和心灵，能够帮助你看到那些一直在你眼前却被你忽视的事物。"

从她的嘴到上帝的耳——也许我对于答案的追寻就归结在将这些小点联系起来的无畏之中。

第五章

迷失与寻找

"你的声音听起来不高兴。"奥古斯丁修女说。那个夏日的午后，当我走进小店问候修女时，她正背对着我。从一句简单的"你好"中，她竟然能够听出我的心情，真是令人吃惊。

"我没有得到那所高中的全职教师职位。"我说着，坐到了薄荷绿的纺锤椅里。为了寻求理想，我回到故乡小镇，然而最近的这次被拒让我比以往更加困惑。为什么？为什么？为什么？我们在天上的父，你究竟有没有倾听我的祷告？一个个问号涌现在我的脑海，就像被丢进池水中的石子惊得四散的一群小鱼——惶恐慌乱、漫无目标。

"你没有得到吗？但是你在那里代课好长一段时间了，学生们也挺喜欢你的。我还以为你稳操胜券呢。"修女以一副困惑的口吻说道。她走回纺锤椅前，从桌子的那一边注视着我；

一边拿起一尊画了一半的圣约瑟雕像，那是她从午饭前就已经开始绘制的。布利岑跃上她的膝盖，很快就进入了梦乡。"你还在校长生病时替他上课。这应该算数，不是吗？"

我的眼珠一转。"我想，这些资历在最后的决定中不起作用。"

"啊，我明白了，政治。"修女说，"我清楚学校里有些人不是那么诚实。我虽然待在这个角落里，但还是有眼睛和耳朵。我觉得很好笑，有些人奉上帝之名工作，实际却……"修女停顿了一会，接着说，"上帝察看一切。因此，我们无须做那个评判的人。幸运的是，那里还是有真正善良的人，全心全意为了学生。"她微笑着结束了这段话，缓和了阴郁的气氛，把包袱甩向了它该去的地方。

"是的。"我同意，"你说得对。"我接下来说，学校里大部分老师，还有副校长，都站在我这边。副校长是我七年级时的班主任，那时她刚刚开始教学生涯。在这次被拒之后，他们打来电话、写来纸条安慰我。他们的所作所为提醒我，这个世界仍然存在着善良。

说到钩心斗角的政治，我常常惊讶于奥古斯丁修女对这些事理的清醒。我原以为，在圣约瑟修道院这个封闭的世界里，尤其在她的商店和工作室的静谧安宁中，盛行于世界上的猫和老鼠的政治游戏在这里不着痕迹。

我告诉我的朋友，更糟糕的是，我有一个好嚼舌的阿姨，她本来和我的生活没有什么交集，这回竟然在小镇里逢人就说，我之所以没有得到工作，是因为她"听说"我没有教师资格证。她居然还有胆子将此事告诉我的母亲。比起她的道听途说、流言蜚语，把盐撒进新鲜伤口都显得更加仁慈。

　　如果我的阿姨有心来问我，我可以向她展示我的两本教师资格证和硕士学历证，它们就摆在我家的书桌旁。此外，代校长上的高年级英语四班课上有一名高三学生给我写了一封信，上面写道："所有的学生都喜欢你，尤其在我们生命中的这个季节……你的工作打动了如此多的不同生命。对于许多人而言，你所做的至关重要。"对我而言，这些衷心的话语比任何资格证书和常春藤盟校毕业证都意味着更多。与此同时，阿姨的恶意论断和高中校园里某些人的作为都是宝贵的提醒，正如修女告诉我的，"魔鬼也在辛勤做工"。

　　"你有没有想过，你的情况好转了？"奥古斯丁修女问。

　　面对摆在眼前的这个奇怪问题，有那么片刻，我的大脑发蒙。终于，我回答说："并不觉得。我相信我生命中的一个使命就是教书。自打上一年级起，我就想当一名老师。我只不过是碰巧多转了几个弯，才做了一名老师。现在我觉得自己完全迷失了。"

　　修女继续画圣约瑟的眼睛，她手里拿着一支纤细的画笔，在雕像上面涂上棕色；她的面前还摆着好几个雕像。"做老师有许多种方式，"她说，注视着圣约瑟的眼睛，"在课堂上教书育人只是其中一种。"

"我从未这样想过。"我的郁闷情绪开始缓解。见到她准备与我分享她的智慧，我开始觉得心中有了亮光。

"我想你应该感恩。"她的手停了下来。圣约瑟从桌子那边望着我，他的一只眼睛已经画好了，另一只还没有，看起来好似在朝我眨眼。

"感恩？"

"是的，感恩他们没有给你这份工作。"奥古斯丁修女重复道，"还记得那些碎了的陶片吗——那些悲伤——那些我打开窑炉时偶尔会发现的碎陶片？"

我点点头，她捡起碎陶片的模样浮现在我的脑海中。

"你还记得我怎么对待每块碎片吗？"

"您把拾起每一块碎片都当作是感恩的时刻，为生命中的祝福而感谢上帝。"

"对极了。每一块碎片都带来了一个停下来感恩的时刻。如果原来的陶坯都完好地从窑炉里出来，我不会有这么多感恩的机会。这是上帝让我时常停下来的方式，他让我学会关注那些真正重要的东西。"

"当你觉得自己遭遇不公时，真的很难表达感激。"

修女点点头，她膝上的布利岑微微惊动了一下，然后又酣然大睡。圣约瑟还是那副眨眼的样子。"那是最应该感恩的时刻。正是在这些充满挑战的时刻，我们更加靠近生命的真实目的。我们应该为这些挑战而感恩。"

我深深地吐了一口气，感到非常受挫。我还没有告诉她，也没有告诉其他任何人，关于试图出版那本烹饪书所带来的挑战。可能还需要过些时日。"说得有道理，但是我仍然觉得在教室里教书育人才是我人生的意义。当我很小的时候，每天放学后我跑回家，都会在家里扮演教师上课的样子。我有一张桌子，一些课本，以及一屋子想象中的学生。"回想自己对着一间空屋子讲话，想象那是一个宽敞明亮的教室，我不禁嘲笑那个幼稚的自己。"我将自己布置的作业做好，假装学生们都完成好了，然后我来批改、打分……"我哈哈大笑起来。即使只有七岁、八岁、九岁，我也十分在意那个假象的教师。

在匹兹堡大学布拉德福德分校获得英语和语言交际的中等教育双学位后，我转而攻读硕士学位。一个寒冷的冬夜，当午夜的钟声敲响时，我骄傲地站在哈佛广场的正中央——12月1日，刚好是我三十岁的生日。那时，我感到前途一片光明。如今，三年过后，我的高中母校居然都不聘用我。

我继续说："然而，读一年级时，我的老师约瑟法修女告诉我，我长大后会成为牧师。我总是担心那可能就是我的命运，尽管我并没有感受到当牧师的呼召或者渴望。当然，那条道路看起来很高尚。可能那正是对我的呼召，只是我不知道而已！"

我看得出，修女经常被我滔滔不绝的话逗乐，正如现在一样。这就像我把话语全都扔进一台没有盖子的搅拌机，然后把开关开到最大，而不用在乎身处一个神圣的地方。在她的工作室里，我可以畅所欲言，尽可能理清思路。修女在一旁的桌子上绘画，而我在另外一旁口若悬河，思考生命的意义。我渐渐相信一个事实，那就是不论什么事情、什么状况、什么问题，修女总会给出一个答案。

"我只是一个信使。"在最初的几次闲聊中，当我夸赞她给予我的高见时，奥古斯丁修女如此谦卑地说道。她只那样形容过自己一回；似乎从一开始，那就是她在我的生命中扮演的角色。不管怎样，我从来没觉得有必要问她给谁送信。那个答案不言自明。

修女现在把注意力转到完成圣约瑟的另外一只眼睛上，同时一边帮我更好地理清我目前的状况。"正如做老师有许多种方式，服侍也有多种方式。当牧师或修女只是其中一条。如果你有做牧师的呼召，你需要非常确信。你现在已经脱离了这样的困境。"她咯咯地笑着，一边把细长的画笔在那个标有"核桃色"的"邓肯"颜料瓶里蘸了蘸。

我报之以大笑。知道自己并不是注定要当牧师，或许还有其他"服侍"的方式，正如修女所说的那样，比如说传播积极的信息，我感到释然。在我正在创作的那些民俗画上，我经常使用"爱""希望""平安""恩典""喜乐""敬畏"和"欢笑"等词语，进一步传递一些让人振奋的信息。我的烹饪书也传递了美味带来的欢乐，那都是一些积极的信息，如果它有幸被出版的话。

也许她还有什么要说的，我想，尽管具体的事情还未明朗。

"也许你有更高的使命，你注定要去做别的某件事情。"修女继续说，"上帝以神秘的方式做工。你没有得到那个教职——尽管它现在正是你心之所向，因为你并非注定要去做这个工作。"

"您真是这样认为吗？我注定得不到那份工作？"我正在寻求慰藉，希望抓住一个救生圈。我觉得自己是个失败者，这是一种很难摆脱的感觉。迷茫，不知道前面的道路，这真是一件折磨人的事情。要在你看不到也解释不清的一个伟大使命上充满信心，或者在一个看似不再相信你的世界寻找信任，这的确是件难事。

"事实总是如此。"奥古斯丁修女说，她绘制完了圣约瑟的另外那只眼睛。此刻，这个谦卑的木匠、大卫王的后裔，正在桌子那边注视着我，脸上的神情仿若洞察一切。"上帝自有他的主张。此刻我们并不知晓他的意念，但是有一天，当你回首往事的时候，你会感慨，'正是我生命中所经历的一切好事和坏事，让我成为现在的自己'。"

这番话让我把目光投向了桌子远处。上面摆放着五个或大或小的纹碗，每一个都有着像万花筒般绚烂的色彩，仿佛有人将马克·罗斯科[1]的作品剪碎，然后重新拼贴在一起。一年多前，修女做了第一个这样的碗，我把它当作生日礼物送给了我最好的朋友史蒂夫。后来修女又为我做了一个。之后，我和修女说，她应该做些这样的彩碗在商店里出售。

当我看到她最初为店里做出的四只碗时，我把它们全都买下来作为礼物。我还告诉她，她的要价应该更高些，而不是目前的大碗八美元、小碗六美元。"在城里面，这些要价还要高得多。"我告诉她。奥古斯丁修女却不肯听从。"但我们不是在城里。"她反驳说，"我想让那些想买的人都能够买得起。这是上帝的作品，不是我的。"瞧，就是这样。

她后来又做了六只碗，当她把它们从窑炉里取出来的时候，恰巧被人看见，当场就被全部买走。尽管我蠢蠢欲动，恨不得将它们全都买走，但我已经保证，要让目前摆在桌上的这五只碗贴上霓虹橙色的价格标签，进到商店。对于我而言，每一个碗就像一块拼图。那些恣意泼洒、五彩斑斓、纵横交错、尽情

1　美国当代抽象派画家。

流淌的色彩就像隐含着重要信息的密码，我确信自己需要将它们解开。

修女似乎读懂了我的心思，说道："是的，正如那些碗一样。每一只碗最初的时候只是画笔一刷，然后刷一下，再刷一下；我根本不知道它们最后会变成什么样子。但是当我打开窑炉，我看到那些碗上的每一笔都有意义。哪怕缺一笔，每一只碗都不会是现在的模样。"

我想起了家中工作室里那些新的两英尺长、两英尺宽的胶合板。我用锤子将它们凿开，然后用粗糙的砂纸将它们打磨光滑，使它们看起来像是历经了岁月的风霜。这些板材成了我那些原始民俗艺术油画的画布，我经常把自己创作的作品送人。确实，正如修女所说，我所画下的每一处不完美和瑕疵就如修女笔下的每一画，也如菜谱中的每一份原料，不管所占的成分有多少，都是不可或缺的。

"您的每一只碗都是艺术品！"我说，"这些都是抽象表现主义的伟大作品，就像杰克逊·波洛克[1]所画的那样，也像其他伟大艺术家的作品。"

"您从来不缺少赞美的言语，是吗？"奥古斯丁修女摇摇头，藏不住微笑，我知道，这番当代艺术的论调对她不起作用。

1　美国画家，抽象表现主义绘画大师。

"并不是每个人都能够制作这些彩碗，修女。"我强调，"您具备了一个艺术家最重要的天赋——调和色彩天生的敏感，而且知道一幅画作什么时候能完成。这很了不起。"

修女轻轻地拍了拍布利岑，它在她的膝上轻轻哼了一声。"是上帝的手在引导我的手。"她仍旧谦逊地说。

"您有没有想过为它们取名字呢？"我曾建议修女给这些彩碗起名，这样我们就能将它们向大众推广开来。我早就开始苦思冥想，如何才能吸引更多人来到这家小店。我的口头宣传已经带来了新顾客，包括那位将刚出炉的六只彩碗一口气买下的顾客。当下，为修女的陶瓷店义不容辞地进行宣传俨然成了我生活中的一件趣事。

"实际上，我已经想好了。"

"是什么呀？"

修女微笑了，我的心悬了几秒。"我准备叫它们'格西特制'。"

"格西？您怎么想到起这个名字的？非常特别。"

仿佛有暗号般，前门突然被推开了，约翰·保罗修女匆匆走了进来。她五十来岁，是圣约瑟修道院最年轻的几位修女之一。她总是充满活力，非常尊敬奥古斯丁修女。"嗨，约翰！"她朝我打招呼。我挥挥手。她将目光转向了奥古斯丁修女和布利岑。

"嗨，格西，我来看看您需要点什么。杰西塔修女和我正准备去商店。"

我的眼睛不禁睁大了。我望着奥古斯丁修女，脸上浮现出一抹微笑。

"不用了，我很好。"她回答道，并回报我一个笑容。

"很漂亮的碗。"看着桌子那头的"格西特制"，约翰·保罗修女夸赞道，"这就是你要跟我说的那些碗？"

"是的。"奥古斯丁修女回答。

"你总是让我惊讶，格西。"约翰·保罗修女说。"我听说是你在负责这些碗。"她加上一句，把目光转向我。

"我要将奥古斯丁修女打造成一位超级明星。"我半开玩笑地说。

奥古斯丁修女朝我摆摆手。"快别这样说！"

约翰·保罗修女打趣道："格西，等你成名了，可别忘了我们这些小人物哦！"

奥古斯丁修女摇摇头，眼珠转了转。"噢，你们两个！"

"我得走了。"约翰·保罗修女说。她转过身，朝门口走去。"再见，约翰！晚饭见，格西！"

"原来您就是格西！"约翰·保罗修女走后，我惊叹道。

"这是我在这里的昵称。我想，对这些彩碗来说，这是个好名字。"

"我觉得这是个相当精彩的名字！"

奥古斯丁修女瞥了一眼手表。"时间到了。"她说，推了推膝头上的布利岑，然后站起身。圣约瑟如今已上好色，和一堆颜料瓶及素胚摆在桌上。

"什么时间？"

"跟我来，你就知道了。"

修女绕过桌子，领我进到里屋。她在中间那张摆满了方形和长形的白色模具的桌子边停下来。

"这个。"她说，指着一个被黑色的粗橡胶带和绑带扎着的大立方体。"猜猜里面有什么？"

"您说什么？"

"模具里面有什么？"她敲了敲模具的上端，重复了一遍问题。

我这才意识到，这是约翰·保罗修女进来之前，我的朋友准备和我分享的课程的第二部分。

我仍然一头雾水。"嗯，我不知道。"我很好奇自己是不是错过了什么。

"当我握住模具的时候，请帮我把那些橡胶带和绑带松开。"修女发出指令。

我开始把绑住白色塑料模具的八根黑色橡胶带一根根松开，在这过程中，我始终小心翼翼，生怕橡胶带弹到修女和自己身上。然后，我解开了系在模具中间的绑带，而修女一直抓住模具两边。

奥古斯丁修女把手放在上面，"最后一次机会，你能告诉我里面有什么吗？"

"我一点也不知道。"我唉声叹气，觉得自己真没用，连这么简单的测试都不知道。

"你抓住上边，我抓住这边。"修女教我，"来，让我们把它解开。"

我们默数了三下，修女和我把模具上端揭开，缓慢而平稳。

"是一个碗！"我惊呼道，好像发现了一颗钻石，而不是一个湿润的陶坯。"这是一个'格西特制'！或者说，即将成为'格西特制'！"

修女笑了。"当一切都紧紧封闭的时候，从外面看起来，这个模具很神秘，是吗？你知道它是一个模具，但仅此而已。就好比说，你知道自己要当老师，或者你拥有其他的梦想，但是你不知道具体该怎样走。"

我心中一动。

奥古斯丁修女继续说道："当你松开这个模具所有的绑绳，打开它，你会发现里面真正的使命。"

"我需要更深地看透自己的内心，这就是您想要告诉我的。"我大胆地说。

"每一次你没有得到你注定会得到的工作，或者每一次你将愤怒、恐惧和困惑转化为感恩，你就除掉了让你裹足不前的又一道束缚。你释放了自己，前进了一步，去寻找更大、更真实的使命。"

"我们都绑在许许多多这样的黑色橡胶带里面，是吗？"

"是的。上帝把我们这样放在里面，就像一个美妙的礼物，外面包着许多彩带。然后生活在上面添加了一层层橡胶带。上帝已经知道我们里面的潜质。那些潜质已经在那儿，就在他放置的地方，等待被发现。然而这需要我们自己去发现，去慢慢地将它松绑，把我们的使命解开。"

"我真的很害怕。"我终于承认，将内心完全地向修女敞开。"我害怕自己成为一个失败者，害怕自己做出的选择是错误的，害怕在生活中走错方向。"我破碎的心灵彻底地呈露了出来。

"那是很自然的。"修女说。她的声音安抚着我心中粗粝的边缘。"当你最终看到上帝为你预备的使命时，那种感觉会消散的。"

"您有没有害怕的时刻呢？"我问。

"当然，有很多次。"奥古斯丁修女温和地笑着回答说，"这个故事我从来没有和别人说过，但是我很乐意和你分享。"

我的眼睛不禁睁大了。

"当我还是一个小姑娘时，有天黄昏，我在农场附近的树林里迷了路。这种事经常发生在我身上，然而这一回，却不一样。我在追赶一只蝴蝶——那种蝴蝶是我第一次见到的。我总喜欢冒险，看看我追的那些小虫到底会把我引到哪里去。不知不觉，我就走到了森林里面，不知道哪儿是家的方向。那时还是早春，昼短夜长。"

"您做了什么？"我仿佛看到小安娜那张天使般的脸庞。她穿着妈妈做的粗布罩衣，开心地追逐一只帝王蝶，无忧无虑。白色的农庄和谷仓渐渐消失在她身后的田野里。

"我开始大哭起来，特别是在找不到蝴蝶的踪迹之后哭得更加伤心。我真的开始感到孤单和害怕。我越往森林深处走去，那里似乎显得越黑暗。我开始想象各种各样恐怖的事情：一只野兽出来抓住我怎么办？我的家人再也找不到我怎么办？……"

修女停顿了一下，我脑海中浮现出一个无助又害怕的小女孩的形象，她正在日暮时分的田园上慌乱地奔跑。"但是后来，我听到一个声音在前面呼唤我，我以为那是我父亲的声音。一开始他的声音听起来非常遥远，但是我放下心来。我往父亲声音所在的那个方向走得越快，那个声音就越清晰。可是他并不是在喊'安娜'，他呼喊的是'奥古斯丁'。我觉得奇怪，我以前从来没有听到过这个名字。"

我的朋友知道我正在凝神地听着她的每一个字。我正和她一起待在树林里，周围是高耸的松树、栗树、橡树；还有猫头鹰呜呜的叫声、鸟儿的啾啾声、野兽的嗥叫声。脚下是干枯树叶、松针，以及掉落的树枝，踩上去发出嘎吱嘎吱的声音。黑暗带着一脸狰狞，正在慢慢靠近。

修女接着说："我开始朝那个声音跑去。我跑得越快，那个声音听起来越大，直到最后，树林变成了一片开阔的田野，上面长满了青草和野花，灿烂的阳光就从树顶上照射下来。"

"是您的父亲在等您吗？"

"不是。然而我一直听到那个声音说，'奥古斯丁，奥古斯丁'。我十分困惑，谁是奥古斯丁？我看看四周，没有人在旁边。我很快意识到，那个声音正是在呼唤我。然后太阳似乎变得很大。尽管当时已经过了冬季，天气开始变暖和了，但白色的光线照射下来，就像一场暴风雪。"

"您后来做了什么？"此刻，我已经同她一起身处那片迷幻的原野了。

"我只是站在那里。"修女回答说，"我一点也没有被这光弄得眩晕。事实上，我能够直视它。我站得越久，就越不感到害怕，感觉就像那束光在拥抱我。然后那个声音说：'奥古斯丁，你是蒙福的。'"

"哇。"我轻叹了一声，可以想象得到修女当时是怎样的感受。"后来呢？"

"这就是那个声音所说的：'奥古斯丁，你是蒙福的。'不久，我就听到了父亲的声音从我身后的树林传来。'安娜，安娜！'他高喊着。我转过身，看到他跑向我，脸上带着一个大大的笑容。我看到他真高兴！"

"但那个您听到的声音？它是……"

修女把手放至胸前，说道："自那以后，那个声音一直珍藏在我的心中。从那一刻起，在内心深处，我就知道，我要把自己的一生献给上帝。"

"您为什么没有把那天的经历告诉其他人呢？"她选择同我分享这个故事，我既感到荣幸，也感到深深的谦卑。

奥古斯丁修女的眼睛闪烁着亮光，她咧嘴笑了。"每一个故事都有它被讲述的时刻，约翰，"她说，"即使是在八十年以后。"

第六章

小小十字架

我在前廊停下，透过纱门朝陶瓷店内望去，一阵温暖的秋风拂面而来。在工作室的一张长桌子边，我看到了奥古斯丁修女的身影。她穿着黑色的修女服，系着碎花连兜围裙，站在两个中等大小的黏土球面前，手上拿着一根大擀面杖。近两年来，尽管我每周都来拜访她，但每次都是一次独一无二的经历，每个细节都印在我的记忆深处。

我在一旁观察着，她就像烘焙师一样干练，用擀面杖将其中一个球压平，然后开始揉搓。每一次来回揉搓，挂在她腰间的木质玫瑰念珠就摇晃起来。她重复这个动作约莫有几分钟，表现出了惊人的体力，直到灰色的黏土球变成了平摊在桌上的一块"薄煎饼"。

"您老可以去烘焙店兼职啦，如果您愿意的话。"我走进店内，大声说道。

修女转过身来，看到是我，哈哈大笑起来。"这种面团的味道可不美味哦。"她故意说道，脸上浮现出一个大大的笑容。

为了眼前的工程，她早已把工作桌清理得一干二净。

"您在做什么？"

"你的十字架。"修女指着一个小小的锡制饼干切块模型说。这种模型会将黏土块切割成约莫两英寸宽、三英寸长的微型十字架。我先前在她的店里看到过一些彩绘且上釉的十字架，就买了几个当纪念品送人。

大约一周前，我特地订购了一批新货，打算送给表兄赫勒尔德神父，让他带到洪都拉斯[1]——他是那里圣方济各会[2]的传教士。当我告诉修女我的想法时，她的眼中闪烁着亮光，就是那道自从我遇见她以来一直珍视的亮光。想到她的这些小小十字架将去往另一个国家，她也感到非常兴奋。

"需要帮忙吗？"作为一名艺术工作者，我总喜欢动手做点东西，但也总是弄得有些糟糕，不管是为我的民俗油画锯锯锤锤、用砂纸打磨一块木板，还是拖来大石块、移植灌木装饰庭院里的小角落。

1　拉丁美洲国家。
2　天主教托钵修会之一。

"你揉面团的功夫怎么样啊？"

我哈哈大笑起来。在为烹饪书编写啤酒面包配方时，我试过自己揉面团，但这门活计是艺术和科学的结合，似乎永远属于妈妈和祖母们的领域。"我可能揉得没有您好，但我愿意试试。"

"太好了，我的胳膊可以歇歇了。干这个没有什么诀窍，只需要出点力气。"

好的。我想我可以。

奥古斯丁修女递给我一根旧擀面杖，我猜想它一定在修道院被使用很多年了；可能最开始是在厨房，然后来到了陶瓷店的工作室，重新开启另一番艺术用途。修女坐到了一旁薄荷绿的纺锤椅里，以便更好地指导我。

"关键是来回揉搓，均匀用力，把黏土揉成四分之一英寸厚。这看起来好像很难做到，但你会成功的。揉这样的黏土球需要花费时间，才能达到你想要的效果。如果它们揉得太厚或者太薄了，做出来的十字架就不会好看。"

她已经做好了第一个"煎饼"，大概可以做出十个十字架；眼下，第二个球正等待我来大显身手。

"这是操练耐心的好办法。"我笑着说。我还在培养自己那方面的品性。

"是的。"修女肯定地说，朝我眨了眨眼。

一开始我的动作很僵硬，紧紧抓住擀面杖的两头，把这根木质圆筒重重地推入黏土球中。我听到了"噗"的一声，擀面杖将黏土球分成了两团，落到了桌子上；我的头"嗡"地响了一声。

修女扬起眉毛，咯咯笑了起来。"你有点性急啊！"

"看来短时间内我在烘焙店找不到什么工作。"

"把这块黏土揉回去，再来试试。"她指导说，"你会掌握窍门的。"

我把擀面杖从这团糊糊的黏土三明治上抽回来，放到一旁，然后用手揉搓这软黏黏的一团东西。黏土冰凉、潮湿、顽固。当我奋力将这团难以对付的黏土揉回一个球时，我手上和胳膊上的肌肉开始频频抗议。

在这样的时刻，修女和我就像隐居在一座孤岛上的两位孤独的探索者。我们远离了大陆，只有两个人互相依靠。我们的关系是师生、师徒，但是最主要的还是——朋友。

我们之间最难忘的讨论往往由一个简单的问题开始。她每次的回答都像一缕清新的空气。一生当中，我们很少有机会随心所欲地问其他人任何问题，而且知道你所问的总会有答案，这个答案对你具有变革性的意义。因着格外的恩典，我们才认识到，站在我们面前的这位信使是上帝赠予我们的一份稀罕的礼物。

重新揉搓黏土球时，我转向了修女。

"您在人生中学到的所有功课里面，什么是最重要的？"我很清楚，自己所问的这个问题单刀直入。

"哦！"奥古斯丁修女叫了一声，催促布利岑从桌子底下跳到她的膝上来。它一跃而上，等候她温柔的手在它背上抚摸。"不止一个功课，我可以给你一箩筐。"

"那您先选一个讲吧。"我继续揉搓这团顽固的黏土，把它变成了和修女之前那个完美的球体至少有些相似的东西。

她朝下看看布利岑，拍了拍它那丛厚实的花斑毛。我能够察觉到，我的朋友正在认真思考她今天要讲的话题。

"饶恕。"修女终于说道，她抬起头来看着我，不带一丝疑惑。

"饶恕。"我重复道。

"对于发生在我们生命中的许多事情，饶恕是一个关键的转折点。人们通常将它视为一个最终的目标，然而那却是真正的开始。有了饶恕，我们才能够迈步向前；没有饶恕，我们只会停滞不前。"

"要做到饶恕不容易。"我说道，脑海中迅速闪过一个骨瘦如柴的小男孩——多年前的一个凉爽秋日，小男孩的双臂被两个大孩子紧紧攥住，好似他们在玩拔河游戏；他的双腿被第三个孩子按到地上，动弹不得。他们用残忍、肮脏的话侮辱他。第四个孩子则是主谋，他正在往小男孩的衬衫、裤子和嘴巴里塞泥巴、草叶和干枯的树叶，仿佛小男孩是个活生生的稻草人。

"有时候，饶恕也许不可能做到。"我补充道。头脑中的那幅画面一直是一片挥之不去的阴影。这种持续不断的痛苦撕裂了我童年的纯真，就像一个屠夫把肉从骨头上活剥下来一样。

"没有什么是不可能的。"修女说，"是的，饶恕不易。从上帝的设计看，它原本就不容易。如果这是容易的事情，就没有什么意义。然而，它是这个世界上我们能够给予彼此、给予自己的一个最伟大的礼物。"

我疑惑地看着我的朋友，手中的黏土球仍然在手中滚动，就像一个橡胶减压球。它正在开始成形，而我的手指和胳膊仍旧生疼。也许这种疼痛意味着一种释放——长期积聚的毒素最终从我的肌肉和毛孔中排解出来。

"有人伤害了我们，尤其是伤得很重的时候，我们人类本能的反应是什么？"修女问。

"还击。"我的眼睛紧盯着手中那团黏土。真是奇怪，这个词轻而易举地从我嘴里说出来，连想都不用想。那个男孩——那个曾经的我，双眼迷离——此刻正越过二十五年的岁月，无助地盯着此刻的我，带着祈求、绝望的眼神。这么多年，那些小混混从未直视过我的眼睛。

"正是这样。但那是错误的方式，永远是错的。不幸的是，当人们受到伤害时，那是大多数人普遍的反应。然而，那种方式，只会让我们的心灵陷入泥潭之中。"

"为什么您认为我们普遍的反应会是还击呢？"

"如今，人们陷入一个充满竞争和诱惑的世界。每个人都渴望比邻舍拥有的更好更多。更大的房子、更好的工作、更多的钱、更多的衣服、更多的装备、更加时尚、更多物质。每个人都争先恐后，试图超过别人。很少听到有人想要一颗更宽广的心、一个更坚定的信仰，或者对他们所拥有的一切充满更多的感恩。这种物质主义和依恋让人们变得贪婪，到处争抢地盘。对于许多人来说，尤其是今天的年轻人，一切都是我、我、我，以及我的、我的、我的。因此，当有人伤害我们时，回击的诱惑通常大得难以抵挡。一切都只为证明我们自己是对的、我们了解最好的。"

"我们也有自卫的权利，不是吗？"我挑战她。我能够感觉到那些小混混再次拉扯我的手，似乎要把我的手拽下来，他们还将我的双脚紧紧按在地上。我根本无法动弹，完全无助。我尝到了强塞到我口里的土中沙砾和干枯树叶的味道。

"以眼还眼？"

"像这样，可能不是字面意思！"也许只是一把土，塞到他们口中，我想。看看他们喜不喜欢那滋味。即使过了二十五年，伤口依旧会裂开，流出血来。

"但是实际就是这样。不管是眼睛、情感、财产，还是生命。

无论你对我做了什么，我一定要立马还给你；为了证明我比你更加强大，也许还要更加恶劣。这样做会有什么结果？"

我思索了一会儿。"你挖出我的眼睛，我也挖掉你的眼睛，"我回答说，"这样只会让我们两个都瞎掉。"

"只会让这个世界在每个人眼中变得更加黑暗。"修女朝着我手中的圆球点点头，"我想那个做好了。"

我看到自己手中握着一个光滑的球体，就像奥古斯丁修女之前做好的那个一样。

我伸了伸手，手掌和手臂的疼痛减轻了不少。我大笑起来。"还不赖。"

"这一回用擀面杖时动作可要轻一点哦。"修女建议说，冲我顽皮一笑，"从一开始就要稳稳抓住擀面杖，轻轻地来回推，而不是一下就压下去。记住，做这个需要慢慢来。坚持这样推，就会把这个球变成我们需要的满月形状。"

好的。我点点头，按她所说的做。慢慢地，我揉捏好的球变成了一个厚厚的椭圆形，然后变成了宽宽的圆盘状。

"但是，那些深深伤害过我们的人呢？我们该如何原谅他们？"我继续追问刚才的话题。

"你心里面有这样的人吗？"修女问。她总是知道我心中所想的。

"是的，有这样的人……很多人，他们在很久以前深深地伤害了我，我一直竭力想要原谅他们。当然，每一天，都有人以不一样的方式伤害我们。"

"我明白了。"修女说。她慢慢地点了点头，抚摸着布利岑的后背。对于我不想说的，她从来不会追问。我不愿和她谈起脑海中那个挥之不去的镜头——那个小孩在操场上受到的欺侮。"你认为饶恕的对象是谁？"

"嗯，我们饶恕那些伤害过我们的人，我认为是这样一些人。"

"饶恕是饱含爱和同情的一种行动。是的，它是我们给予伤害过我们的人的礼物——这通常是人们最难理解的部分。我们总是以为，饶恕意味着我们放过了伤害过我们的那个人。然而最终，当我们饶恕他人时，这个举动也是一份充满爱、同情和自由的礼物，是我们送给自己的礼物。"

"我以前从来没有这么想过。"我停了下来，沉浸在她的话语之中。我的黏土铁饼还在准备做成十字架的半道上呢。"通常情况下，我们很难告诉别人，自己原谅了他们。"那些秋日欺负我的小混混们以及我在学校遇到的其他人如今早已四散在各地，娶妻生子，从事各行各业的工作。我不可能拎上一篮子饶恕去敲响他们每一个人的大门。他们甚至可能不会记得自己曾经对我做过什么，尽管我对这些始终难以忘怀。

"你不必大声说出来。"修女说，"当然，你可以告诉某人

'我原谅了你'，或者把这个写在信里。然而更多时候，这都是不太可行的。"

"那该怎么做呢？"我继续滚动擀面杖。就快做好了，那个大大的灰色月亮即将成形。

"你可以在心里默想那些伤害过你的人，以及他们对你所做的，然后说'我原谅你'。"

"有那么容易吗？"我充满怀疑。

修女大笑了起来。"容易，又不容易。揉那块黏土容易吗？"

"不，当然不容易。"

我低下头，看到一轮满月在擀面杖下舒展。修女拾起旁边的一把木尺量了起来。我常听到父母那辈人讲起那些严格、指关节啪啪作响的修女的故事或笑话，而木尺正是这样的故事或笑话里的亮点。我暗笑起来。

"正好四分之一英寸。"她说。

"就像您说的，做这个需要慢慢来。"我说。

"还需要一只稳当的、持之以恒的手，这是你一开始并不具备的。"我的朋友补充说，"当那个人浮现在你的脑海中时，你需要对自己重复四个字——'我原谅你'，十多次，一百次，或者更多次。最终，你感受到的愤怒和伤害将会烟消云散。你会释然，找到平安。当你下次再想起那个人时，你会怀着爱和感激，感谢他们教给你的功课。"

我沉默了一会，陷入思考。"我们的敌人成了我们的老师。"我终于醒悟过来。

"现在你明白了！让那些伤害过你的人成为引你向上的翅膀，帮助你飞翔。"

在附近的一个高架子上，与我同名的传道者圣约翰的象征——一尊老鹰的雕像，吸引了我的眼球，我还是头一回注意到它。它那专注的目光似乎在强调修女所说的。可我仍然心存怀疑。"是不是太便宜他们了？"

"你认为呢？"奥古斯丁修女把问题抛回给我。她所教给我的最伟大的功课之一就是告诉我如何去找寻内心的答案，进一步完善自己的指导原则——这才是一个真正老师的标准。

当我在脑海中反反复复思考这个问题时，修女把布利岑放到地板上，它一溜烟跑开，又去调皮捣蛋了。修女站在一旁，检查并排摆在桌上的两个大黏土圈。

"很好。"她评价说，然后拿起那个旧的饼干切块模型。我估计，在过去的岁月里，那个小小的锡制十字架也曾在修道院的食堂里待过。它那结实的构架和锋利的边缘如今非常适用来切割黏土。

奥古斯丁修女从她自己所做的那个黏土圈边缘开始，稳稳地把饼干切块模型锋利的金属边缘按了下去，然后反着拿出来。一个十字架清晰的轮廓就刻在了黏土里。她重复着这个简单的动作，黏土上出现了翩翩起舞的一圈十字架。

当她做这些的时候，我仔细端详着她右手无名指上的金环。我知道这一定是修女在七十年前立誓修行之日起戴在手上的。戒指上的阳文和刻印文字已经被磨平了。它散发着光泽，映衬着这只历经八十八轮寒暑的手。对于三十二岁的我而言，那是时间和忠诚的象征，是令人景仰的一件物品。

"我同意您所说的。"我终于开口道，"饶恕也是我们送给自己的礼物，比起那些伤害过我们的人，也许这是一份更大的礼物。"把土塞到欺负我的人的嘴里只会让我们呛得都喘不过气来。这对任何人都没有任何好处。

"是的。"修女确认道，同时又把一个十字架压到黏土里。

她这句简单的肯定鼓励我继续说出自己的感悟。"当我们学会饶恕时，您刚才讲到的自由就会降临到我们身上，这并不是说那个伤害我们的人得到了免费通行证，而是指我们自己从伤害中得到了解脱。"我停顿了一下，深深地吸了一口气。

"我们卸下了积怨、愤怒和仇恨的包袱。"修女进一步阐释我所说的，"至于那些伤害我们的人，上帝察看一切，他知道怎样对付他们——以他自己的方式，在他的时间内。那不是我们所要担心的。"

我再次看到了操场上的那些小混混，再次感到双臂被拉扯、双脚被他们野蛮的大手和仇恨按到地上，再次尝到了泥土、草叶和干枯树叶的味道和灼痛感。穿越二十多年的伤害和尴尬，我直视着自己的眼睛。我朝那个小男孩——就是我自己——点头微笑，让他安心。接着，我头一回将目光转向像一群野兽一样围着我的小混混。我凝视着他们每一个人的眼睛，说道："我原谅你。"这是一个开始。

"轮到你了。"奥古斯丁修女的声音把我拉回了现实，她递给我一个微型锡制十字架。她的那个黏土圈上已经刻满了十字架，此刻她正在用一把调色刀把它们切下来。

我觉得肩头的重担卸了下来。一阵清风透过纱门吹了进来，让人神清气爽。

我模仿修女刚才的动作，把十字架的边缘直直地压进黏土月球里，然后再拔出来，接着一遍一遍地重复这个动作。

"对于那些最可怕的事，我们如何来理解饶恕呢？"我继续追问，渴望聆听修女更多睿智的洞见，"比方说，一位醉酒的司机撞死了另外一位年轻的司机；对配偶施暴的人；一个强奸犯。又或者说，一个杀害成千上万人的恐怖分子。我无法理清这些问题，更不用说去思考饶恕是如何起作用的。"

"我能给予你的最简单的回答，其实就在你的指尖。"修女答道，低头朝着桌子。

我低下头，当我把锡制十字架压进黏土时，我感到它的边缘正摩擦着我的食指和大拇指。"父啊，赦免他们，因为他们所做的，他们不晓得。"[1] 我脱口而出，仿佛回到了小学六年级的宗教课上，站在乔基姆修女面前背诵《圣经》的经文金句。

"正是，这是主自己的话，是我们对有关邪恶和饶恕的问题最清楚的答案。"修女说，"我们不能忘记，在这个世界上，魔鬼也在努力做工。在许多方面，我们这个世界不再珍视生命，不管是出生还是未出生的、不管是人类还是动物。即使我们生活的这个星球也每时每刻惨遭蹂躏。生命不再被珍视，而是成了连想都不想就被浪费、被遗弃的东西。然而，还是有许多闪光的例子：我们看到父母饶恕了杀害他们孩子的凶手；一个女人饶恕了强暴她的罪犯；一名瘫痪的病人原谅那个开车把他撞倒的司机。只要瞧一瞧那些被虐待的动物，想一想它们是如何回到我们人类身边的，就会发现，我们还不是那么坏。"

"您所说的意思是，"我插嘴道，"宽恕深深植根在我们每个人心中。每个人都有宽恕和放手的能力。"

"我们的主已经在十字架上证明了这点，日常生活的许多例子也证明了这点。"奥古斯丁修女肯定地说。

我停了下来，我的黏土圈上已经刻上了半圈十字架。我的脑海中闪过一些人的形象，他们受到伤害，被残暴对待，但他们仍然能够宽宏大量。这样的例子每天都出现在新闻上，每个

---

1 这是耶稣基督被钉在十字架上时对天父上帝的祈祷。

人都可以看到。

奥古斯丁修女继续说道："有些人遭遇了最极端的迫害，他们仍然能够饶恕他人，这样的人是信使。我们经常听到这类故事，一方面惊讶于他们对迫害他们的人表现出的同情之心，一方面却在心里想，我做不到像他们那样。然后我们转而去做其他事情。他们选择了饶恕，不幸的是，我们选择了遗忘。"

"这就是我们所做的。"我说，眼睛盯着黏土圈上的十字形线条。它们精致而低调，连贯而有气势。我意识到，尽管"得天独厚者，需替天行善"[1]这句话是正确的，然而，这句话更有效的解释是，被夺走得越多的人，越需替天行善。

"我们很难意识到，这样的人正是你和我。"修女说，"不管我们遭遇何种不幸，上帝的恩典正是降临到你我这样的人身上。"

我继续将黏土月球的剩余部分用十字架填满，当我做好的时候，修女刚好用调色刀把最后一个黏土十字架切下来。她比我快一步。她的黏土圈此时已经变成了一块有着小小十字形窗户的模板，仿佛正等待着有人给它安上彩色玻璃，这样就可以变成教堂穹顶的窗户了。可是，修女却拿起这块中间被掏空了的黏土，重新把它揉成了一个小球。不浪费，则不匮乏。

---

1 原文为：To whom much is given, much is expected.

"您是否也有过很难原谅别人的时候？"我问。此时，我正在用调色刀将黏土十字架切下来，而奥古斯丁修女则再次用起了木头擀面杖，将新的黏土球压成一个小小的薄煎饼。

"当然有。"她毫不犹豫地说，仍然专注于手中的工作，"虽说穿上这身黑袍，但我还是个罪人。魔鬼也在各处努力做工，因此我们必须努力才行！"

我哈哈大笑起来。我想，那是当然。"但我怀疑魔鬼在你这里会遇到对手。"

修女笑了。"饶恕是每日的操练，即使在这些墙内也是如此。"

"做好了。"我高兴地叫起来，骄傲地把最后一个十字架从黏土圈上取下来，摆到桌上，和之前那些放在一起。"这些小有规模了！"

"你还没有完成呢。"修女微笑着说，"如果你愿意的话，你还可以把剩下的黏土揉成一个球，然后再把它压平，做出更多的十字架。"这也意味着奥古斯丁修女要绘制和烧炼更多的十字架，也意味着更多的十字架会随着赫勒尔德神父到达洪都拉斯。

我相信，每一个十字架都会将它所蕴藏的信息传递给最终得到它的人，那些我永远也不会认识的人。他们不会知道，在远离他们世界的某处，一个阳光灿烂的秋日午后，一位年迈的修女和一个年轻小伙子之间有过关于饶恕的一段对话。他们也不会知道，一股救赎的温暖清风已经嵌入了他们手中握住的那团经过淬炼的黏土中。

他们自己会发现，那个漂洋过海来到他们手边的小小十字架里蕴藏的含义——如此脆弱，然而又如此坚韧。我有信心相信，他们会发现那些困扰自己良久的问题的答案，或者得到他们所受伤害的弥补。也许，握住那个手工制作的十字架，看到奥古斯丁修女姓名的首字母"S.M.A."（我坚持要她用黑色笔写在背面），他们会意识到，在这个世界的某个角落，有人正在深深地爱着他们。

"是的，更多的十字架。"我说着，又开始将手中的黏土揉成了一个漂亮的小球。

第三部分

第七章

充满喜乐的神秘之地

那个下午，我们的交谈是在窑室开始的。我将上好釉的陶器递给奥古斯丁修女，她随后小心翼翼地将它们放进窑炉，准备烧制。接下来，她一如既往地祷告，撒上圣水，简短地恳求圣法兰西斯帮忙——确保完工时，喜乐多过悲伤。

待她关上炉盖后，我问道："修女，您有没有雪人的模具？"尽管那是一个炎炎夏日，气温将近30摄氏度，我却已经在遐想圣诞节的情景了。

"我有。"她回答说，"好多年没有用了，就放在里屋的某个角落。我们现在去瞧瞧？"

奥古斯丁修女领我到了里屋远处的一角。上百个白色的石膏模具摆放在货架上，堆得满满当当，并在地板上占据了一席之地，它们看起来就像是各式各样被放大了的方糖块。

"我们来找找。"修女说着，开始在中间一个架子上翻找起来。"这些大部分是圣诞节的物品。那个雪人应该就在这里。圣安东尼[1]，请您帮个忙。"许多模具上面都有奥古斯丁修女手写的铅笔字迹。然而这些都无关紧要，她似乎已将它们牢记心了。

　　"这么多啊。"我带着一丝惊叹说。

　　"你在别的地方找不到这样的模具了。从一开始，它们就跟着我。现在全都是古董了，没有人想要。"

　　我怀疑后面一句话说的并不属实，我想向我的朋友证明它们还有用。"您使用这些模具多长时间啦？"

　　"好长时间啦。"修女咯咯地笑着回答。"找到啦。"说着，她从架子上拿出一个小小的长方形模具，然后将绑住模具的黑色粗橡皮筋解开。"瞧，这正是你想要的雪人。"她确认道，把它递给我。

　　我抚摸着模具凹进去的印痕。"这看起来像五六十年代的雪人。"我激动地说道，仿佛看到这个雪人在美国无线电公司播出的黑白剧里唱歌跳舞，纸片制成的雪花纷纷飘落在它周围。

　　"我毫不怀疑。这些模具都是长寿老人，就像我一样。"

　　我大笑起来。"行啦！"我假装嗔怒道，"我有一个堂妹收

1　早期教会的属灵榜样，旷野教父的著名领袖。这里指修女请求圣徒的帮助。

集雪人，她肯定想要这个。另外，您应该制作一些这种雪人放在店里，为开放日做准备。当然啦，要给我也做一个。"

"我想我可以做。"奥古斯丁修女说，"但是我不知道我能做多少，考虑到要完成圣景像的订单，还有那些你觉得应该为开放日准备的'格西特制'。"她扬起眉毛，"特别是你总是把我做的每个彩碗都买走了。"她笑了笑——现在轮到她来责备我了。

我俩都知道，尽管还有好几个月的时间，玛格丽塔修女早就在"小玩意和大珍宝"礼品店积极忙活，带头为一年一度的圣诞节开放日出谋划策。这个活动在十二月的第一个周末举行，在圣玛利斯充当了圣诞季启动仪式的作用，并且借此为修道院筹款。往年，这个节庆活动的中心一直在礼品店；今年，修女的陶瓷店头一回被大张旗鼓地包括进来。几个月前，我曾就这一点向玛格丽塔修女提议，她欣然同意，说道："多多益善！"——这本就是一件不必动脑筋就可以想到的事情。我无法相信，陶瓷店以前从未是开放日的主要阵地，我猜测，这与我朋友谦逊和喜好幽静的性格有一定的关系。我后来问奥古斯丁修女，她是否愿意成为节庆活动的一分子。她想了一会儿，回答说："我觉得那会很有趣！凡事都有头一回。"社区里许多人即将发现修女制作的那些独一无二的美丽作品，正如两年半前的我一样。

修女如何迅速地为开放日制作出足够多的雪人？我想到了一个点子。"您要做的就是把所有的雪人都绘成白色。"

　　"真的吗？全是白色？眼睛、帽子、围巾不用涂颜色？只是一层透明釉？我想象不出有人会喜欢这么简单的东西。"

　　"相信我，人们会喜欢的。"我劝她放心，"尤其对于那些收集雪人的人来说。现在你再也找不出像这样上了年头的好东西了，而且还是手工制作的。"

　　"那好，我能做！这听起来很简单。"

　　"上面那些模具是什么？"我指着架子顶上的模具问道，凑近前去看个仔细。

　　"就是一些旧花瓶。"

　　"能让我看看吗？"

　　"当然可以。"修女回答，往后退了几步。"看吧。"

　　"糖果店里的孩子"这个词根本不足以描绘我那一刻的感受。自从第一次踏进里屋，我就一直期待着有机会来探索这个地方。我从架子顶端拿出一个大模具，把它放在地上，松开带子，解开绑住两边的橡皮筋，把它分开。

　　"修女！"我惊呼道，看到了一个小西瓜大小的中间凹进去的模具。"这个花瓶是上世纪中期现代主义风[1]的！"

八十八岁的奥古斯丁修女咧开嘴笑了，朝我开玩笑地摆摆手："又来这些词语了，你总是不缺这些词。"

"我是说真的，人们会愿意花很多钱来买这样的花瓶，那些还不是像您这样纯手工制作的呢。这样的东西现在可流行啦。"

从修女困惑的表情中，我看得出来，她认为我疯了。

"您能不能为开放日做一两个这样的花瓶？就像'格西特制'一样。"我接着说道。

"好的，把模具放到那里吧。"她很有风度地回答说，指着靠近湿黏土缸的地板上一方小小的空地说。

我继续探索架子上的每一件模具，对所发现的珍宝发出一连串的惊叹声，修女被我的大惊小怪逗乐了。我仿佛看到，经过奥古斯丁修女的巧手，这些模具变成了满室色彩绚烂的经典陶器——都是要人们花费好大气力才找寻得到的珍宝。我告诉修女，如今电视节目和杂志对这种东西垂涎欲滴，他们拥有的东西可不像她这样有才气的人制作的如此栩栩如生。

我打开一个长而扁平的模具。"修女，这是什么盘子？太

1　20 世纪中期的 1933 年至 1965 年，在美国发展的现代主义设计风格，涵盖建筑设计、室内设计、产品设计及图形设计等领域。

令人难以置信了！”

“这是烟灰缸，不是盘子。”修女笑着纠正我。此刻她正坐在三个被重新发现的大模具上——其中一个是很高的雪人，另外两个是圣诞老人和圣诞老奶奶，这些全部被添加至开放日待办事项的清单里。“六十多岁的时候，我做了许多那样的烟灰缸。”

“这样很像一个有趣的糖果盘。”

“是吗？烟灰缸当糖果盘？”她脸上的表情充满怀疑，同时还带着顽皮的神色。我知道她愿意试一试。

“这就叫艺术品位。”我说，“没有人知道它真正是用来干什么的。你可以给它涂上我最喜欢的那种宝石蓝。”

“把它放到这堆东西里。”修女故意板着脸说，朝左手边点点头。

“这些是什么？”我问道，打开一系列其他模具，把它们拿给修女看。此时就连布利岑也凑过来看热闹，看看到底发生了什么。

“小陶瓷盒子。”奥古斯丁修女靠近前以便看个仔细。“这一个是心形的盒子，上面有鸽子；那一个是只圆盒子，有蕾丝图案。我以前做了一批这样的盒子。”

“有没有可能……”

“放在这一堆上。”修女说，仿佛这是她和我共同谱写的一首歌曲的副歌。"已经有一大堆了，我要忙上好几个月啦。"

我捂住嘴，环视我俩——不，应该说是我——造成的满地狼藉。

石膏模具堆成了半间冰屋，把奥古斯丁修女和我包围起来。这些几十年不见天日、大大小小、长长短短的模具即将重获新生。

"看样子上帝最近不打算让我休息，"修女说，她的眼眸中闪着亮光，"他最清楚。"

"我也不准备让您休息。"我揶揄道。

修女摇摇头。"我希望有好运气，能从上帝那里要来一天假。"

有关上帝的话题近来压在我的心头。当我持续面对个人和职业的挑战，我开始产生了许多怀疑。我祈祷，甚至祈求上帝帮助我做许多事，但是我害怕他要么有些耳背——我还没有看到自己每天希冀和祈求的结果，要么就是根本没有人在我寻求帮助的长途电话那头接听。

环视屋内，看到修女这么多年来积攒的成堆成堆的模具，我深感震惊。她是一位修女，同时又是艺术家和老师，显然上帝赐予了她许多天赋。我不禁好奇，她是否也曾处于十字路口，有过对前方不确定的道路充满疑惑的时刻。

"修女，您有没有怀疑过上帝？"我问道。当时，我盘腿坐在地板上，背靠着那堵石膏块墙，心形盒模具的两瓣就放在我腿上，像一把打开的锁。

"没有。"奥古斯丁修女毫不犹豫地回答。布利岑正舒舒服服地躺在她的膝上，"喵呜""喵呜"叫着，注视着我。"我总是知道，上帝会引导我去往正确的方向，不管我当时是否愿意。"

修女接下来告诉我，上个世纪 70 年代，上帝呼召她离开圣约瑟修道院和陶瓷店。她被派到威斯康星州的达卡达，在那里任教，并在教堂的圣器收藏室帮忙。"对我而言，离开商店是件很困难的事情，我非常喜欢这里。"修女回忆，"但是我知道，在我生命中的那个季节，那是上帝希望我做的事，是他对我的计划的一部分。我想，他希望我经历更广阔的世界，去开阔眼界。我相信上帝知道他所做的。最后，他又把我带回了这里。这就是信仰的力量，约翰，这种力量超越一切。"她的话音低了下来，化成了一串轻柔的笑声。她说最后这句话的时候，就像是讲笑话时抖包袱；那个笑话的开场白可能是这样——"你知道你老了，当……"

修女的故事让我回想起了自己的人生之路。我曾远离家乡，最终又回到了故土。她对上帝的忠诚和信靠坚定不移，并将其视为人生的向导，这种精神实在鼓舞人心。我不知道自己是否也有那样坚定的信仰，尤其是在面对现在的问题和疑惑的时候。此刻，我更像是那些在旷野中彷徨的以色列人，本来只需十一天的路程，却行走了四十年[1]。

"您认为怀疑上帝，或者怀疑他的存在是一种罪吗？"

"我想，质疑上帝是极为自然的。耶稣也曾经那样做过。"修女回答道，"如果你愿意的话，怀疑和质疑都是通往答案的道路。"

我是家中的独子，出生在一个信仰根基深厚的家庭。我的三位叔祖父和一位曾叔祖父都曾是牧师，酿酒厂家族那边的两位堂兄也是牧师——保罗神父和赫勒尔德神父。当我还是个孩子时，祖母施利姆与我们住在一起，她经常邀请她的朋友西里尔神父来我们家客厅做弥撒。我的第一本彩绘《圣经》故事和一本有关天使的书就是这位神父送的。

每天晚上，我的父亲杰克都会跪在床边祷告。他曾是赛车选手、屠夫、掘墓人，后来成了一名生意人；他不用看谱就能演奏钢琴和手风琴。我的母亲巴布曾是一名秘书和教师助理，后来她待在家里养育我。她每天都会花上一个钟头安静地吟诵《玫瑰经》，还要加上一连串祈祷文。她甚至呼求小德兰修女[2]

---

1 《圣经》记载，摩西按照上帝的吩咐，带领以色列人离开埃及，前往上帝应许给他们的迦南美地。在这个过程中，以色列民众由于屡屡怀疑和抱怨，花了四十年才走完原本十一天就可以走完的路程。

2 一个只活了二十四岁的修女，生前默默无闻，谦卑地称自己为"耶稣的小花"，死后被称为"当代最伟大的圣女"，著有《灵心小史》。

向她显现一朵红玫瑰，好使她知道祷告得到了应允。我的父母是在 10 月 2 日守护天使的盛宴节上喜结良缘的。他们是 1956 级的高中恋人，上个世纪 50 年代，他们刚好成年。那是一个更加简朴和纯真的年代，我觉得他们和他们的朋友都是《火爆浪子》[1] 里的人物。在我心目中，爹地和妈咪就是长大后的丹尼·祖科和珊迪·奥森 [2]。这些天来，许多个礼拜日，他们 X 世代 [3] 的儿子并没有去做弥撒，而是在树林中闲逛，或者漫无目的地驾车出行。每周的朝圣到底在追寻什么呢？使命？方向？接纳？应许之地？还是所有这些？

我继续追问，就像一名尽职的记者，有一天下午碰巧经过天国门口，停下来调查一番。"你有没有疑惑过，如果上帝存在，他为什么允许龙卷风、洪水、地震夺走那么多人的生命？为什么让恐怖袭击发生呢？"

"甚至是他独生子的谋杀？"奥古斯丁修女停了下来，睁大眼睛。这个问题悬在空中，只听见怦怦的心跳声。"有些问题我们在此生永远不会有完满的答案，比如说为什么邪恶会存在。你永远都要记住，魔鬼也在努力做工。"她接着说，"当那

1　讲述 1960 年代特有的，号称"油脂一族"的工人阶级家庭青少年的故事。

2　音乐剧《火爆浪子》中的男女主人公。

3　指 1966 到 1980 年之间出生的人。

些可怕的事发生时，我绝对不会责怪上帝。然而，我实实在在看到他在那样的时刻做工。"

"怎么做呢？"

"想一想吧，那些灾难把人们凝聚到一起，互相帮助。想想那些灾难当中的营救人员，还有那些幸存者奇迹生还的故事，那都是上帝在做工。这些都是我们能够看到的、实实在在的故事。"

"然而，有时候我们很难相信我们看不到的人，你知道吗？"

"你觉得你会看到什么具体的东西呢？"修女将问题抛回给我。

我想了一会儿，在脑海中寻找最合适的答案。"我不知道。也许是一个留着长长白胡子的老人，坐在宝座上，周围有许多天使环绕他，每样东西都飘浮在天上。在这个世上，相信眼睛看到的就是事实似乎更加容易。"我挤出一丝苦笑，但就连布利岑也对我的回答显得很不以为然。

"也许你是用错误的视角在观看。"修女说，"如果上帝的存在就是一个非常简单的是或不是的问题，或者是我们能够看到的站在我们面前的人，这个问题就没有什么意义，不是吗？"

"我同意。"我回答说，"但您说的错误的视角是什么意思呢？"

"我的意思是，上帝是你必须努力思考才能理解的。我仍然在思考这个问题，这是一个一生的使命。尤其是现今，人们大睁着眼睛，却茫然地行走。他们看不到眼前的东西。如果你真的仔细观看的话，你就能用肉眼看到上帝。那些救援人员，那些在灾难中挺身而出的慷慨人士，还有幸存者奇迹生还的故事——这些都是你可以亲眼见到的，它们都是上帝在做工。即使在生命中最失望的时刻，上帝也在其中。"

"我想，他最近一定来过我这里许多次了！"我无不讽刺地说。

修女大笑起来。"所有这些悲伤和失望都是他计划的一部分，为了让你去到你应该去的地方。"

我恍然大悟。"通往'是'的道路充满着许多的'不是'。"我缓缓地吐出每一个音节，想要抓住我正在学习的这一门新语言的错综复杂之处。或许，我仍然还有希望，有希望找到梦寐以求的教职，有希望找到愿意出版那本"绝密"烹饪书的出版商，有希望寻觅内心的宁静。"您刚才所说的是，上帝就存在于生活中这些'是'与'不是'之中。"

从理论上来说，这个有道理；又或者这只是我自己一厢情愿的解释，想让事情听起来比实际更好。

修女点点头。"是的，上帝无处不在。"她接着说道，"太阳、树木、花朵、雪花、星辰——没有哪个活人能够造出这些东西。当你看着它们，你就看到了上帝的创造。"

我插嘴道："当我看到您的那些'格西特制'，看到那些绚烂的色彩和造型，想起它们在我心中激荡起的灵感，我也看到了某种神圣的东西。"每一只波纹彩碗都有一个寓意——泥土与色彩的交融散发着比艺术用品更伟大的东西——鲜明地印证了使徒保罗在《哥林多后书》4章7节所说的"宝贝放在瓦器里"[1]。

除了冲我微笑，朝我眨了眨眼，修女并未对我这一番高谈阔论发表什么见解。

修女继续说："当你注视另外一个人的眼睛，不管他们是一个值得被爱的人，还是曾经伤害过你的人，你看到的是一双被上帝塑造的眼睛。即使我们凝视动物的眼睛时，你也会看到上帝的创造——如果你真的仔细观看的话。"

我暗笑起来，如果是那样的话，上帝的创造，此刻正透过那丛花斑毛，在修女的膝上狡黠地盯着我。我想知道布利岑是如何看待这个问题的。也许，它此刻的安逸满足回答了一切。

"但那仅仅是观看上帝的方式之一。"修女说，"你其他的每一个感官——你的双手、你的鼻子、你的耳朵、你的味蕾，

---

[1] 原文是"我们有这宝贝放在瓦器里，要显明这莫大的能力是出于上帝，不是出于我们。""宝贝"是指主耶稣，"瓦器"是指我们。"宝贝放在瓦器里"是指让主耶稣住在我们（基督徒）里面，显出美好的见证，荣神益人。

都是一只眼睛，能够看到上帝在做工。没有人能够创造这些感官。上帝赐予你这些唯有他才能够创造的天赋，是为了让你以无限的方式看这个世界，感受他在身边与你同在。"

"一个人如何打开所有这些眼睛，真正看到上帝呢？"

"在这个现代社会，越来越难了，因为许多人迷恋物质和快感。每一样事物都变化得太快，根本没有留出时间让人们停下来，思考、经历就在他们眼前的东西。上帝不是存在于某个地方——不论你在哪里，他都在你身边。"修女说，"从他的设计来看，上帝并不是要你马上看到他、理解他。我觉得如果真是那样，一定会非常震撼。相反，他是一幅巨大的拼图，你要经过漫长的年月，一点一点地拼凑，最终拼图才会完成，就像这里的模具山一样。"

我环视了一下如城堡般环绕在身旁的白色石膏块。坐在那片地板上，我有一种温馨和被保护的感觉。

奥古斯丁修女问道："当我们今天刚走进这里的时候，你在这个角落里看到了什么？"

"许多陶瓷模具。"我的回答平淡无奇。

"没错。各种形状和不同大小的模具，每一个都绑着橡皮筋和带子。"

她想说的开始变得明晰起来。"我一个一个把它们打开。"我说。

"瞧瞧你每次的神情，想想这成堆的在接下来几个月让我很忙的活计，我敢说，你对今天所见到的会感到非常激动和快乐。"

"是的，我能想见每一个模具未来的样子。"

"每一次当我们停下来研究一片草叶，品尝一只新鲜、多汁的橙子，惊叹于一位消防队员冒着生命危险冲进着火的房子去抢救他人的壮举，或者即便当我们在摆弄这些模具时，我们其实都在经历上帝在这个世界的工作。这间屋子里潮湿黏土的气味，填充模具时马达的声响，都是感受上帝的机会。我们必须调动全部的身心与灵魂去观看，这样才能够真正明白。"

我的手指抚摸着心形模具盒子凸起的线条，它们好似写给心灵的盲文。我被上帝的信息包裹着。头脑中的迷雾开始像舞台上的幕布一样卷起来，让我有机会朝舞台下面窥探，也让我对上帝和前面的旅程有更加清晰的了解。

第八章

上帝的时间

　　我在桌边坐了二十分钟，此时，奥古斯丁修女就在我对面薄荷绿的纺锤椅上安静地小憩。她穿着一件蓝白色格子的围裙，一道白色的阳光从我身后的窗户透进来，她就沐浴在这光芒中。

　　她一只手上还握着画笔，另外一只手里拿着一个扁平的蛋形盘子放在膝上。盘子上绘着勿忘我——五个天蓝色的小点做花瓣，中间一个太阳黄的小点，边上几缕绿叶，这些勿忘我曾经只是她的十字架模型、复活节彩蛋和圣母袍的专用图形，现在则出现在我每天使用的茶杯和茶碟上。这些花朵就像摩西奶奶[1]画笔下的小花，四散在阳光灿烂的大草原上，摇曳生姿。

1　美国女画家，出生于农家，七十多岁才开始绘画，常被当作自学成才、大器晚成的代表。她的作品主要描绘的是美国农场生活。

这些简单的标点符号，证实了"媒介即讯息"这一名言[1]。

她手中的盘子正是我准备过几周送给朋友的结婚礼物。我已经将修女做的几十件陶器当作礼物送出，也为自己买了许多。在制作陶坯的过程中，修女还把那对夫妇的名字、婚礼日期，连同她自己的签名刻在了盘子底部。陶瓷上印刻的字迹会永远地留下来，正如我希望朋友的婚姻会天长地久一样。

桌子附近还有一只制作中的"格西特制"。修女如今总会在身旁摆放一只或大或小的纹碗来清洗画笔，创造出抽象的宇宙万象，而那正是我的最爱。有时，她要花上一周的时间才能做好一只这样的碗。好几次她把几乎空了的颜料瓶聚在一起，一次就能画好几个"格西特制"，以此满足顾客对这种彩碗日益增长的需求。

这些彩碗令我和见到它们的每个人都激动不已，而我们的激动之情总是把奥古斯丁修女逗乐。每当我为一只新鲜出炉的"格西特制"赞叹不已时，她都会说："你真会夸奖。"几乎没有哪只碗在商店里停留过。要么我买这些碗送给自己或者当作礼物送人，要么就是某些幸运儿刚巧进到陶瓷店，发现一只刚刚出炉的新碗，而他们通常会把它带走。这些五彩斑斓的碗正

1　作者在此借用西方传播学巨匠马歇尔·麦克卢汉的名言"媒介即讯息"，表明勿忘我花这种媒介传递了奥古斯丁修女给他的讯息。

在以迅猛之势欢快地逃离圣约瑟修道院。

我瞄了一眼手表，然后望向修女。她睡得如此安详，我不忍叫醒她。坐在这张专属我的纺锤椅里，我希望自己也能够安然入睡，特别是近段时间以来，我总是每夜每夜失眠，神经高度紧张，忧虑不堪。也许现在情况会有所改变，因为好消息终于来临了，而这正是我此次来访的目的。我迫不及待地想告诉我的朋友！

另一方面，布利岑是我见过的最懒洋洋的小猫，在商店和工作室的各个角落，我总是看到它在打盹。修女的膝上似乎是它最为惬意的打呼噜的宝地，它也常常待在商店前门下边的柜台上、工作室马蹄形桌子左下边它自己的窝里、窑室的高架子上，或者里屋一大堆素瓷的中间。今天，趁着修女午睡的空隙，布利岑在工作室横冲直撞，就像一位快活的导游，在我们的朋友醒来之前给我带来欢愉。它在货架上跳来跳去，然后又从架子上跳到了远处的桌子上。它敏捷地越过了圣景像的障碍，而我在一旁惊得连大气不敢出。它能够察觉到我的目光一直在追随着它，观看着它表演的每个动作。

就在我认为它会把那对小鹿和那只警觉的老鹰从高架子上碰下来摔个稀烂时，它却轻盈地越过了它们，动作娴熟而优雅。然后它猛扑上桌子，直视着我的眼睛，似乎很享受这种嘲弄我的乐趣。

我此刻已经熟谙了这场游戏，但仍然乐在其中。我伸出手想拍拍它，而它却溜走了，我只看见一道花斑影闪过眼前。"哈哈哈，保管你抓不到我！"它仿佛在嘲弄我，虽然没有说出来，但是意思很明显。

　　修女睡得十分安恬，我不忍惊动她。但此外，我也没有别的去处。有她在，我感到内心很平静。我坐在那里，沉浸在和布利岑的游戏中。它已经和我上演了十多次这种追追赶赶的游戏。

　　奥古斯丁修女醒了，看到布利岑和我就在她面前对视，她咯咯地笑了起来。"它要过一阵才会和人熟络起来，尤其是男士。"自从我头一回见到这只小花猫，她这句话重复了可能有五十次。"布利岑，过来，约翰想和你玩一会儿。听话。"

　　布利岑转过去看着修女，然后又很快将狐疑的目光投向我。我再次伸出手，以为这一次又是我早已习惯的轻蔑一击。

　　这一次，布利岑哼了一声，但并没有像以往那样跑掉。它待在了原地。

　　"过去，布利岑。"修女催促道，从后面推了推小猫。

　　"我不会伤害你的。"我重复道，这可能也是自我第一次见到它以来第五十次这么说了。我慢慢伸出了手。

　　布利岑盯着我的手指，犹豫了一会儿，再次哼了一声，然后把左脸凑过来，在我的皮肤上磨蹭。我朝修女笑了笑。"有进步了。"我说。

"瞧，布利岑，他没这么吓人。"修女轻声说。

我慢慢地将手往前移动，开始按摩布利岑的脖颈。几分钟后，我再次将手放到桌上，然后缩了回来。

"你交了一位新朋友。"修女赞许地点点头。

阳光从我身后的窗户洒进来，布利岑的脖颈处垂下来的一个铜质圆环在阳光中闪耀着。"布利岑脖子上戴的是什么？"我从未注意过那个东西，因为它以前从来没有像现在这样距离我如此之近。

修女微微笑了。"圣法兰西斯的徽章。"她回答说，"法兰西斯喜爱动物，所以我请求他照看布利岑，尤其是考虑到布利岑总在这里进进出出。"

"目前为止，这一招看起来很奏效，对布利岑和你的陶器来说都是如此。"我说。我指的是修女在盖上窑炉盖之前快速祷告的习惯。

"大部分时候是这样。但即使是法兰西斯也并非完美。"修女飞快地眨着眼睛。

我再次抚摸小花斑猫的脖颈，然后停了下来。每次我这样做，它都会更加靠近，被这免费的按摩引诱过来。几次之后，布利岑与我鼻子对鼻子，然后一跃跳上我的膝盖。小小的胜利。

"嗯，我想我已经找到了一位新朋友。"我抚摸着布利岑的后背说道。它"喵呜""喵呜"地回应，表示赞同，很快进入了梦乡，仿佛我们一直以来都是好朋友。

"从现在开始，它将是你一生的伙伴。"修女宣布道。

我凝视着这个毛茸茸的、进到我生命中的新伙伴。突然，我想起了要和修女分享的好消息。

"哦，我来是要告诉你一个好消息！我被聘用了，在匹兹堡大学布拉德福德分校传播与艺术系教书。"我说，"我一月份就要开始春季学期的工作啦。"

"太棒了！祝贺你！"修女举起手鼓起掌来，"我猜，你的高中母校很快就要意识到，他们没有聘用你是一项大损失。他们失去了你这样一个人才，而大学得到了。"

"你告诉过我，我注定不适合那份中学教师的工作。"我提醒她。没有得到高中的教职后，修女的引导催促我广投简历。"你是对的。"就像一条从某个方向出发的折射线，生活将我引向了另外一条完全不同的道路，而这正是我要走的方向。巧合的是，当我从小镇出发，前往大学的一个小时车程里，我首先要经过的便是修道院和高中母校。每当想到修女的建议成为现实，我总是感慨万千。我告诉修女，我新的工作场所正是几年前我重返校园进修、获得双教师资格证的大学。转了很大一个圈，我重新回到起点，另一个新的起点。

对于那位校长和其他阻挡我获得全职教职的人，我现在只剩下宽恕和感激。时间将会证明，他们没有雇用我，实际上倒帮了我一个大忙。

"是啊，瞧，上帝在你身上另有计划。"修女说。

显然，上帝将高中的那些人和他们的别有用心作为导航的工具，把我送上了正确的道路。我唯愿他对那些苦待我的人施以恩慈，但我不愿再向后回顾。

"真是令人激动！"我说，"我要教的第一门课程叫作促销写作。"

"你到了注定要去的地方。"奥古斯丁修女说。

我新生活中的一块拼图最终归位了，然而来自出版商的拒信仍然困扰着我。尽管我和修女已经是老朋友了，但我没有向她提及那本烹饪书，也没有向她诉说它给我带来的挣扎。事实上，我努力在每个人面前保守这个秘密。我不愿在一件重要的事情做成之前夸夸其谈。我一直在坚持，希望那个日子来临，可以给她以及家人和朋友一个惊喜，告诉他们我的大作就要出版了。可问题是，我不确定那一天是否会到来。

然而此刻，"回到正轨"清单上的一个心愿已经了结，我觉得自己别无选择。我希望我的朋友在另外一件事上能够给予我亮光，把我往前推一把。

"我不仅教授自己真正感兴趣的东西，"我解释说，"我还有时间专心致志地写作。我目前在写一本新的烹饪书，我希望那将是我第一本轰动全国的书。"

"听起来不错。"奥古斯丁修女说，她睁大了眼睛，"是关于什么的书？"

"啤酒！"

"噢！"她微笑着惊叹。

"这本书包含了用啤酒作为原料的数百个食物和饮料的配方。我希望这是世界上最全的关于啤酒食谱的烹饪书。"

"那是一个巨大的工程。"

"是的，尤其是考虑到我并不是厨师。但我爱美食，可以这么说，我的血脉中有啤酒的因子。"

我告诉修女有关我们家族的历史，正是这样的历史才让我这个小镇孩子有机会承担一项如此浩大的工程。我再次和修女提及，我们家族是如何拥有斯特劳布酿酒厂的，它和圣约瑟修道院一样，都是这个小镇上历史最悠久的建筑。酿酒厂由我的高祖父彼得·斯特劳布在19世纪70年代建立。高祖父年仅十九岁就背井离乡，告别了德国的家人。除了缝进夹克里的几块金币和一个啤酒配方，他只有一个坚强的信念，上帝一定会将他引领到他注定要去的地方。他漂洋过海，然后一路骑马，搭乘马车，来到了圣玛利斯，只为追寻他的美国梦。

我向修女解释说，勇敢而具有坚定信仰的彼得是我学习的楷模。我经常怀想他讣告中的一段话，在生命终结的时候，也许我们都希望用这样的一段来总结自己的人生。但是对于生者而言，字里行间蕴藏着指导性的意义，我将它们珍藏于心：

> 从任何方面来看，斯特劳布先生都是人中翘楚。他的商业原则建立在诚实守信、公平交易的基础上。作为朋友和邻居，他是人们在困难时期可倚靠的坚实力量……他的家是朋友们经常往来的地方，充满了欢声笑语。最重要的是，他是一名基督徒绅士，他的典范一生将给予那些具有同样信仰的人以激励。当然，他也有自己的弱点，但这些都隐藏在那众多的美德之下。

这些都是我引以为傲的根，是我的双脚能够坚定站立的地方。

在彼得到来之前，三名本笃会修女也离开了德国。她们穿越了波涛汹涌的大海和人迹罕至的荒原，来到了小镇的一端建立了修道院；而后，彼得的酿酒厂也在附近建立。圣玛利斯教堂的一扇彩色玻璃——离修女和我现在所坐的地方不远处——是由我的高祖父捐赠的，这是他坚贞不渝的信仰和坚定性格的明证。那扇箭头形状的玻璃窗直指向天际，上面绘着耶稣将教堂的钥匙交给圣徒彼得的图案。

"现今像他那样的人显然不多了，不是吗？"奥古斯丁修女反问。她随后告诉我，她的祖父也是一位敬畏上帝的人。他名叫瓦伦丁，来自德国的巴伐利亚。他拥有一间叫作"霍夫纳与儿子"的威士忌蒸馏酒厂，那是他于19世纪80年代在宾夕法尼亚州的克拉里恩县创立的。

我们对两位祖辈相似的人生旅程和共同的志趣报以大笑。

我不禁想，她的祖父和我的高祖父都在宾夕法尼亚州西部从事酿酒行业，年龄也相仿，他们是否在人生道路上有过交集呢？我宁愿相信他们互相认识，也许在一起开怀畅饮，品尝用他们各自的佳酿混合而成的锅炉厂鸡尾酒[1]，展望未来。如果他们两人曾相遇，也绝对不会想到，一百多年后，两个家族的后代居然以一种奇妙的方式重逢。

"您知不知道，世界上最古老的酿酒坊原本是巴伐利亚的一间本笃会修道院？"我问。

"我听说过。"修女回报我一个微笑，"那你知道圣奥古斯丁是酿酒师的主保圣徒[2]吗？"

"没有，我不知道。"我说，希望到时可以在烹饪书里添加上这一则逸事。

1　该酒由威士忌和啤酒混合调制而成。
2　天主教的观念里，各行各业都有主保圣徒佑护。但这违反了只有耶和华一个神的诫命，基督教反对圣徒崇拜。

"您喝过啤酒吗？"我接着问。

我的朋友压抑住笑声，皱起脸。"只喝过一次，但是我并不太喜欢。"

"嗯，我保证您会喜欢我的菜谱，尤其是用啤酒做的甜点，比如浓郁巧克力蛋糕。"

"嗯，听起来不错哦！"

"肯定没错,如果书出版了的话。"我惋惜道,"很长时间了，我一直在悄悄联系出版商，因为我想让每个人都大吃一惊。然而我收到的却是一封又一封拒信。"被拒的惊讶降临到我自己头上。谁不喜欢啤酒呢？除了修女。我原先以为那本书从一开始就会稳操胜券的。

"上帝的时间和我们的时间不一样。"奥古斯丁修女说,"拿这份教书的新工作来说，你都亲眼看到了，他的一日在我们看来会很长很长。你只需等候，相信时机到了，一切都会水到渠成。"

"我正在尽力，但那并不容易。"我抱怨说。然而，修女所说的话帮助我看到,生活不仅仅只是由年月日和拒信构成。"您知道的，我的名字是以圣徒约翰命名的……"

"作家的主保圣徒。"奥古斯丁修女补充道，说出了我没有说完的话,"是的，他是一位很好的圣徒。"

那是当然。我点点头。尽管过去几年，在那些任何人都有过的"我真是苦啊"的时刻,我觉得自己更应该以圣徒犹大 [1]——毫无希望之人的主保圣徒的名字命名。这既真实,又夸张。

抬头看了看架子顶上那只雄壮的老鹰,我解释说:"当我的祖母施利姆怀着我父亲的时候,她不知道该给腹中的胎儿取什么名字。有天下午,她遇到了一位从外国来的传教士。他告诉我的祖母,如果她生的是男孩,就要给他以圣约翰的名字命名。后来,我的父亲也希望我以他的名字命名。我想,我注定会成为一名作家。"

"我认识好多圣约翰。"修女咧着嘴笑着说。

"是吗?"

奥古斯丁修女哈哈大笑。"大约八岁的时候,我的母亲送给我一本有关圣徒生平的书。我被他们的故事牢牢吸引,开始用他们的名字给农场里的动物起名。"

现在轮到我哈哈大笑起来。我仿佛看到小安娜在农场里转悠,封那些动物为圣徒。

"让我想想,有圣塞巴斯蒂安、圣阿格莎、圣塞西莉亚、圣施洗约翰,它们全是奶牛;圣苏珊娜、圣沃尔布加,它们都

1　耶稣十二门徒之一,可能是《圣经·犹大书》的作者,并不是出卖耶稣的加略人犹大。

是猪；圣犹大、圣路加、圣塞拉菲纳、传道者圣约翰，它们都是小鸡；还有一匹叫作圣法兰西斯的马和一只叫作圣灵的母猫。天冷的时候，"圣灵"和它的猫崽子喜欢与我们的狗雷克斯在谷仓里玩耍。"

当这些画面跳入脑海时，我乐得捧腹大笑。我想象着每一只动物头顶上都带着光环。

修女接着说道："当我的父亲屠宰这些动物时，我甚至假装为它们举行葬礼。我会捡起一朵老蒲公英——那种黄色的花变成了毛茸茸球的蒲公英，然后把白色的种子往天空吹去。看着它们四处飘散，我觉得那些动物的灵魂也去到了天堂。我从来没有将这件事告诉过任何人，特别是我的父母，因为我觉得他们不会赞同。来到圣约瑟修道院后，在一次深夜的聊天时，我第一次将此事告诉了塞克拉修女——那时我二十来岁。她仍然责备我，但保证不会四处乱说。她总是那种一本正经的人。母亲去世后，父亲来到修道院居住，我最终向他坦承了一切，而他接连笑了好几天。这是我小时候的故事，而当时我那个年纪的小女孩正忙着玩布娃娃、过家家。"

我笑得前仰后合，欢乐的泪水也顺着脸颊流淌下来。"我希望传道者圣约翰对我好一点，正如所有的圣徒对您一样。"

"我相信圣约翰会为你的烹饪书美言，并引导你找到合适的出版商。事实上，除了老鹰，书本也是他的另一个代表。"

我从她的话语里找到了安慰和信心。"这项烹饪书的写作工程是把我的写作和家族传承融合起来的一个好方式。"我说，"我的堂兄弟们最不喜欢我待的地方就是酿酒厂的生产线。就像在电视剧《我爱露西》[1]中，露西和埃塞尔去巧克力工厂上班，却跟不上流水线的进度一样，我去只会引起一片混乱！"

"你最好坚持写下去。"修女瞅了瞅表，画了一半的勿忘我盘子还在她的膝上，"你不介意我和你边聊天边干活吧？过去几周，我接到了好多个订单，我得快点做好。最近日子过得很快，特别是我要赶快完成为开放日准备的陶器。"

"不介意。您做吧。"我回答。"反正这些订单大部分是我的。"我笑着说。

"是的，还有你认识的人。几乎每个来这里的人都会和我说：'修女，约翰告诉我过来看看您。'"

"嗯，我早就说过，我要让您出名！"

"快别这样说！"修女朝我弹了一下画笔，"不过最近这里的生意确实很忙。"

"您什么时候知道自己想成为一名艺术家的？"我问，轻轻抚摸着布利岑的后背。

1　电视剧《我爱露西》开启了美国肥皂剧的新时代，这部剧从 1951 年开播到 1960 年停演，生动地描绘出整整一代美国女性的生活。

"一名艺术家？你在说我吗？"

"当然。"

"好吧，约翰，如果你非要这么称呼的话。"修女摇摇头，继续盯着盘子，"对我来说，这一直是我喜欢做的事情。"

"嗯，这是定义艺术家的一种方式。"我说，"您是怎么学起画画来的？"

奥古斯丁修女一边灵巧地在盘子边缘点上蓝色的勿忘我花瓣，一边回忆她是如何开始的："上世纪60年代，镇上有位女士在教人们如何制作陶瓷，她邀请我去上课，于是我就去了。她的课程很有意思。后来，修道院院长过来跟我说，她觉得开一家陶瓷店对修道院有好处，并问我有没有兴趣经营。除了上过那次课，我没有受过其他任何的训练，但那看起来是我喜欢做的事情，于是我就答应下来。要不是喜欢，我可能早就回绝了院长。"

"您还记不记得第一次在这家店里绘制的东西？"

"那是很久以前的事啦。都是一些很简单的东西，后来我才慢慢学着如何画得更好。我主要是自学。一开始，我做基督降生圣景，那是这么多年来我做的最受欢迎的物件。我曾经算过，美国的每一个州都有我做的圣景像，甚至外国也有。"

"哇，真了不起！这很值得骄傲！"

"全是上帝的工，我只是做他要我做的。"修女的声音渐渐小了下来，她咯咯地笑着，将中间的点加到每朵花上——窑炉会将它们烧制成一连串小太阳。

"我在高中时上过艺术课，"我向修女透露，"后来在大学还辅修过工作室艺术。"这是我另一部分的人生轨迹，之前从没有和修女谈起过，因为在她这个神圣的地方，我更愿意关注她的艺术。但我们偶尔讲述自己的生活片段时，都会令对方惊讶。今天可是买一送一[1]。

"这么说，你不仅是作家和老师，还是一位艺术家。多才多艺啊！"修女插话道。

我点点头，心想，即便是天赋，有时也是带着很高的价码牌而来，且大多数时候是情感的价码。我们通常要经过苦苦挣扎才能发现上帝赐予的天赋，然后，要经过更大的试炼，才会知道如何在这个世界上运用这些天赋。

"但是我现在在尝试美国原始民俗艺术，比方说棋盘格和国旗油画、鸟巢、木头星星，以及其他这类的东西。"我解释说，"我有意抛掉以前所学的经典技巧，然后去创造一些作品，就像我欣赏的那些自学成才的民俗艺术家——比如说摩西奶奶和霍华德·芬斯特[2]——所创造的那样。"

1　这里指两人互相了解对方的生活。
2　当代美国民俗艺术之父。

"哪天你可要给我看看你的作品哦。"修女抬起头来，强调着她的请求。

一想到要将自己的作品拿给奥古斯丁修女看，我就感到紧张，这也是之前我从来没有向她提起过这件事的原因。尽管我的作品具有感召力，也许会让修女喜欢，但是在她创造的作品面前，我总是充满敬畏。我觉得自己的这种担忧和在她或者其他修女面前背诵"万福马利亚"时的紧张心情如出一辙。

"你真是一个多面手。"我的朋友评价道。

"希望如此，但是我也走了许多弯路。"我说。

修女又一次抬起头。"上帝显然给了你一段很长的旅程。"

"但是我仍然觉得自己悬在空中，不知道要去往哪里。"我说，"虽说大学的工作很好，但是出版社的那些拒信实在让我很难受。"每一封拒信都是重重的一锤——"敬爱的作者，很抱歉……"

"上帝的时间。"修女重复道，"想想那些天赋，还有你所走过的旅程，它们让你走到了今天。"

"到目前为止，这段旅程也太长了。"我叹息道，调皮地转了转眼珠，却忽视了她所说的——这一路走来，我也收获了许多祝福。彷徨在生命的沙漠中，我们会觉得时日漫漫，尤其当我们并未对自己最初的迷失承担责任，或者让自怨自怜成为路障时，更是度日如年。

奥古斯丁修女微笑着说道："从一个地方走到另外一处新的起点需要很长的时间，沿路有很多的拒绝和失望，但最终你会感激这段旅途本身。1932年，我来到修道院时才十七岁，从来没有想过自己会去学校教书，但我后来当过老师，就像你一样，只不过我教的是小学。我也从来没有想过，有一天我会开一家陶瓷店来制作陶瓷，但机会自动出现了。我活了八十七岁，从来没有想过一种叫作'格西特制'的东西。这都是上帝的旨意，一切都发生在他定好的时间以内。"

她的这番话就像街头的路灯，在我目光所及之处一个接一个地闪耀，指引我前行的方向。我醒悟过来——即使当我们开始能够更好地看清前面路途的时候，偶尔从马车上掉下来也没有什么好奇怪的，这些都是旅程中重要的一部分。我突然意识到，修女和我有许多共同点，比我以前认为的还要多。我们俩都是老师和艺术家，以我们自己的方式在各自的时代工作。这是我俩很容易理解彼此的原因。我们还有着共同的连接线。我想，也许我们此生所有的关系都是如此；你只需要找到和另外一个人的交叉点——不管他是陌生人还是高祖父——就会看到这种纽带的滋长。

"您可以写一本书了。"我对我的朋友说。

"这件事就交给你来做吧，约翰。"她开玩笑地说，"我从来没有想过自己会活到这么大把年纪，尤其是没有想到居然还开了一家商店。一天又一天，一年又一年，时光流逝得真快。"

"没有多少人像您这么大岁数还全职工作的。"我说。我三十三岁了，许多像我这样年纪的人都没有像修女您这样努力工作。

修女慈祥地笑了。她看了我一会儿，把完成好的勿忘我盘子放到桌子上。"我要告诉你一个小秘密。"她说，"当我准备退休，关闭这家店时，正巧你走了进来。"

"我真高兴您没有关闭这家店！"我说，"您还有很多事要做呢。"我膝上的布利岑也"喵呜""喵呜"地赞同。几年以后，我才真正明白刚才她那句话的含义。

"嗯，我想我还能坚持一会儿。毕竟，现在我手头上有了这么多订单，而且第一个开放日马上就要来啦。"

我的脸上绽放出笑容。也许我还没有走出我的沙漠，但至少在我彷徨的时候，有一道灿烂的阳光指引我向前。

"我对您有个大计划，修女！"

"你知道他们说的——人类一计划，上帝就发笑。"

"对您来说，这仅仅是开始。"

"是上帝的旨意。"奥古斯丁修女说，她正在检查刚刚画完的勿忘我花环，"我只做他叫我做的。他是老板。"

第九章

足　迹

　　十一月上旬，奥古斯丁修女陶瓷店的门廊前新添了一样小东西——一串风铃从檐上垂下来，一有微风吹拂，它就叮咚作响。一年当中的这个时节，橘黄和火红的树叶在风中飞舞，仿佛围着干枯的树枝跳华尔兹。我很快就养成了这样一个习惯——每次来到修女的小店，我总会用手划过风铃，向屋内的修女示意我的到来；离开的时候也是如此。这个风铃是我、史蒂夫和我的亲戚帕蒂送给奥古斯丁修女九十岁的生日礼物。

　　感恩节前的一天，当周围的一切都闪耀着晨霜的时候，我兴奋地摇响了门前的风铃。此时距离开放日只有几周的时间，帕蒂和我约定在修女的商店碰头，帮助修女为即将到来的圣诞开放日做准备。帕蒂已经六十出头了，她嫁给了我母亲的表兄雷伊。遇到奥古斯丁修女不久之后，我就带她去了修女的陶瓷店。和我一样，帕蒂立刻就爱上了这位驻地艺术家。帕蒂早就是"小玩意和大珍宝"礼品店的志愿者，她定期去给玛格丽塔修女帮忙。她也与奥古斯丁修女结下了特别的情谊，正如这些年来见到修女的人都会和修女成为朋友一样。

想到马上就要以一种大张旗鼓的势头来向外界宣传我的朋友，我就激动不已。口头宣传显然是不够了，我对修女有更大的计划，而这仅仅是第一步。当我打电话给当地的几位记者，邀请他们第二天来奥古斯丁修女的店里采访时，我甚至重新担当起了经纪人的角色。

环视屋内，我知道，帕蒂到来后我们就有事情忙活了。打扫房间、重新布置店内的物件、摆放新的节日用品和修女正在制作的"格西特制"，还要让修女做好记者来访的准备——记者第二天就光临陶瓷店开一场新闻发布会，这是此前从未有过的。对于圣玛利斯和周围地区的许多人而言，开放日将是他们第一次来到小店见奥古斯丁修女的机会。我迫不及待地想打开前门，让每个人进来。

"修女，我来啦！"通常，每当我走进屋内，风铃的响声就意味着会有一张笑脸前来迎接我。

帕蒂还没有来，于是我走进店里去找修女。

"在后面！"她终于喊道。

当我来到通往里屋的小门边，发现她正站在一架梯子上找靠在后墙高架子上的东西。

"您在做什么？"梯子发出吱嘎吱嘎的声音，我担心这把老旧的木质梯子不是很结实。

"我在把修道院的基督降生圣景摆设拿下来，这样杰西塔修女和约翰·保罗修女可以把它摆放在小礼拜堂前面。"

我连忙赶到桌子边，扶住了梯子的一边。我其实不用太担心一个九十多岁的老人悬在五英尺的高空会有什么危险，因为修女非常独立。但我还是紧紧抓住了摇摇晃晃的梯子，这样万一出了什么状况，我还可以接住她。

"这里，"她说，"这是圣母像。"她递给我一大捆东西，使得我不得不放开梯子。"把她放到你后边的桌子上，我已经留出了地方。"雕像用一层层布紧紧地捆着。

"是您做的这套基督诞生圣景吗？"

"不是，很多年前别人做的，但我也很喜欢这个圣景，好像自己画了它一样。"她回答说，"这些年来，一有需要的时候，我会把这些雕像重新修补一下，再把它们放好。"我看得出，修女对这套圣景像非常钟爱。

摆好圣母马利亚，我又去扶住梯子，但是并没有扶多久——修女又递给我圣约瑟、东方三博士、牧羊少年、奶牛、驴子，最后是婴儿耶稣。"最后一件，但并非不重要。"递给我最小的一捆东西时，修女的眼眸里闪烁着亮光。

"下来的时候要小心点哦。"我提醒她。

"好的，好的。"奥古斯丁修女一边说着，一边敏捷地从梯子上下来，两手在粗棉布围裙上擦了擦，而我在一旁看得心怦怦直跳。

"我们是不是需要把这些东西放在某个地方呢？"

"不用，等杰西塔修女和约翰·保罗修女准备好了，这周就会过来取。"

就在这时，我们听到前门打开了。

"一定是帕蒂。"我说。

"那太好了。"修女说。她两颊通红，显得很高兴。

修女和我从里屋出来时，帕蒂冲着我们打招呼。

"我们刚刚把基督降生圣景拿出来，杰西塔修女和约翰·保罗修女这周要把它摆出来。"我告诉她。

"太棒了。"帕蒂说。她刚刚带来了两篮子抹布和清洗用品。

"在你们俩开工之前，我要给你们一个惊喜。"修女宣布。

"是什么呀？"帕蒂和我激动地问道。

"跟我过来。"奥古斯丁修女说，把我们带到工作室马蹄形工作桌的一边。我进来的时候太匆忙，没有注意到桌子上盖了一张大花布床单。

"这是一个揭幕仪式吗？"我故作夸张地问道，心里直打鼓。

修女微笑着说："约翰，请你抓住桌子那边被单的一角，帮我把它揭开。"

帕蒂和我睁大眼睛望了对方一眼。

"我以前故意不给你们看，这样今天才可以给你们一个惊喜。"当我们掀开床单的时候，修女这样解释道。

"修女！"我惊喜地叫道，底下的宝藏一个个出现在眼前。突然之间，我心中涌起了孩童时代才有的激动之情，就像回到小时候圣诞节的清晨——跑进客厅的角落，迫不及待地去看流光溢彩的圣诞树以及圣诞老人留在树下的礼物。我的母亲总是拿着相机捕捉我脸上天真的惊喜之情——那正是我此刻的表情。

桌上摆满了雪人、圣诞老人、雪橇、圣诞树、装饰品、动物和小鸟、圣诞花[1]、盘子、小小的心形盒子、中世纪风格的花瓶，还有一个将临期花环[2]，以及烟灰缸变成的糖果碟，上面涂上了一层加勒比海蓝色。十六个大大小小的"格西特制"，每一个都是非凡的宝贝。

"这些东西好得不得了！"帕蒂赞叹道。

1　又名一品红，美国最畅销的盆栽开花植物，圣诞节最受喜爱的植物之一。

2　将临期花环的起源有多种传说，其中一种说法是，远自基督信仰之前，北欧某些地区的人，在冬天以常绿树枝叶制作一个花环，当中燃亮多支蜡烛，表示生命常绿，生生不息。现行基督徒所行的习俗，有说起自16世纪基督改革宗路德宗派，用意是提醒基督第二次的来临。天主教会至1930年代才开始流行。

"我希望开放日的人们也都这么想。"奥古斯丁修女咯咯地笑着补充说,"你们两个对一切都很激动。"

"因为一切都美不胜收。"我一边说着,一边在桌子周围来来回回地走着,想把一切都看个够。"这个是……"

"我在等着看你会不会注意到这个。"修女眨了眨眼说道。

那是一个大的陶器,描绘的是圣家庭从伯利恒逃到埃及的情形。马利亚骑在驴背上,怀中抱着婴儿耶稣;约瑟走在一旁,勇敢而坚定。这是一件关于力量与勇气的作品。前方的使命是清晰的。

"我之前从来没有看到过这个模具。"我一边说,一边细细研究奥古斯丁修女在雕塑的色彩间捕捉到的每一处神韵。在每一笔笔画之间,我都能感觉到这件具有历史意义的作品表现出来的动作和情感。它的整个造型如同弗雷德里克·雷明顿[1]的作品,色彩运用则如米开朗基罗创作西斯廷教堂的壁画一般丰富多彩。

"我知道你没有看过。我还有一些惊喜藏着呢。"修女打趣道。

"我希望你已经在这件陶器上签上了大名。"我说,"其他的也都签了吧?"

1　美国画家、雕塑家、作家。

"是的，照着你告诉我的做了。"修女回答，"在大碗底部，我甚至在我的名字旁边写上了'格西特制'。"

"太好了！"我拿起这些陶器，仔细看着上边刻的字。有些陶器在制作陶坯阶段，修女就在上面刻下了她的名字、年份以及"SJC"——圣约瑟陶瓷店（St. Joseph's Ceramics）的首字母缩写，这样一旦烧制好了就会留下永久的印迹。在另外一些陶器上，她用黑色或银色的记号笔签上她的名字。"格西特制"几个字就刻在碗底。

"我们今天有活干啦！要把这些全摆到商店里去。"我宣布说。

"我们最好忙起来。"帕蒂瞅着钟，在一旁搭腔。

"我能帮点什么忙呢？"修女问道。

"我觉得您已经做得够多了。"我说着，摆了摆手。

"在另外那张桌子上，我还有一些圣景像订单要赶着完成。"修女说。我朝那边瞥去，只见工作桌上摆满了"邓肯"颜料瓶，还有一些正在制作的小动物。"我把那些工作往后推了推，先把这些完成，这样你们今天来就有活干了。最近时间对我来说真不够用。"修女绕过工作桌，坐到了她的薄荷绿纺锤椅上，颜料瓶像金字塔般堆积在她身旁，旁边还摆放着奶牛、驴子、绵羊和骆驼的陶坯。

帕蒂和我忙碌了起来。我们开始清理所有的货柜，用肥皂和热水细细擦洗。你不是每天都有机会被圣灰覆盖。看着一桶又一桶的脏水，我暗笑自己——你不是每天都有机会被圣灰覆盖。每一次擦洗柜子都为我提供了一次默想的机会。

不知不觉，已到了午饭时间，而我们还没来得及把柜子整理好。

"修女，如果有事的话，您就先走吧。"帕蒂说。我们知道修女们总是在午饭前聚集在小礼拜堂祷告。

"我今天不用参加祷告。"奥古斯丁修女告诉我们，"但我希望你们和我一块共进午餐。这是我唯一能做的。"

身上沾着圣灰，帕蒂和我跟随修女走上外边的台阶，进到修道院的主楼。她把我们带至餐厅，我以前从未去过那里。

当我们到达这间大而开阔、摆满餐桌的房间，我注意到的头一件事就是每一张椅子腿底部都绑着鲜绿色的网球。"这样做是为了防止椅子摩擦地板，以免制造噪音。"奥古斯丁修女告诉我。"沉默是金，你知道的。"她柔声笑着说。

走进屋内，我看到了二十来位修女。一些人正朝我们的方向看过来——这两位新来客是谁？许多人热情地欢迎我们，表达了她们对开放日的期待。我看到了我六年级的教义问答课程老师乔基姆修女，高中的神学老师凯思琳修女，还有高等代数辅导老师梅赛德斯修女。玛格丽塔修女扶着盲眼的德洛丽丝修女，我和她聊了一会，向她了解了她手头开放日的准备情况。

走到冰箱旁，我朝海伦修女和玛利亚·詹姆士修女挥了挥手，她们曾在"小玩意和大珍宝"礼品店附近的屋子里教授音乐和美术课程。修道院的历史学家伊万杰利斯特修女经过的时候朝我们微笑；她弓着背，看起来比奥古斯丁修女更加瘦小。杰西塔修女和约翰·保罗修女刚从外边工作回来，她们在自助餐位前朝我们打招呼。

奥古斯丁修女侧身过来，轻声告诉我散坐在餐桌边其他修女的名字：维多利亚、拉斐尔、玛利亚·伯纳德、吉玛、莫妮卡、劳拉、潘特拉、让·玛丽、罗伯塔、朱莉娅、玛利亚·大卫。有那么短暂的一瞬间，我觉得自己置身于真实版的《修女也疯狂》中。

我很快意识到，自己正和整个修道院最受欢迎的人物待在一起。看得出来，其他修女对她们昵称为"格西"的修女的尊敬和爱戴之情溢于言表。

奥古斯丁修女通常与其他几位修女坐在一起，但是今天，她、帕蒂和我坐在了靠着后墙的一张桌子旁。墙上挂着一幅精致的圣本笃画像，他正透过华丽的镀金框望着我们。我们享受了一顿有各种配菜的大餐，因为这是修女们一天中的主餐。我最喜欢的是自助甜点，修道院的厨娘早上准备了各种新鲜蛋糕和馅饼。

午饭后，奥古斯丁修女带我们转了一圈，看看圣约瑟修道院最具传奇历史的艺术品：一个有着几百年历史、手工雕刻和绘制的圣母马利亚木像——圣母坐在一弯新月上，怀抱着婴儿耶稣。

修女解释道："1852年，三位来自巴伐利亚的修女——本尼迪克塔修女、莫拉修女和沃尔布加修女，建造了这座修道院。她们漂洋过海，从德国来到美国，在海上经历了近乎灭顶之灾的暴风雨。船长告诉她们，任何东西都要被丢进海里，无一例外，其中也包括这尊她们极为珍视的雕像……"

帕蒂和我出神地站在这尊雕像前。

"三位修女开始在雕像旁大声地念诵《玫瑰经》，但是水手们还是过来了，要求她们把雕像和其他东西都扔进海里。然而，出于对修女们信仰的尊重，水手们把一根绳子绑在雕像上面，试图一有可能就把它从水里捞上来。雕像掉进水中的一瞬间，狂风暴雨立刻停息了。就是这样，没有任何人员伤亡。雕像被拉回船上，接下来的旅程一帆风顺。如果那艘船在风暴中被击毁，我们今天就不会站在这里了。"

我笑了笑。在圣约瑟修道院，透过艺术呈现的奇迹已经有先例了。

一点过后，我们回到了陶瓷店。到处一尘不染，好似朗白先生[1]下定决心要向我们证明清洁程度已经接近于圣洁。焕然一新的货架在召唤。帕蒂和我开始重新把东西放回架上，而修女继续绘制她的那些圣景动物。我和帕蒂就像博物馆馆长，将商店里许多非圣诞节的物件搬到了工作室的薄荷绿架子上，这样就可以为修女刚刚完成的圣诞季新品腾出更多空间。

商店靠墙的架子上摆满了圣诞老人和圣诞老奶奶、雪人、天使、闪亮的圣诞树，还有"逃往埃及"[2]的雕塑。靠近窑室墙壁上的柜子里则全摆满了有关婴儿与儿童主题的物品：陶制小丑、泰迪熊、婴儿袜、小猪储蓄罐、男孩和女孩各跪在一边祷告的书立。前门后的墙壁上摆满了"最后的晚餐"的几个浅浮雕像——它们整体是白色的，但在细节处用金色装饰，就像是古老横饰带上的雕饰。我们还将彩灯线环绕过所有的货柜，让整个房间看起来闪闪发亮。

接下来，我们在一棵四英尺高、有着五颜六色小彩灯的圣诞树上吊上了修女制作的各种装饰品，这些装饰品大部分是用旧的锡制和红色塑料饼干切块模型制作的。很快，树上就吊满

1　Mr Clean，全球知名的家居清洁品牌。

2　根据《圣经》记载，耶稣出生后，为了躲避希律王的杀戮，约瑟和马利亚带着耶稣逃往了埃及。意大利文艺复兴时期的先驱乔托创作了《逃往埃及》的著名壁画，画中描绘马利亚抱着婴儿骑着毛驴，约瑟牵着毛驴与送行的人告别的情形。

了带有手绘图案的铃铛、天使、星星、雪人、圣诞老人、教堂、蜡烛、心形、姜饼人和他们的小屋子、圣诞花，以及各种小动物。我们将圣诞树摆放在前窗附近的角落里。前窗下边可是布利岑最爱晃荡的地方，而今天，它却不见了踪影，似乎在刻意回避大清扫和节日装扮带来的骚乱。

十六只新做好的"格西特制"是我们的重头戏和压箱底的好货。帕蒂和我们把它们摆放在商店中心的三层"小岛"上——一个回收利用的红色杂货店展柜。我们将一个小硬纸盒放在中间，做成一个凸起的焦点，然后将整个表面用金色的金属编织物包裹起来。

一个色彩绚烂的大"格西特制"被摆放在临时做好的底座上，上面有红色、橙色和黄色的各种条纹，就像荆棘中的火焰，特别引人注目。旁边摆放的是另外一只彩碗，绘着蓝色、灰色和白色，就像温斯洛·霍默[1]笔下波浪起伏的大海。一只具有极简抽象主义风格的彩碗也摆放在一旁，纯白的底色上面有苹果红的碎点，像极了亚历山大·考尔德[2]的风格。另一只草绿色的彩碗摆在另外一侧，上面点缀着宝石蓝色彩，仿佛涂上了

1　19世纪下半叶最重要的美国画家，开创了一种特色鲜明、既现代又古朴的画风，其中海景系列画作尤为著名。
2　美国著名雕塑家，艺术家，20世纪雕塑界重要的革新者之一。

一层我做的素食啤酒辣椒。其余的彩碗摆在了货架的底部。这样的摆设，就像一座闪闪发光的万神殿，等候着开放日的访客。

"这些东西在这里都待不久。"我悄悄地和帕蒂说，"我希望她能做一百个呢！"我很肯定隔壁房间的修女没有听到我所说的，否则她又要笑着责备我了。

"我懂！"帕蒂叹了一口气，"但正是这样，才使得这些尤为宝贵。"

"她总是能接到更多的订单。"我压低了声音补充道。与此同时，我也在竭力克制自己，避免自己一时冲动把这些为别人准备的彩碗买走。它们就像令人垂涎欲滴的开胃小菜，在吧台上召唤着你的名字。想到即将与其他人分享我那守了好久的秘密，我不禁陶醉起来。

下午快结束的时候，我们完成了最后的收尾工作，于是把修女喊过来瞧瞧。从大清早开始，她就看到我们忙个不停，现在她要过来看看我们的劳动成果了。

我们的朋友停在门口，在她那件沾染了颜料的围裙上擦了擦手。工作室的灯光从后面照过来，这个情景和三年前史蒂夫与我第一次走进来见到她时一模一样。

奥古斯丁修女扫视着房间，重新打量她的全部作品，不禁张大了嘴。"太壮观了。"她激动地宣称，"这是整个屋子有史以来最漂亮的时候。"

"那全是因为您的作品啊。"我说。

"也是因为你们两个知道怎么来装扮它。"她说,"你们一整天都没有休息!"

"这是我们的荣幸。"帕蒂说,"我喜欢做这些活。"

"我也是。"我说。

"我真的不敢相信。"修女跨入屋内,仔细地打量每一样物品,一直重复说着这句话。"今天你们两个干这些活,一定走了百万英里[1]。"

帕蒂和我哈哈大笑起来。也许是吧,我想。这时,我才开始发觉自己脚底发麻,疼痛开始入侵至腿部。

"但愿我能付给你们报酬。"修女叹了一口气,看着角落里的圣诞树说。

"有机会做这些,这本身就是报酬啦。"我说,"这是朋友彼此间应该做的。我们的心情如您一样激动。"

"正是这样。"帕蒂说。

奥古斯丁修女转过来面向我们。"上帝知道你们俩今天在这家小店里为我做了多少事,他会奖赏你们每一个人。"

1　在《圣经》中,耶稣告诉门徒:"有人强逼你走一里路,你就同他走二里。"劝诫众人要忍辱、行善,甚至用爱来回应敌人的恨。多走一里地现在常用来形容"除了分内活,还干额外的事"。此处修女巧用这一典故,夸赞二人。

修女的话语让我想起了那句著名的格言——"你们愿意人怎样待你们，你们也要怎样待人"，还有其他关于好行为得奖赏的《圣经》经文。这些话不管表述方式如何，归根结底就是人们应该互相帮助。

我并未期待自己会因着这一天或者今后的良好表现得到奖赏，相反，站在这古老而神圣的地板上，我觉得自己所做的每一件事都是在偿还一件无价的礼物——自我踏入这家小店的第一天起，这份礼物就被赠予了我。这是我为收获一段友谊和一段借来的时光所做的十一奉献[1]。

结束了一天的工作，帕蒂带着水桶、湿抹布和几乎用光的洗洁剂离开了。我多待了一会，和修女聊起记者的事情，他们要在第二天就开放日的情况采访她。

"请再告诉我一遍，为什么我非得做这个？"奥古斯丁修女说。她坐在桌子对面，手里拿着一件快要完成的圣景奶牛像。桌上五颜六色的"邓肯"颜料瓶将我们隔开，它们名字各异：北极光、乡村玫瑰、银河蓝、孔雀绿、飞燕草、摩卡香料、丰收、浅草绿、小阳春。我几乎要站起来才能看得到她。

几周之前，我想到了邀请记者来采访修女的点子，但第一次和她提起这件事时，修女就直言拒绝。从公关的角度看，这

1　又称什一税或十一捐，指犹太教和基督教的宗教奉献。

简直不可理喻。我曾经为娱乐界的一些大牌明星担任经纪人，要是他们听到修女对这种事情拒绝，一定会哇哇大叫——那些超级大明星巴不得受到媒体的好评，哪怕只有寥寥几句。很少有记者被邀请到修道院来；奥古斯丁修女早年在圣约瑟修道院的时候，修女们甚至都不被允许看报纸，更别提出现在报纸上。那时候的修道院也没有收音机和电视。

对于这次活动，我采用的公关策略非常正统：在当地报纸上刊登采访稿，并在电台播报。那时，只需轻轻一按就能将信息传播给大众的各类社交媒体——Facebook、Twitter、Instagram、Pinterest 等等——还没有大行其道，就连第一款 iphone 也在两年后才问世。如果那时就有这样一些媒介，毫无疑问我会有绝好的时机，用发帖、推文和自拍的方式介绍我的朋友。我肯定会坚持要奥古斯丁修女与我一起自拍!

玛格丽塔修女想确保关于开放日的宣传信息出现在教堂的宣传栏中和社区事件日历中，而我要做的事情就是确保奥古斯丁修女和她艺术品的报道出现在报纸头条上，给大众留下深刻印象。

"如果人们不知道开放日的消息，他们就不会来。"我说。

"难道玛格丽塔修女不能接受采访吗？"奥古斯丁修女问，"我没有什么好说的。"

我知道这并不是事实。"玛格丽塔修女将在您之后接受采访，就在礼品店。她将向记者介绍开放日的所有情况。"我解释说，"但记者们最感兴趣的还是您！"

"为什么是我？"

她的问题让我呆住了。我的朋友仍然还没有意识到她所拥有的天赋。她所画的每一笔都是那样的闪亮，从中可以瞥见上帝的光辉。她的谦逊带着一丝倔强，这让我感到不安。奥古斯丁修女真是令人难以捉摸，就像一个谜，裹在这一身既熟悉又神秘的黑白修女服中。我时时要与这样的愧疚感抗争——自己正在将一位老妇人拖到大众的视野中，而这一切未必合她的心意。我只是迫不及待地想让外面的世界知道她。

但我同时也明白，奥古斯丁修女从来没有经历过这种事情，尤其是在圣诞节期间。除了开放日（以前总是玛格丽塔修女担当主角），修道院的圣诞节是不对外开放的。很久以前，在奥古斯丁修女童年时代的反舌鸟山庄，圣诞节的主题就是全家人的聚会和庆祝基督诞生。孩子们的礼物则是手工制作的袜子——里面装着水果或是一块巧克力糖，以及一份包裹——里面装着给女孩子们的一件新罩衣，给男孩子们的一件新衬衫，这些都是由他们亲爱的妈妈克拉拉亲手缝制的。

"我想，记者们会被修道院里一位九十高龄的修女的故事吸引的，尤其是她还会制作不可思议的精美艺术品。"我解释说。对于我和其他人来说，这个非常容易理解。

"你才是那个有文字天赋的人。我只是做上帝的工作。"修女说，"这些东西并不是我的，它们属于圣约瑟修道院。"

这个时候我才意识到，要与一个真正虚怀若谷的人理论有多么困难。于是我采取了新的策略。

"您可以这样来看待采访这件事：你得到的关注将使整个修道院受益。那些新闻报道会在开放日把人吸引到这里来，这样一来就可以帮助圣约瑟修道院筹款。"从逻辑上来说确实是这样，而且这也是事实。

修女沉思了一会。她相信我。"嗯，这样就说得过去。但我做这件事情，主要还是因为你要我去做。我希望到时自己有话说！"

"我敢肯定您会的，修女。"我微笑着宽慰她，同时暗想——格西，您真的很特别。"到时候我就在您的旁边，以防碰到你需要我的时候。"

奥古斯丁修女摇摇头，咧嘴笑了。她重新把目光投向了手中的圣景奶牛像。

第二天早上，我比记者们提前三十分钟到达。我发现修女正坐在工作室的纺锤椅上耐心等候。她早已换上了一件颜色鲜艳的黄棕色围裙。

"您准备好了吗？"我一边问道，一边把另外两把纺锤椅对着她，摆在我常坐的那把椅子旁边。有三位记者要来，我准备站在角落里，待修女需要我时才上前帮忙——我是她钦定的经纪人。

"我想我别无选择。"她故作严肃地笑着说。

我大笑起来。当然没有。"这些记者都非常友好，他们不会问您回答不上来的问题。他们只是想听听您的故事。"

"但愿如你所说，约翰。"

前门响起了三声敲门声，记者们已经来了，同时这也表明他们头一回来到这个陌生地方的犹疑不决。我正指望他们改变现状。我迅速地扫了一眼屋子，在开门之前把一个色彩亮丽的小"格西特制"摆到了"小岛"上面。

我将修女介绍给记者——一位年轻男士，两位年轻女士，他们手中都拿着记事本；还有一位报社的摄影师。记者们在我事先摆好的椅子上落座，摄影师站在一旁，她手中的照相机不停闪烁，成为修女首次新闻发布会的音响效果。

"好的，开始吧。"我告诉记者，奥古斯丁修女朝我抛过来一个尖锐的眼神。

男记者最先发问。"修女，为什么是陶瓷店呢？是什么因素促使您开一家这样的店？"

我的朋友再次将目光投向我，这一次她的眼神中充满着脆弱和犹豫。我知道，这一切对她而言是全新的。我微笑着朝她点点头，让她放心，知道我就在她身旁。

她开始讲述自己的故事。"我刚开始是修道院的老师，教三、四年级，后来又去教五年级。我教了十七年书。说实话，我爱孩子们，但并不喜爱教书，我最喜欢的课就是课间休息！"修女咯咯地笑了起来。

记者和我全都哈哈大笑起来，他们被她的回答吸引了。修女是一位天生的讲故事的高手。一位明星就此诞生。

修女接着讲道："后来我被邀请去上了几次陶艺课，当时是镇上的一位女士在上课，我非常喜欢那些课程。那是 1964 年的事了，当时的修道院长认为在圣约瑟修道院开一家陶瓷店是个不错的主意，便要我去学习。余下的事情就都是历史了——很长很长的历史。我想，这是我应该待的地方，上帝在其中自有他的安排。"

"在您的陶瓷工作室之前，这里是什么地方？"一位女记者问。

"修道院的木匠店。"修女回答道。我此前并不知道这点。多么合适啊，我想，此时，圣约瑟的形象——那个真实生活的建造者和修女所做的有关他的无数陶瓷形象——划过我的脑海。从许多方面看来，我此刻脚踏的这个地方绝对是个神圣之处。

奥古斯丁修女接着打开了话匣子，回答了一连串有关她早年生活的问题。她是霍夫纳家族的十二个孩子之一——有几个在襁褓中就已经夭折了，成长于宾夕法尼亚州一个叫诺克斯的小镇的农场。如果你要在地图上定位北纬 41°14′7″、西经79°32′10″的一个地方，就好似要在稻草堆里找一根针那样困难，因为那只不过是一个很小很小的美国小镇。她的父亲是农夫，母亲售卖农场里出产的黄油、牛奶、鸡蛋和罐装食品。她的姐姐塞克拉修女，一个一本正经、中规中矩的学究，是家族里第一个来圣约瑟修道院的。"我跟着她来到这里。"修女俏皮地说道。很遗憾，我没有见过塞克拉修女，她早几年前已经离世了。

谈到兴趣爱好，奥古斯丁修女告诉记者，她喜欢在户外工作，尤其喜欢打理陶瓷店前面的花园。讲完这些经历，修女说道："我今年九十岁了。"每个记者脸上都呈现出目瞪口呆的神情。

咔嚓、咔嚓、咔嚓。摄像师的镜头也被她迷住了。

接着，一位女记者问："您第一次绘制的是什么物品？"

修女朝我这边看了看。"约翰前段时间问过我这个问题，我想了一会，终于记起来了。"她回忆道，重新将目光转向记者，"这家店开业后的第一个圣诞节，我画了一些蜡烛饰品，给每一位修女送去一个。那时候我们有一百二十五个人。"

我走开了，来到门边。在那里我得以有一个更好的角度来观察记者们的面部表情，可以这么说，非常宝贵的表情。修女一直吸引着他们的注意力。曾经，我也这样站着，在距离现在这个地方数百英里以外的其他房间，和我推广的乡村音乐明星以及媒体在一起，而媒体是看不透那些歌手的。作为一名经纪人，我总是远离摄像机，就像一名导演；更确切地说，是客户有需要时的一条救生索。

"您最喜欢绘制的东西是什么？"另外一个女记者问。

"鸟儿和动物。"然而，有一个调皮的小家伙在镜头面前显然比修女更加羞怯。布利岑放弃了接受采访的机会，就像前一天的大扫除日那样。多么可爱的小家伙，我不禁想。"但我也做了许多圣景像。"修女补充说。

我马上插嘴道："在美国的每一个州，都至少有修女做的一组圣景像；日本、英国、德国也有。另外，开放日那天也会摆出一组圣景像，其中包含 21 件物品。她做的其他陶器还漂洋过海，到了中美、非洲，甚至俄罗斯！"记者们尽职地记下了我所补充的内容。这时，修女朝我这边挤了挤眼。

"有人帮您吗？"那名男记者再次发问，他四下打量着屋子，"这里显然有许多工作要做。"

"我有几位志愿者，他们不时过来帮帮我。"修女说，"但大多时候就我一个人。我每件事都从头干到尾。我只能靠自己。"

咔嚓、咔嚓、咔嚓。

看到奥古斯丁修女朝那名执着的摄影师的方向望去，我不禁乐了——我读到了这样的信息：已经够了！

一名女记者指着工作室前面的一个架子问道："修女，我看到您这里有一些瓢虫，每个标价'一声万福马利亚'，还有一些乌龟和青蛙，标价'三声万福马利亚'。这背后有什么故事呢？"

"我有一个朋友，很久以前也制作陶瓷，后来去世了。她的丈夫把她那些颜料和陶瓷模具都捐给我的商店，包括那些模具。我想，我的朋友会很高兴听到'万福马利亚'的。"

我今天学到了很多。

"您平时喜欢做点什么好玩的事呢？"男记者发问。

修女指着身后挂在水槽旁角落里的一张照片。"钓鱼。"她答道，"每年夏天，我都会离开一个星期，去钓碧古鱼，或者其他肯上钩的鱼。"照片上面是修女和她一天的猎物，那是她上一次去皮马土宁湖[1]的情形；那个湖横跨宾夕法尼亚和俄亥俄州的边境。

我看得出修女有点疲倦，我想她也累了。我进到屋里，"我带你们转一转工作室和商店怎么样？"

我们从里屋开始逛，然后参观窑室和前面的商店。我原以

1　位于宾夕法尼亚皮马土宁国家公园内。

为修女会利用这段时间好好休息，然而她却跟在我们身后。我想，也许她正逐渐享受其中。我向记者解释她制作陶器的过程，然后指着各种各样的作品给他们看。我希望他们重点关注这些，尤其是"格西特制"以及它们背后独特的故事。

我原以为自己会减轻修女的负担，这样一来她就不必详细回答更多技术方面的问题，然而记者一路上穷追不舍，不停发问，捕捉她话里的一切信息。看到修女耐心地解答记者的提问，就像她每次打开炉盖时坦然面对"喜乐与悲伤"一样，我才松了一口气。

咔嚓、咔嚓、咔嚓。

两位记者也开始狂拍奥古斯丁修女和她的那些陶器。修女仪态大方，每一个咔嚓声里都捕捉到了她那优雅的微笑。我把眼睛瞥向别处，不让自己笑出声来。我很清楚她此刻在想什么。

回到商店，大家围拢在摆满了"格西特制"的"小岛"旁。奥古斯丁修女向大家解释："画这些彩碗的时候，手头的画笔当时是什么颜色，我就画什么颜色。这是我自己节省颜料，最大化利用它们的方法。"她的双手搭在一只"格西特制"上，上面绘有橘黄色、鲜红色、深褐色、淡紫色、鲜黄色、琥珀色和银蓝色，就像明信片里夕阳的光辉；我刚刚才把这个碗从较低的柜子里拿上来。

"为什么您要叫它们'格西特制'呢？"男记者问道。

因为那是她在这儿的昵称，我心中有个声音回答说。

"那是我的故事。"修女说，"我总得保留点秘密。"她回报他们一个甜甜的笑容，眼中闪烁着亮光。

这是故事最精彩的部分——那些彩碗名字背后的故事。但是现在，这对于记者们而言是一个谜。这个谜还会让他们再来的，我暗自思忖。她就像一位行家那样应对这些记者。

"再来最后一个问题怎么样？"我说，打算让奥古斯丁修女的首场新闻发布会就此收场。

女记者抓住这个机会问了最后一个问题。"修女，您已经九十岁高龄了，是什么因素使得您仍然在这个陶瓷店工作？"

"这里能让我远离尘嚣。"修女巧妙地回答，露出一个大大的笑容。

我乐得哈哈大笑，记者们则飞快地把她最后讲的话记到笔记本上。奥古斯丁修女将新闻片段的这门艺术运用得出神入化，再次证明了人不可貌相。

在这一个小时的采访里，修女并没有告诉记者，1932 年，当十七岁的她进到修道院时，她那眼含热泪的父亲告诉她，"我从来没有像现在这样为你感到骄傲"，而她的母亲送给她一条自己亲手缝制的新围裙；她也没有告诉记者，在圣约瑟修道院的早年岁月里，参加小礼拜堂的祷告会时（那时的祈祷文全是用拉丁文写成的），她总是咯咯地笑出声来——"我觉得上帝也有幽默感，因此那不是罪，即使院长不这么看。"她告诉我这件事时，还眨了眨眼；她也没有告诉记者，年轻时候她常常和赛克拉修女在晚祷过后悄悄溜出房间，到某处僻静的角落聊天，或者从顶楼的窗户外凝望星空，正如她们在农场的家中等其他人都熟睡以后所做的那样。那些事情，还有其他逸事，都是我们暂时的小秘密。

我看着记者和摄影师走出门口，把他们送到礼品店，好让他们采访玛格丽塔修女。当我再转回奥古斯丁修女那里时，她仍然站在那个摆满"格西特制"的"小岛"旁。

"您真是令人惊讶！"

"向我保证，我再也不需要这样做了。"她咧嘴一笑。

我摇摇头，回复她一个微笑。"现在猫已经跑出了袋子。[1]这只是开始呢。"

站在那儿望着我的朋友，我一点也不怀疑，上帝一直在记录她每一步的脚踪，以及她所画的每一笔。

---

1 英语习语，比喻机密已经泄露。

第十章

第一个圣诞节开放日

十二月的第一个礼拜六是圣约瑟修道院的圣诞节开放日，我三十四岁的生日刚刚过去两天。早上 7 点 30 分，我抵达修道院，看到奥古斯丁修女裹在长及膝盖的海军蓝大衣里，正奋力铲除通往商店的水泥台阶和人行道上的积雪。她每铲除一点积雪，晶莹的雪花又从天而降，给大地绘上了更多美丽的图画。我们两人置身于纷纷扬扬的雪花中。

"修女，把铲子给我。"

"我没事，我干得了。"她说，"我已经铲了有半个小时了，恐怕这次还是上帝赢了。"

我大笑起来："您应该进去准备了。我肯定人们会在九点之前到来。"

"你真这么想？"

"报上都刊出消息了。我敢打赌。"

三家当地的报纸隆重介绍了她，正如我所期待的那样，大标题如此写道：

圣玛利斯修女的陶瓷艺术举世闻名

修女打造自己的艺术殿堂

九十高龄的修女用泥土创造艺术

在这些文章的推介之下，沉寂多年的奥古斯丁修女和她的陶瓷作品如今成了圣玛利斯以及附近城镇的头版头条新闻。她还不太确定重新回到大众的视野意味着什么。她摇着头，吃惊地读着这些新闻。"如果这就是上帝希望的，"她说，"那就这样吧。"

"把铲子给我。"我坚持说，"我马上就进来。"

修女递过铲子，但还是和往常一样，待在外边陪我聊天。"你确定人们能够找到我们吗？"她感到纳闷，"他们也许要挖一条路才能到达这里。"开放日的中心一直是"小玩意和大珍宝"礼品店，离陶瓷店不远，就在山坡上面，修道院的主楼后边，靠近修女的墓园和池塘。对于大多数人来说，那里是一个更为熟悉的目的地。玛格丽塔修女手下有许多志愿者，他们帮助她打扫和装饰开放日的五间屋子，以及大厅对面的一家甜品店——那里会举行烘烤食品的义卖活动。

"没问题的。我做了标志,上面有箭头告诉人们该怎么走。"我安慰她。我已经想尽一切办法,确保客人知道奥古斯丁修女和她的陶瓷店是今年开放日新添的重头戏。

"你尽了许多力,我希望你最后不要失望。"修女说道。她总是替他人着想。

"不会的。您也做了该做的。"我飞快地朝她眨眨眼。

"我只是在做上帝的工。他是老板。"

"嗯,真希望他让这场雪停一会,好让我们这里有顾客来。"

"今天早晨,我在小礼拜堂祷告,祈求活动成功。"

"如果这个还不奏效,没有什么会奏效。"我笑着说,"好吧,我觉得我们斗不过这场雪。"清扫积雪是一场注定失败的战争。

"不管怎么样,人们可以从山上滑下到这里来。"修女开玩笑说。

我随着奥古斯丁修女进到店里。我们两人都倒退着走,以防眼镜上泛起水雾。我晃了晃走廊上的风铃,就像我一直做的那样。我的朋友咯咯地笑了。

昨天,修女和我把她工作室的桌子铺上红色的桌布,摆好纸盘、手巾和咖啡杯——这些都是当地一家公司慷慨捐赠的。她把工作室的收银台布置了一番,准备了一个笔记本记录每笔交易和税收情况,还从一个大卷筒里剪下一些用来包裹东西的纸，并把装东西的袋子叠好。

我的母亲巴布、姨妈菲莉丝，还有史蒂夫的母亲丹妮斯都答应来陶瓷店帮忙。同我一道清理并装饰陶瓷店的帕蒂此刻正在礼品店协助玛格丽塔修女。

我的母亲要做收银的工作，还要将每笔交易记录下来。她做了一些乳脂软糖，用来招待客人和出售，希望以此募集到更多资金。"我是在修道院这里出生的。"那天早上，一见到奥古斯丁修女，母亲就这样告诉她。每次我听到她准备讲这个故事，就会忍不住笑起来。"1938年，医院烧掉之后，他们用了学校的一块地——就是今天礼品店所在的位置——建了一家临时医院。"母亲解释说。"我记得这些。"修女回忆道，"在那之前几年，我就来到了这里。"母亲还告诉修女："塞克拉修女是我在圣心学校一年级的老师。那年，她选了我和我的两位朋友——乔治娅和珍妮——参加教堂举行的圣母加冕典礼。"

听着她们闲谈，我不禁感慨，圣玛利斯有多少人和修道院以及这里的修女们有着独特的个人联系啊。曾经，修女们担任护士、教师，还做了许多其他工作，哺育了这里的居民。遗憾的是，她们大部分的工作如今只存在于我们父母辈和祖父母辈的回忆中。我知道，开放日提供了一个机会，让人们与这块具有历史意义的神圣之地重新相连，与生活在这里的修女们相连。

母亲在收银台前站好，她旁边是菲莉丝，后者负责为顾客捆扎和包装物品。丹妮斯除负责确保帕蒂从甜品店拿来的饼干盘一直是满着的状态，还要负责烧咖啡。

我今天的角色是销售员、啦啦队长、随时帮忙的人。

"我能做些什么？"奥古斯丁修女问。此刻她坐在马蹄形工作桌的中间。从这个有利的位置看过去，她可以直接看到前门。她才是这次活动的主角。

"您就待在那儿，"我回答说，"一切由我们来负责。人们都想要和您说会话呢。"

修女朝我摆摆双手，咧嘴笑了，仿佛在说，那好吧。

"布利岑在哪？"我问。

"可能躲在后面的哪个角落。"奥古斯丁修女说，"那才是我应该待的地方！"

现在轮到我朝她摆手，龇牙一笑了。

还有三十分钟的准备时间。工作室里一切都准备就绪，彩灯也早就在货架的陶器和小树上挂好了，于是我走进商店插上彩灯的插头。当我走到前面的屋子，看到几十双眼睛正透过玻璃窗和门口的窗户看过来。我赶忙插上所有的插头，做最后一遍检查，确保一切都万无一失。

"外面已经排起了长龙！"我兴奋地嚷起来，冲回工作室。

奥古斯丁修女睁大了眼。"是吗？"

"是啊！快看！"我一边说着，一边让她朝前门和窗户看过去。屋外的人看到修女朝他们这边看过来,拼命地朝她挥手。一群格西迷。想到这里,我不禁笑了。尽管我觉得修女不会觉得这个称号有意思。

"我简直不敢相信。"她一边朝人们挥手,一边说道。

"你现在是大明星啦。"我朝她打趣。

"哦,你又来啦!快别这样说!"

"我要开门啦。"我说,"您准备好了吗?"

"时刻准备着。"

"开始啦。"

我猛地打开门。"欢迎欢迎!"我朝门外一瞅,发现一条长队早已将我右边的走廊排满,然后又延伸到了我左边的台阶上。"我们今天为大家早一点开业。里边请,里边暖和!"此时刚好 8 点 45 分。

"这就是我读到的那些'格西特制'吗?"第一个匆匆进到商店的女士问道,她急忙朝"小岛"奔过去。

"只此一家,如假包换。"我答道。

她立刻从架子底层挑选出两只彩碗———一只大碗,就像绘儿乐[1]最好最亮丽的颜料全融化在里面;还有一只小巧精致的

1　美国画笔品牌。

碗，仿若安德鲁·怀斯[1]的作品。

"'格西特制'在哪儿？"又一个进来的女士也问道。

我靠在窑室关着的门上，再次朝着"小岛"的方向指了指。这位女士迅速地把一个夕阳色的彩碗揽入怀中，那上面应该会潦草地写有"来自天堂的问候"字样[2]。

人们很快地从门口涌过来，即使是摩西本人也很难分开这人海[3]。

我不停地指示方向，嘴里重复道："欢迎各位！'格西特制'在中间的'小岛'上。"

很快，陶瓷店就挤满了人，人群涌到工作室去和奥古斯丁修女打招呼，欣赏摆在那里架子上的陶制品。

一些人在低头欣赏，一位女士隔着他们大声问我："别的地方还有没有'格西特制'呢？"

我费了好大劲才走到"小岛"，"格西特制"已经卖光了。

---

1 美国当代重要的新写实主义画家，以水彩画和淡彩画为主，以贴近平民生活的主题画闻名。
2 热带地区的明信片上通常会印有"来自天堂的问候"字样，作者在此将彩碗比作热带地区壮美的夕阳景色。
3 《圣经》记载，摩西率领以色列百姓出埃及，遇到红海的阻隔，摩西按照上帝的吩咐举起手杖，神迹出现，红海分开，民众得以从海中间的陆地走过。这里用来形容人多热闹的场景。

要知道，我们才营业十五分钟呢，就连安迪·沃霍尔[1]也会对此感到惊讶的。

我笑了。

"如果您想要一件，可以订制。"我向她建议道。

"那太好了！"她说。

"我也要。"另外一位女士说。

"我也想要一个。"附近一位男士也吵着说。

"我是不是来晚了？都卖完了吗？"在"小岛"的那一边，一位女士皱着眉头问道。

"是的，请稍等一下。"我扫了一眼商店，赶忙抓起其他物品将"小岛"填满。待重新布置妥当，我对刚才那些女士和男士说道："请随我来。"

我们进到工作室，来到奥古斯丁修女坐着的地方。人们已经排成了长队，想和她交谈。

"修女！"我在桌子那一头就喊了起来，"'格西特制'全部卖光了！"

她笑逐颜开。

1　20世纪艺术界最有名的人物之一，波普艺术的倡导者和先锋领袖。他有一句名言，"未来，每个人都有机会成名十五分钟"。这里指"格西特制"在十五分钟内卖光，奥古斯丁修女正在变得越来越有名。

"我们能为他们列一个订单吗？这些人都想要一个。"

当我走进来时，有位女士正在和修女交谈，这时，她向修女问道："这就是我在报纸上读到的那些您用来清洗画笔的彩碗吗？"

修女点点头。

"我也想要订购一件。"她告诉我。

"我们能列一个单子？"我再次问奥古斯丁修女。

"当然。"她回答说，"看看他们想要大的还是小的。"

"价钱是多少？"一位女士问她。

我曾经想说服修女涨价，但没有成功。"大的八美元，小的六美元。不过颜色我没法保证。"她回答说。

这位女士惊呼："好便宜啊！我想为我的孩子们买三个大碗，他们现在都不住在我身边。这些碗对他们每个人来说都是很好的来自家乡的纪念品。"

我走到收银台那边，要妈妈记下这些顾客的名字和电话号码。随我进到商店的这一小群顾客马上围拢在我母亲身旁，记下他们的订单。

我回到商店。这些陶器卖得很好，我要做的就是将已经重复了好多遍的套话再次告诉顾客。

"修女全手工制作一切，从将黏土灌注进模具到烧陶，再到上色都是。有些需要好多天才能完成。"

"修女大部分的模具一开始就在这儿。在其他地方很难找到这么多的东西，尤其这些全是由修女上的色。"

"这家店是奥古斯丁修女在 1964 年开的，四十多年了。"

"没错，她九十岁了，还每周工作六天。你能想象得到吗？！"

"勿忘我的图案是她的另外一个商标。她能够把这种图案用在你喜欢的任何陶器上。"

"每次关上窑炉盖，奥古斯丁修女都会说一句祈祷文，并洒上圣水。她要圣法兰西斯看顾她的那些陶器，并称他为'法兰西斯'。"

"当她打开窑炉盖，修女会说，这是'喜乐与悲伤'。"

"奥古斯丁修女是当代摩西奶奶和喜姆修女[1]的结合。"

"如果您没有看到需要的陶器，修女可能有这些陶器的模型，您可以到收银台我母亲巴布那里下订单。"

接下来的八个小时都是如此。我在商店和工作室之间跑来跑去。当她和一名新的仰慕者交谈时，我朝她那边看过去，和她相视一望。我朝她眨眨眼，她咯咯笑，我俩都没有打断彼此的节奏。

---

1 德国修女，喜姆娃娃的设计者。喜姆娃娃是德国最著名的瓷质工艺品，也是当今最受追捧的珍藏品之一，所有娃娃的形象均来自喜姆修女的画稿。

下午三点，我停下来歇息，再次靠在窑室的门上。我要静下心来想想发生在眼前的一切，这正是奥古斯丁修女经常鼓励我去做的。环视屋内，我想起自己在开放日的筹备阶段，为何要首先去寻求公关。这不是虚幻的东西。这些——发生在我眼前的这一切——都是那么有意思，那么令人心潮澎湃！我看到，自己与奥古斯丁修女所做的给人们带去了欢乐。这正是公共关系的本质。重新拾起信心后，我迫不及待地想在一月份与我的新学生分享这些感受。

我还想到，公共关系的核心是零售政治[1]——面对面的闲聊和买卖。给顾客他们需要的东西，他们就会来。修女和我都认为里屋应该谢绝闲杂人等入内，但是今天有好几回，她允许我带人到后面找某件特别的素胚或模具，因为顾客想要她在这些陶器上面上色。"你会在这里看到许多稀有品。奥古斯丁修女轻易不让人来后边。"对每一个我领进里屋的人，我都如是说，就像带领观兽旅行的导游一样，每次讲解都伴随着"噢噢"和"啊啊"的惊叹声。此时，除了"格西特制"的订单，我的母亲又为其他物品开出了一张订单。

当丹妮斯不停地将咖啡倒入纸杯时，妈妈和菲莉丝则待在原地不动，修女的陶器川流不息地经过收银台——圣诞老人、

1　指候选人需要面对面地向选民发出信息，竞选团队需要挨家挨户地敲门动员。

雪人、装饰品、微型树、大的发光树、点缀有勿忘我的盘子和大水罐、小猪储蓄罐、小十字架、天使、风铃、"最后的晚餐"、动物、小鸟、婴儿用品、小丑、加勒比海蓝色烟灰缸做的糖果盒、"逃往埃及"雕像等等。

"我的东西上面没有签名。"一名男子告诉我，并把一个做成粉红脸颊消防员的细颈瓶倒过来拿给我看。上面只有"SJC"的字样，和一个霓虹橙色的价格标签。

"那是修女之前的作品，所以上面没有她的名字。但她现在可以在上面签名。"我告诉他，指着修女的方向。

奥古斯丁修女仍在忙着和不断涌上前来向她送上良好祝愿的顾客打招呼，但她还是听到了我的话。"不要总是这样告诉别人。"她责备说，"没有人想要我的签名。"

"不，我们想要。"她身旁的人插嘴道，"我们想要您的亲笔签名！"

我给她一个咧嘴大笑，一副"早告诉过你哦"的表情。

修女朝我摇摇头，将注意力转向她面前的人。那个人正在跟她说，报纸上刊发了一些关于她的精彩文章。

"我在您的椅子旁留了一支新的记号笔，给您签名用！"我回过头朝她大声说，然后一头扎进了熙熙攘攘的商店。

等到下午五点，最后几位客人陆续离开后，我锁上了门。我的母亲、菲莉丝、丹妮斯帮忙收拾打扫，然后也告辞了。她们每一个人都筋疲力尽。

我拔下了彩灯的电线，如今它们孤独地缠绕在空空如也的货柜和树上；树上的装饰品也被抢空了。我计划着在接下来的一周将柜子重新摆满东西。

我朝工作室走去。令人惊讶的是，奥古斯丁修女一整天都没有从椅子上起身。

"您觉得怎么样？"我问我的朋友。

"我从来没有想过会这么好。"

布利岑从里屋探出头来。确认没有危险以后，它一蹦一蹦地朝修女跳去，越上了她的膝头。"你今天上哪儿去啦？"她向她这位忸怩的朋友问道，它喵呜喵呜了几声，表示回答。"你错过了所有精彩的东西。"

工作室和商店再次安静下来。透过窗户，我们看到白雪点亮了渐渐发暗的天空。如果不是空了的货架和满满的钱盒提醒我们，我们很难相信今天居然有上百位顾客光顾了这里，而且一件陶制品也没有打碎，这真是一个奇迹。

我坐在与奥古斯丁修女相对的椅子上，检查我母亲这一天里记录下的订单数目。"修女，您有五十四件'格西特制'的订单，还有大约三打其他货品，这还不包括人们今天订制的七套圣景像。"

修女本来在拍着布利岑，听到我的话后抬起头。"这都要怪你。"她打趣说，由衷地笑了。

"指控罪名成立！"

我扫了一眼旁边的销售清单——财源广进！"妈妈没有把所有收入汇总，但您肯定入账上千美元了。"

"哦，太棒了！"奥古斯丁修女惊叹道，拍了拍双手，"对修道院来说，这可是一笔大数目。"

"我想礼品店的业绩也不错。既然您已经参与进来了，到明年，我们可以让开放日的规模更大。"

"你不想让我休息了是吗？"

"您今天让许多人开心。"

"那就成功了。"修女说。她总是关注最重要的。

"这是开启圣诞季的完美方式。"我补充道，"您给了人们一个来修道院的理由，提醒今天所有的人，包括我，圣诞节的真正意义。您的每一件物品都充满了爱和喜乐。"

"现在不要给我戴高帽子！"她反驳道。

"不，我是说真的。"我强调说，"我觉得您的每一件物品对最终拥有它的那个人都充满了意义。"

修女微微一笑。"嗯，人们今天买的许多旧陶器已经在这陪伴我许多年了。"

"它们在等待这些人进来把它们买下。"我补充道。

"如果我们坚持的话，最终会找到我们寻找的东西，或者它们会找到我们。"修女的话让我不禁想起自己的人生路和前面的挑战。"即使只是一个陶制的雪人，也是如此。"

我将那几张订单纸挥了挥。"明天要好好休息啊，因为星期一来了，您又有很多事要做了。"

"我还要在世上赖久点呢。"奥古斯丁修女说。她更像是对布利岑说，而不是对我说。

希望如此。我露出了灿烂的笑容。在这里与奥古斯丁修女度过的每一天都像是圣诞节一样。

第四部分

第十一章

新年决定

元旦过后几周，我回到了陶瓷店。上一次见到奥古斯丁修女是在圣诞节前，后来我就被卷入到节日聚会和走亲访友之中。

节假日期间，我同时还在忙着备课。"公共关系 1304：促销写作"将是我在匹兹堡大学布拉德福德分校上的第一门课程，我辛苦准备课程大纲的每一处细节，调整给学生布置的作业，补充新的材料，忙到最后一刻才把大纲交给传播与艺术系的行政秘书备份。我知道这次经历将是我人生道路上的崭新起点，因而我希望能细细体会每个细节，把一切都做到尽善尽美。

一月上旬，一个下雪的午后，我终于走进了一间属于自己的教室。进门之前，我在敞开的门口稍稍停留了一会儿；那里是斯沃茨大厅长廊的尽头。我朝里面瞅了瞅，看到十几个学生，他们全都是大四学生，正准备开始大学的最后一个学期。我突然意识到，自己何其有幸，能够在他们即将开始新的征程之前陪伴他们走完大学最后的旅程，正如他们陪伴我开始教师生涯一样。我做了个长长的深呼吸，微笑着走进教室。

这些天，我的脚步重新焕发了活力。除了上课的事务，我仍然陶醉在开放日成功的喜悦当中。此刻，回到修道院这个精神的家园，探望我的朋友，我满心激动。我很想念她。

进屋之后，挂在客房前廊的风铃叮咚作响，表明寒风凛冽；我很高兴将它们甩在身后。透过泛起雾气的眼镜，我看到奥古斯丁修女坐在工作桌旁薄荷绿的纺锤椅上。她身上系着那件粗布围裙，上面有经年累月留下的颜料印迹——再加上几笔，就可以入画了。

"新年快乐！"我大声说。

"你好！"修女早就听见了风铃声，朝我的方向看过来。

"外面好冷，幸好这里面很暖和。"工作室沐浴在金色的光辉之中，与我刚才走过的灰暗景色形成了鲜明对比。

"我看到那上面蒙上了一层雾。"奥古斯丁修女咯咯地笑了起来，指着我的眼镜。

"外面太冷了，我急匆匆进来，忘记了要转过身倒着走。"我叹息道，用衬衫边擦拭镜片，把它们都涂花了。

我坐进与修女相对的椅子里。她面前摆放着一堆陶坯，几个"格西特制"的碗、一些高花瓶、圣景人物像，还有其他一些零碎小玩意。旁边是一堆贴了标签的"邓肯"颜料瓶和釉彩瓶,上面的名字倒是和我的实验厨房更加搭配——奶油太妃糖、奶油五香、玉米粉、摩卡、烤辣椒、披萨草、咖喱、甜瓜、柠檬皮、木瓜、蔓越莓、肉桂、奶油、焦糖、浓咖啡。我的口水都快要流出来了。

布利岑,这个一直都忠心耿耿的毛茸茸的小家伙,正在另外一张桌子上监察着呢。

"我想您这些天应该很忙吧。"我说着,指了指身后的柜台。上面摆满了"格西特制"、点缀着勿忘我的盘子、圣母雕像、圣景像以及其他一些陶制品。它们全都是开放日那天的订单,等待着客户来取走。

我努力让自己不要再盯着那些早已被预订的"格西特制"看,否则其中一些会跟着我回家,这样一来就会加重修女的工作量。每只彩碗都似朝霞的颜色——灵动飘逸、奔涌流淌、层层叠叠,零星点缀着浓墨重彩的小小色块,营造出三维的质感。

"这些碗太特别了!这是您做出的最好的一批。"我惊叹道。

修女笑了。"还有更多的开放日订单在这儿呢。"她说,将我的注意力引回她面前桌子上的那些泥灰陶坯,"自从上回见到你以来,我几乎每天都在忙这些订单,到现在还没有完成,甚至有好几个礼拜天都在加班。另外,自从圣诞节以来,我还接到来这里的客人订购的'格西特制'和其他物品的一些新订单。这个地方现在变热闹啦。"

我差一点忍不住称呼她为"超级明星",就像我平常开玩笑那样叫她一样,尽管这个不再是笑话的称号总是引来她的指责。然而,这一次,我终究忍住没说。

桌子上的新陶坯是今天清早从模具里面拿出来的,它们已经干了,但还是很脆弱,就像我有一回来拜访修女时不幸亲身验证的那样。这一回,我克制住自己那双好奇的手。

奥古斯丁修女拿着一把刻刀,正在小心翼翼地修平陶坯上那些因两瓣模具连接而形成的粗糙边缝,还有准"格西特制"的碗口边缘,就像外科大夫那样一丝不苟。被修掉的边角料堆积在一旁,还可以回收做成别的物品,就像她小小的饼干切块十字架一样。接着,修女把一小块海绵放到一个盛有水的"冰爽奶油"[1]塑料盒子里面蘸了蘸,然后用这块湿润的海绵擦拭那些边边角角,把它们抚得更加平整。这是陶坯在进入窑炉之前的一个必经阶段,烧炼之后它们会变成素胚,修女就可以在上面涂上颜料或者釉彩。

"您有没有制订一个新年计划呢?"我问。

"我每天早上都这样做。"奥古斯丁修女回答,仍然专注于刀子边缘的方向,"每天清晨在小礼拜堂祷告时,我都祈祷自

---

1 一种甜点品牌。

己成为一个更好的人。毕竟，严格说来，每一天都是新的一年的第一天，不是吗？"

"我从来没有这样想过。"

"看到那些认为自己必须在元旦那天制订宏伟的计划或者许下承诺的人，我总是觉得好笑。"

"特别是这些计划绝大多数在不到几周甚至更短的时间内，就被人们忘到九霄云外了。"我以一副专家的口吻补充说。这不是值得骄傲的时候，因为我有这些偷懒的经历。

"是的。"修女微笑着说，"人们制订的所有这些想要更健康、更快乐、对信仰更忠诚，或者其他努力的计划，都是他们每天应该许下的承诺，而不是仅仅局限在特定的一天。否则，他们会感到灰心气馁。他们会等到下一个元旦，对自己做出曾经一模一样的承诺，重新开始恶性循环。"

修女此时已经转去做一只圣景骆驼。她伸出一根手指到浑浊的水里面蘸了蘸，开始修整这只动物的驼峰。她首先把中间不平的边缝擦去，然后把底座不平整的边缘拭去，这样那些线条就连贯了。

"但是当人们的生活如此匆忙时，他们如何能每天都专注于这些计划？"

"许多人认为，他们对自己的这些承诺需要花费许多时间和精力。"修女回答说，"其实并非如此。你只要每天重复对自己的诺言，然后找到最简单的方法去付诸行动，就是这样简单。比方说，设定一个坚固信仰的目标，并不意味着每天流利地说出一连串祈祷文或是去做弥撒，可能只是时不时对上帝打个招呼。'嗨，上帝！'或者'主啊，请不要忘记我！'就是这样。非常简单。"

"我觉得每个人在制订计划的时候都带着良好的愿望，但是总有这样或那样的事情发生，然后我们就会忘记那些计划。"我说，同时也感到很内疚。

"你说得对。"

"那应该怎么做呢？"

"每天都给自己小小的提醒。如果你忘记自己做的决定或者因为缺乏纪律而失望，那么你不是在帮任何人，更不是在帮自己。事实上，你在朝着完全相反的方向走去。"

"我想，大部分无法遵守计划的人都会非常失望，以至于趁早收手、停止前进对他们还更加容易一些。"我指出来，再次感到内疚不安。

"但是这样一来他们就没有进步了。"修女反驳道，"把灰尘扫到地毯下面，灰尘还在那里，最终只会导致地毯高低不平，难以在上面走路。迟早，你会摔倒。待到下一次你做承诺的时候，这些失败和怀疑的种子就会滋生出来，而你的自信就会退缩。"

"现如今，很多人确实放弃了——放弃了他们的健康、他们的快乐、他们的信仰。"我想起了过去几年间，自己有好多次几乎都放弃了当老师和作家的梦想，甚至蹒跚在信仰的边缘，一度和这份信仰疏离。对于彷徨在人生沙漠中的我而言，面对的每一个挑战和收到的每一封拒信都像是一份用闪烁的霓虹灯光写成的、引诱你出局的邀请函。

"当人们放弃时，你能从他们的眼中和下垂的肩膀中读出失败。"奥古斯丁修女说，"看到这个让人伤心。人们并未将每一天、每一刻视作新的起点，他们只是坐着等死，而没有去追逐梦想。他们忘记了生命有多么宝贵。"

说得多么对啊！我曾经读过一本书，一个小男孩在大街上看到一只死去的鸟，他问父亲为什么有生命的东西都会死去。他的父亲告诉他，不能永远属于我们的东西都是非常宝贵的。

"您难道没有觉得放弃与我们人类的本性有关，我们其实并不喜欢作出改变。"这是一个反问句，因为就连说出"改变"这个词都让我觉得后背一阵发凉。

修女把骆驼放在桌上，然后把另外一只准"格西特制"放到膝盖上，抚平它粗糙的边缘。"改变是我们最难接受的事情之一，却是我们生命中一定会面对的事。我们需要拥抱改变，将它视作礼物，即使对待令人不快的改变也应该如此，就像我们对待生命中的悲伤一样。"

"我对改变并不'感冒'。"我坦诚相告。

"那么也许你找到了每日的计划。"修女朝我眨眨眼，建议说。

我哈哈大笑起来。"至少也是其中一项。"

"还记得那次吗，你第一次认识到通往'是'的道路是由许多'不是'构成的？"

当然，我点点头。"是您帮我明白那个道理的。"

"改变也是一样。朝积极的方面想，我们遇到的每一个改变都是帮助我们前进的踏脚石。你想想，每天我们都会遇到许多变化，有些细微得我们不会注意到，但是它们实实在在地发生了。那些重大的、糟糕的改变似乎会让我们停滞不前。然而我们视为悲剧、令人沮丧或使人烦恼不安的改变，仅仅是新的开始。好的改变也是如此，比如说在九十岁的年纪意识到自己还有许多工作要做。我们应该这样来接受改变。"

在三十四岁的年纪，我想知道到底还有多少好的或坏的改变在前方等着我。我只希望能够像接受礼物那样去拥抱一切改变。新的促销写作课程对我来说就是一个大的改变，当然，也是祝福。

"恐惧是真正的敌人，对不对？"我问。"人们惧怕改变，惧怕可能发生在自己身上的一切糟糕的事情。"

"惧怕是来自魔鬼的礼物。"奥古斯丁修女说。

"即便是好事发生在我们身上——比如我在大学里的新教

职，我们也会惧怕失败和评论。"

"那是因为邪恶在脆弱和失败的地方滋长。任何好事都会是邪恶的目标。"修女肯定了我的观点。"顺便说一下，我想问问你现在所教班级的情况。"她补充道，很快转换了话题。

"我非常喜欢！学生们很优秀，课程也正对我的胃口。"我告诉她，"上课的都是大四学生，他们主修公共关系学。我正在教授公共领域里有关促销写作的各类文体，比如新闻稿、传媒公告、策划书、推销信、简历、广告、标语、演讲稿、业务通讯等等。我还帮助他们将简历设计到最好的状态，毕竟，简历是他们为自己所写的最重要的促销写作内容之一。"

"谈到公共关系，你真在行啊。"修女说，"但我情愿和黏土和画笔打交道，而不是接受采访，并且让别人来拍照。"

"我还准备在课堂上说起您呢。"我打趣道，"我准备告诉我的学生，面对采访和镜头，你表现得有多么的自然。"

修女摇摇头，眼珠一转，"这个吓着我了。"她也打趣说。

"我想不出有什么东西会吓着您。"

"我们都容易受到惧怕和邪恶的影响，即使到了我这个年纪。"奥古斯丁修女严肃地说，"修道院的这些墙和你家里或者其他地方的墙一样，对这些东西没有免疫功能。但是我们总要记得，就像拒绝和改变一样，惧怕也可以成为让我们变得更加坚强的工具。当我们仅仅将恐惧视作一堵无法逾越的墙，那么它就是一条死路。当我们无路可逃时，我们生活的世界就会变成炼狱。"

恐惧——一堵无法逾越的墙。我的脑海里开始出现一堵墙的画面。我早已站在那堵墙面前很多次了，却一直不敢承认。

桌子那边，靠近修女那把椅子附近的几个红色塑料饼干切块模型吸引了我的目光。那是最经典的比喻——模具人生：出生、长大、上学、工作、结婚、生儿育女、更多的工作、退休、去世。几乎所有的轨迹都没有偏离轨道，也许稍稍有点倾斜，但或多或少走的都是一条直直的窄路。听起来简单又美好，而且安全。然而，从一开始，我的生活就更像是一个孩子在黑暗的夜晚激动地挥舞烟花所留下的一道印迹，尤其是在谈到恐惧的时候。

从初中到高中，许多同学都欺负我。我是一个性格温顺的少年，也许是家中独子的缘故，我很早就受到慈爱双亲的过度保护。我没有兄弟姐妹，缺失了在和他们打打闹闹的过程中变得坚强的机会；没有兄弟姐妹来教导我如何面对这个世界，没有人为我开辟一条道路或是建立保护屏障。我更喜欢周末待在家中完成家庭作业，做一些手工艺术，而不是像我的许多同龄人一样去参加啤酒聚会，呼朋引伴。我是一个孤独的孩子，在结交朋友方面，我的羞怯和笨拙成了致命的缺点。因此，我像一头陷入狮群的羔羊。

我曾经一个人走进高中体育馆的舞会，听见邦乔维[1]震耳欲聋的声音从大喇叭里传出来，一群高年级学生在露天看台上跺着脚，用恶毒的话语叫着我的名字。那些混混永远地改变了我的人生。他们至今都让我感到害怕。我可以原谅他们，却无法淡忘。那是人间地狱。

"许多人在这堵没有出路的墙壁面前停滞不前，是这样吗？"我问。

"很不幸，正是这样。人类一受苦，魔鬼就发笑。"修女回答说。

"我们时不时撞到墙上。"

"正是这样。很多、很多这样的墙。这个，就是人们所说的人生。但是，不同之处在于，对于有些人来说，他们往上看，心想，我能爬过这堵墙；或者往边上看，心想，我能绕过这堵墙；又或者，他们往后退了一步，仔细地观察这堵墙，心想，我能把它砸碎！"

"我们总会有一个选择。"这种认识在我的头脑中逐渐清晰起来。

"是的。爬过去、绕过去或是直面我们的问题、恐惧、邪恶本身，这都是我们的选择，如此就可以鼓起勇气，帮助我们

1　当代美国摇滚乐队，由主唱琼·邦乔维组建，乐队以主流硬摇滚、金属摇滚见长。

抵挡下一个挑战。这就叫拥抱改变，尽管有时也充满了惧怕。"

很久之前，我曾对自己承诺，绝不让其他人的想法阻止我前进。修女的这番话给予了我信心。我也不愿放弃拥有崭新生活的梦想，不管发生什么都不会放弃，尤其是我开始看到新生活透过来的第一道曙光时。我正在拆毁面前的这堵墙，一块砖接一块砖地拆毁。

修女把她最后完成的那件陶坯放在桌上，与其他的放在一起——每一件都带着平滑的边缘。她拿起一支圆珠笔，把每件陶坯翻过来，用笔尖在上面摹刻"奥古斯丁修女，O.S.B[1]"以及年份和"SJC"等字样。我从眼角的余光瞥见布利岑站了起来，慢慢地一拐一拐穿过桌子，走到修女旁边的"冰爽奶油"盒子前喝水。

"快别喝了。"修女马上抬起头来训斥道，"角落里你自己的碗里面有许多新鲜的水。"她朝我看过来。"我不知道为什么，布利岑总喜欢喝这些脏水。晚上离开的时候，我要把这些水倒掉，或者把盒子盖上，要不然第二天早上盒子里面就空了，而它碗里面那些干净的水还在。我一直说它，但它就是不听。它不想改变。总有一天，我进来会发现它变成一只黏土猫！"

我哈哈大笑起来。"他很勇敢无畏，不是吗？"

1　圣本笃会（the Order of Saint Benedict）的英文首字母缩写。

"更像是被宠坏了。"奥古斯丁修女说着，也笑了起来。"它还特别喜欢雨天。每次下雨的时候，我都不得不放它出去，否则它会一直在门口蹭来蹭去。你听说过喜欢被淋湿的猫吗？它真的很特别。说你呢，是不是啊？"

布利岑喵呜喵呜地回应着，然后跑开了。

离开之前，我帮奥古斯丁修女把每一件陶坯从桌上拿到窑室里。现在，每一次把陶器端起来的时候，我都小心翼翼地用双手捧着，屏气凝神，直到把它们放下。我想竭力避免悲伤的事情发生。

就在搬运陶坯的过程中，我思索着：那些新年决定——我们对自己所做的承诺——伴随着改变和惧怕，就像这些易碎的陶坯。也许我们应该更加用心地对待它们，这样才能更加成功。

我把最后一个碗递给奥古斯丁修女，长舒了一口气。她把它放在靠近窑炉的架子上，这个碗将和其他陶坯待在一起，直到修女攒足了可以烧一次窑的所有陶坯。

"修女，你知道吗，每一次我帮你搬这些陶坯的时候，我都在练习耐心、练习慢下来、练习扔掉恐惧。"我带着自豪的微笑说道，"我意识到自己并不是笨手笨脚的，至少不是一直是！我敢说，这是我生命中一个积极的改变。"

"这样的改变很值得付出努力。"我的朋友略略地笑着肯定。

第十二章

奇异恩典 [1]

1942 年的一个凉爽秋夜，晚祷过后，透过圣约瑟修道院顶楼的窗户，奥古斯丁修女和塞克拉修女眺望着繁星满天的夜空。彼时，在诺克斯这个距离她们 68 英里以西的地方，她们兄弟约翰的农房被大火夷为平地，他和家人全都葬身火海，包括妻子露易丝、一对尚在襁褓中的双胞胎，还有另外两名年幼的孩子。

在她的生命中，我的朋友经历过最惨痛的人间悲剧。她的父母和十个兄弟姐妹都先于她离世。奥古斯丁修女和她最小的音乐家弟弟本——那个小时候她经常带着一起搭乘旧木头马车上学的男孩——如今是整个家中尚健在人世的成员。在这样一

1　一首广为流传的基督教赞美诗。

个特别的春日午后，我知道，在奥古斯丁修女那里，一定有我此刻迫切需要的理解和安慰。

"修女，修女！"我高声叫喊着，急匆匆跑过窑室，甚至都没有注意到她就在那里。

我正要穿过通往里屋的那道窄门，听到她在身后应道："在这里！"我转过身，看到她从一间小侧房探出身来。

我很快回到了商店前门。

"怎么啦？"她问道，显然注意到了我惊慌失措的样子，"发生什么事啦？"

"我们全家人都被叫到养老院去了，我的外婆斯科克在那里。"我告诉她，"他们说她已经走到尽头了。"

派恩克雷斯特庄园和圣约瑟修道院在同一条街上，都在小镇的西边。我母亲那八十九岁的老母亲已经在那里住了好几个星期，忍受着最近被确诊的恶性肿瘤带来的痛苦。我一直和外祖母非常亲近。她是第一个告诉我，年龄作为数字来说完全没有意义的人，最重要的是对这个问题的回答：你的人生是否快乐？她在任何场合都是一个活跃人物，她活着的每一刻都响亮地回答了这个问题。

"听到这个消息我很难过。"奥古斯丁修女说，把一个刚刚烧制出来、点缀着勿忘我的餐碟放在身后的架子上，"我能做些什么吗？"

我急切地需要安慰、智慧和劝解，而奥古斯丁修女是我想到的唯一可以寻求帮助的人。"很长时间以来，外婆都是我第一个真正亲近的人，她就要……"我停顿下来，不忍说出"死"这个字眼，生怕一说出口便会成真。很有可能，当外婆斯科克去世的时候，我会在她身旁，而那是我从未经历过的事。

"她很长寿，是吗？"

"是的。"我回答道。

"她这一生过得快乐吗？"

我点点头："她能够把每一分钟都变成欢乐的时刻。事实上，我从来没有见过像她、她的姐妹，还有我的母亲那样的人，她们在任何时候都能笑出来，即使是在伤心的时候。"

"像那样开怀大笑是一种祝福，尤其是在悲伤的时候。"修女说，"她有没有坚定的信仰？"

"再坚定不过了！有一次，她在教堂独自为我病重的表姐祷告，有个小男孩跑到她面前说：'女士，我能和您一块祷告吗？'这个小男孩在她身旁跪了几分钟，然后离开了。她再也没有见过那个小男孩，她总认为他就是少年耶稣，特地在她最需要帮助的时候来到她身边，尤其是我的表姐痊愈之后，她更加坚定了这个想法。"

"多美的故事啊！"

"她总是提起这个故事。"我说，"几天前，一件类似的事情也发生在我身上。"

修女的眼睛睁大了。"真的吗？是怎么一回事呢？"

我倚在门框上，开始讲述自己的故事。

在养老院的最后几天让我心力交瘁。"当时，大家都明白外婆的病情不可能好转了。有天下午，我走出去散步，试图理清思绪。走到半道，我看到两个穿着白衬衫、黑裤子的年轻人迎面朝我走来。我的第一个想法是，哦，不！是耶和华见证人或摩门教徒[1]！我本不应该有这种想法，但是有时候我们在自己的信仰上过于保守，而对其他信仰有一套刻板的印象。"

"骄傲和自我。"修女笑着补充，"这样做没有什么好处，但有些人，因着自身的信仰和固定印象，总想着要迫害他人。"

我点头表示赞同。"你知道吗，当他们走近时，我很快调整了思绪。他们向我做了自我介绍，我微笑着说：'请随我一块散步。'看到我这么热情，他们显得有点吃惊，但很快转过身来陪我散步。他们一个走在我旁边，另一个走在我后面。

"走着走着，我问他们对上帝、生与死、天堂、爱的看法。我身旁的那个年轻人侃侃而谈，而我身后的那个小伙子一直红着脸羞涩地微笑，似乎忍不住想与我分享惊天动地的秘密。这是我时不时回头望着他时涌起的想法。他身上的某种东西让我

1　两者均为异端教派。

感到开心，而走在我旁边、回答我问题的年轻人则抚平了我的惧怕。

"最后，我们走到了我住的街角，我向他们道谢，就此别过。我告诉他们，希望有一天能够再次重逢。他俩微笑着望着我，然后转过身去，朝着我们刚才走下来的小山丘走去，而我则朝着自家的方向走去。不到一分钟，当我走到家门口时，突然像被一道闪电击中——我恍然大悟：我身旁的那个年轻人留着棕色头发、有一双棕色眼睛，而身后那个咯咯笑的小伙子长着金色头发和蓝色眼睛。"

修女的脸亮了起来。"你的两位守护天使！"

"绝对是！"我肯定地说，"我马上转过身，朝来时的方向望去，他们早已消失了。就是这样，无影无踪。"

不久前，我曾告诉过奥古斯丁修女，我经常想象自己有两位守护天使。这个话题是从某个下午开始的，那时我注意到两个小的基路伯[1]藏在工作室收银柜的后边，它们就像拉斐尔名画《西斯廷圣母》中那两个小天使一样可爱。我之前从未见过它们挂在那里。我相信是上帝引导我在我需要的时候发现它们，证实了我们每个人都有守护天使环绕我们。一个天使有棕色的头发和眼睛，另外一个天使则是金发碧眼。他们印证了我头脑

---

1 又称小天使，艺术作品中常表现为带翼、裸身的孩子。

中守护天使的形象。修女告诉我，在我见到她之前的好几年，她做了一些天使像，给每位修女都送了一个当作圣诞礼物，这是剩下的两个。我马上就明白了，那两个小天使一直在等着我在恰当的时机与他们相遇。我把他们带回了家，挂在床边的墙上，这样每天晚上睡觉之前、每天早上睁开眼睛时，我都能看到他们。

"约翰，你是有福的。你对遇到的人袒露心扉——就像你的外祖母多年前所做的那样——他们也对你敞开。上帝和他的使者会以各种方式出现，尤其是在我们最需要他们的时候。"

"和他们交流后，我不再不安，而是以一种平和的心态去对待外婆的病情。我往前迈出了很大的一步，尽管这并不容易。"

"你觉得你的外祖母准备去了吗？"

"没有。"我很肯定这点，"她晚上甚至都不想上床睡觉，生怕错过有趣的事情。"

修女咧嘴笑了。"你觉得她心态平和吗？"

"当然。"我回答说，"过去几个星期，我大部分时候都陪着她，我感到她非常平静安详。尽管我对当前的境况忧心忡忡，她却一直很平静。事实上，前一阵子，我还注意到她脸上泛起了红光。"

"太好了。"修女说，"那你的母亲还好吗？她是一个非常善良慷慨的女士。"

"很坚强。有天晚上，外婆当着屋子里每个人的面叫妈妈，外婆说：'芭芭拉，过来和你妈妈告别。'当时我就站在那里，看着这一幕。生命中有这样的时刻——你想从房子里跑出去，跑得越快越好，离得越远越好——那个时候就是。"

"但我打赌你没有跑掉。毕竟，现实和上帝都会把我们抓住。"

"是的，我没有跑。我看着妈妈走到她的妈妈身旁，说：'再见，妈妈。'那个场景太令人害怕了。"

"一点也不可怕。这是多么特别的经历！你真有福，能够看到两个坚强勇敢的妇人。对于她们中任何一个而言，这都不是一个容易的时刻，然而她们做到了。"

"那是外婆最后所说的话。"

"当人们降生或者离开这个世界的时候，有人陪伴在他们身边，这是一种祝福。在那些特殊的时刻，上帝将他的恩典显现给我们。有时，他呼召我们在那个特殊的时刻去帮忙，让我们深爱的人们知道他们可以安然离去。"

"我听说，人们在临终之前往往会等着见某位特别的人，然后才能安心离开。"

修女微笑着说："我们人类在这方面很固执，在其他许多方面也是这样。"

我笑着赞同："我们是不是在告诉上帝再等一等？"

"是有点这个意思，但我想他已经考虑到这个了，他对这种情景并不陌生。他知晓我们每一次的呼吸，我们的气息也是他恩典的明证。"

"我永远也忘不了外婆和妈妈相处的那最后一刻。"

"嗯，你不应该忘记。你就是要去见证那个时刻。总有一天——希望是很久以后——你要会像你的母亲那样，被召唤去帮助一个所爱的人——也许是很多所爱的人——让他们知道是离去的时候了。"

"我不愿去想这些。"

"你不必去想这些事。这个世界是为活着的人而存在的。人有喜怒哀乐，当我们失去至爱亲人时，我们自然会感到悲伤。然而，最终我们必须选择如何去面对这些悲伤。"

"悲伤会摧毁人。我见过这样的事情发生。"

"我也见过。配偶亡故后，丈夫或妻子往往悲痛欲绝；孩子离世后，做父母的失去了活下去的勇气；还有人无法走出好友逝去的悲痛；就连一头宠物的离开也会摧毁一颗心灵。"

"有什么最好的方法，能够帮人从悲痛当中走出来？"

"忘记悲痛当然不是一件容易的事。许多人转向毒品或者其他消遣，试图忘记他们所失去的，或者他们就像你曾经想做的那样跑开。那些只是廉价的化妆品，很快就会被冲洗掉。在这样的时刻，处理悲伤最好的方式就是带着恩典走过去。"

"许多人甚至都害怕哭泣。他们总是为自己的失态而道歉。"

"泪水应该被人接受，而不是让人害怕。"奥古斯丁修女说着，斜靠在身后高高的货架上。

我的到来使得她无法继续工作。窑炉里面满是勿忘我——那是帕蒂和史蒂芬各自订购的整整两套餐具。我仍然倚在门框上，布利岑蜷缩在我的脚踝边，感受到了我的悲伤。肯尼迪总统在墙上注视着我们，他的目光中充满了同情和希望。

修女解释说："在悲伤的时刻，泪水是恩惠的具体形式。我弄不懂为什么人们会感到羞愧，或者认为要为这么自然而然的事情而道歉，这些泪水是我们走出悲伤以及面对其他境况时最自然的出口。还有许多人不会大声哭泣，那是因为他们把情感深埋在心中。"

"为流眼泪而感到羞愧、将情绪郁积在心，这都是十分不健康的做法。"我说。我自己并没有这方面的问题。我与情感丰沛的祖母和姨妈们一脉相承。流泪对我而言非常自然，那种恩典的自然流露已经镌刻在我的基因之中。

"是的，一点也不健康。那种方法只会将人的身心变为高压锅。就像我把所有这些勿忘我盘子、彩碗、杯子放在窑炉里，而炉子里的温度变得越来越高。"

"砰，爆炸！"

"正是这样。"

"修女，您害怕死亡吗？"

面对我这个直接而尖锐的问题，修女微微一笑。"不害怕。每个人都有权得到他们应有的奖赏。"

"我从来没有想过死亡是一个奖赏。"

"死亡是通向奖赏的道路，那份奖赏是天堂为那些良善而平安的人预备的。"

我突然想起几年前在当地一所公立中学当实习老师时遇到的一个七年级学生。有天早晨上课之前，我正在为那天的功课整理材料，这个小男孩跑上前来问他能不能帮我。我告诉他可以，他诚恳地看着我说："对于那些乐意帮忙的人，天堂的大门是敞开的。"他的话让我停下来思考。小小年纪，却如此深刻。这位小信使带来了他自己特别的祝福，他也讲到了修女此刻所提及的奖赏。

"您最好别太早计划着得到奖赏，"我冲奥古斯丁修女狡黠一笑，提醒她道，"您还有很多事情要做呢。"

"唯有上帝知道答案。"她眨了眨眼，说道，"你知道，我的许多家人都突然离世，如果哪一天你过来时发现我不在这，不要太过惊讶。"

我不愿去想这些，但我明白，她是在提醒我预备面对那些无法回避的事实。"我是不是需要订购很多很多的'格西特制'，才能使这件事情在好长时间内都不会发生？"

奥古斯丁修女咯咯笑了起来。"上天助我！"

"我该走了。"我看了看表说道。其他的家人此刻应该在派恩克雷斯特庄园，和外婆斯科克待在一起。

"我要为你的外婆、你和你的家人献上特别的祈祷。"修女说，"请记住，你即将经历的是一份礼物。拥抱它，并从中学习。"

"好的。"我轻声回答。转身走出门口前，我俯下身拍了拍布利岑。在那瞬间，一种平和和理解的感觉涌过我的全身，就好像看到出现在寒冷黑暗天际的第一道曙光。你知道，经过漫长而躁动的黑夜，白昼终于降临。

我用手指轻轻滑过走道上的风铃，聆听它们在风中送出的每一道音符。每一道都像我们的呼吸那样，飘逸，却又骤然即逝。

第十三章

圣星期四

"我这周跟学促销写作的学生讲了您的故事。"复活节的前三天，一坐进那把薄荷绿的纺锤椅里，我就兴冲冲地告诉修女这个消息。

"是吗？"修女正坐在马蹄形桌子右手边角落的橡木椅子上。在她肩膀上方的架子，一只陶制的雄鹰站在上方守卫着。我本来有心将它买下，但是现在它待在这里正好。在通往里屋门口的另一边，靠近天花板一个小墙角架上，一尊纯白的圣母像也一直在默默地注视着屋内。

"是的，我这一个学期都在和他们讲您，但这一次我特地从自己收集的那些'格西特制'里挑了一些带给他们看。我又跟他们讲起您的商店、开放日、您在采访时的精彩表现以及关于您的报道和反响。这正是我要在课堂上讲授的促销特别事件。"

修女咯咯地笑了起来，摇摇头，盯着手中那只陶兔的眼睛——她正在用巧克力棕色给兔子上色。"在大学课堂上说起我？这就是现在的大学教育吗？"

"学生们可喜欢听您的故事啦！我喜欢把公共关系中真实的案例带到课堂上。实际上，每堂课我都会从讨论当下发生的新闻开始，询问学生如何从公共关系的角度去处理这些问题。"

"学生们能通过这种方式去学习，很不错。"修女说，"这样更加贴近实际。教科书仅仅是课堂的一部分。当我做老师的时候，我总是相信与学生分享个人经历和现实案例能教给他们更多从书本上学不到的东西。我的学生喜欢听我讲我小时候在农场的故事。我教小学时，那些孩子都认为我的父亲是儿歌《老麦克唐纳有个农场》里面的那个农夫。"

我瞥了一眼卧在修女手中的兔子，仿佛看见小安娜欢快地笑着，追赶着反舌鸟山庄真正的兔子。它们正像她手中的这只陶瓷兔子。

"好吧，我怀疑我现在的大部分学生是否真正见过修女，更不用说在大学课堂上讨论修女了。"我笑着说，"因此，我所做的关于您的介绍包含了几个方面的内容。"

"看看有没有年轻的姑娘们愿意加入我们。"奥古斯丁修女说，朝我眨了眨眼。

"那些对艺术感兴趣的学生对您的'格西特制'尤其着迷。"

我告诉修女，学生们最喜欢的一个彩碗是那个上面有着像西南部沙漠景观的碗——上面绘着浅蓝色的天空，可可色的沙石，还有宝蓝色和火焰色的河流，就像欧姬芙[1]的画作。课堂上的另外一个宠儿是一只暗色的小碗，它就像是夜间倾盆大雨之中一条熙熙攘攘的城市街道上溅起的水花。"我把彩碗摆在教室前面的讲台上，课后，许多学生凑近前来观看。我还给他们看了您的照片，念了您对记者提出的问题的回答。"

修女略略地笑了。"你有没有告诉他们我喜欢和记者们交谈？"

"我告诉他们，您是一个理想的访谈对象，就像好莱坞专业人士一样应对记者的问题。"

"哟，瞧你说的！"修女朝我挥了挥画笔，"这些采访过后，我都要去告解室，为我真正所想的忏悔。"

我哈哈大笑起来。"学生们最喜欢您的一句话是，当记者问您为什么九十岁的高龄还在工作，您告诉她：'这里能让我远离尘嚣。'当我告诉学生这个回答，他们哄堂大笑。"

修女继续专注地给兔子画上一层新颜料，但她的脸上露出了微笑。显然，听到有一群大学生对她的故事和艺术品感兴趣，

1　20世纪美国艺术大师，以半抽象半写实的手法闻名，作品主题包括花朵微观、荒凉的美国内陆景观等。

她也觉得很开心。

"但是，每次他们拿起您的那些彩碗时，我都不敢喘气。我一直在心里默念——千万别摔碎！千万别摔碎！"

"我能想象你当时那副样子。"修女咯咯地笑着说。

"说到这，我看到您刚刚做好了一些新的'格西特制'。它们在商店的"小岛"上，看起来很不错。"除了纹碗，修女现在也开始将清洗画笔的技巧运用到花瓶上。

"我今天早上才把它们从窑炉里拿出来。全是喜乐，没有悲伤。感谢上帝！你觉得我摆放得还不错吧？你可是这方面的专家。"

"看起来棒极了。我看中了好几件，我要把它们都收入到我的藏品里。"两个婀娜多姿的花瓶吸引了我的眼球，它们看起来就像是盛放在托姆布雷[1]的油画布上。

"你的房间还没有摆满啊？"

"还没呢。"我告诉过她，我的藏品就放在书桌后面的柜子里。里面还有好多的空地方呢。

"我做好了你要的那些彩蛋。"奥古斯丁修女告诉我，朝我身后挨着墙壁的柜子走去。"我之前不敢保证自己能把所有其他订单按时完成，但还好，我刚好在截止日期之前完工了。"

1　当代美国抽象派艺术大师，被视作二战后最有影响力的艺术家之一。

我转过头去看那些彩蛋。"太好了！我很喜欢！"之前修女告诉过我，她有一些做复活节大彩蛋的模具，我便央求她做一些彩蛋，上面绘上她经典的勿忘我图形。有一个要添加到我的藏品中，其他的送人。"我希望它们做好了。我准备送一个给我的堂姐，我们周日要去她家。"

"这是一年当中我最喜欢的一段日子。"修女说，"四旬斋[1]、圣周[2]，然后是复活节。这是一个更新的时节，充满了希望和新的开始。它预示着我们能够，而且应该从伤痛中走出来，充满欢欣喜乐。"

"您在圣星期四有没有做点什么特别的事呢？"我问道，

修女正在给那只巧克力色的小兔子绘上锌黄色的蝴蝶结，听到这话，她抬起头来："我最喜欢的活动是纪念耶稣在最后的晚餐为他的门徒洗脚。"

"那谁洗您的脚呢？"

修女笑了笑。"我洗其他修女的脚。"

"您洗？"刚听到这个，我瞠目结舌——其他的修女居然让一个九十岁的老人弯下腰去为她们洗脚？！

1　也叫大斋节，封斋期一般是从圣灰星期三（大斋节的第一天）到复活节的四十天，基督徒视之为禁食和为复活节做准备而忏悔的季节。
2　复活节的前一周。

"对我而言，这是一个巨大的荣誉。"奥古斯丁修女解释说。

一项荣誉？一幅画面跃入我的脑海。我明白了：那是她所创造的耶稣形象。这个举动表明了修女的谦卑和心中的大爱，以及圣约瑟修道院其他修女对她的尊敬之情。

她接着说："洗脚提醒我们，我们与其他人的连接有多么重要。"

"这种连接是这个世界正在逐渐失去的。"我若有所思地说。

"当我洗其他修女同伴的脚时，我受到提醒——这个世界上，人类的触摸是多么的有力量。"奥古斯丁修女把陶兔拿起来，检查她刚才所画的，看看有没有什么地方漏掉的。

"然而许多人不曾拥抱或者握手，甚至不再看对方一眼。他们都匆匆忙忙地生活着。"我说。

"这真的很可惜。不与他人接触、连接，我们就无法存活。从我们一出生，我们就需要被人抱在怀里，需要被人喂养。我们需要家庭的归属感；当我们长大，将会更加懂得我们需要归属于一个比自身更伟大的东西。可是如今，电视、电脑和其他设备已经取代了拥抱、握手，甚至简单的眼神交流；只有忙碌的日程安排。人们用这些东西把自己与其他人隔离开来；这样做的时候，他们甚至坐在同一个房间内。这是我永远弄不懂的地方。他们靠得如此近，却又是如此远。"

我默默思索着她的话语。我想起很多时候，我的朋友和我就挨着坐在一起，但是我们的眼睛不是盯着电视，就是盯着手机发短信，而不是彼此交流。要不就是我们忙得没有时间聚在一起。当我走在大学校园里，我看到同样的事情正发生在学生和教授之间。在这个充满激烈竞争的社会中，我们这些"老鼠"[1]是真正的失败者。

"我们如何才能改变，重新获得那种连接呢？"我很想知道答案。

修女往标着"巧克力软糖"的颜料瓶里蘸了蘸画笔，然后开始在兔子身上轻轻地涂上第二层颜料。"首先，要认识到我们都生活在这个世界上，我是你的一部分，你也是我的一部分。在上帝的眼中，我们是平等的，都是无价之宝。我们也需要用这样的眼光来看待彼此。可是，我们经常陷在'我和你是对立的'这种思维里，这种想法只会把我们推开得越来越远。我们应该拥有'我们'的思维；我们所有人都一起活在当下的这个世界里。"

"说起来容易做起来难。"

修女从近处一个黑色杯子里的一把画笔中挑了一支新的画笔，开始画起兔子的眼睛。她挑选了一种柔和的蓝色颜料，那

1　"老鼠"一词在这为双关语，"rat race"指激烈竞争，而"rat"本身有"老鼠"的意思。

是一种充满希望的颜色。"那句俗话'说来容易做来难'常常让我感到困惑。人们总是会认为，说某件事比做某件事更加容易，我想这是真的，如果一个人说出来的话语是空的话。但是告诉别人'我爱你'并且真正这样想，却是一件很困难的事情。为别人做一件好的事情，通过这个告诉他们你爱他们，这种方式其实更加简单，也更有力量。"

"你说得对。"我说，"我的父母和我都很少对彼此说'我爱你'，然而我们知道彼此有多么爱对方。我们总是为对方着想，通过行动来展现我们的爱。"

"很好的例子。要说出那三个字并不总是一件容易的事，但是行动也会发出声音。"

我突然意识到，我还从未告诉过奥古斯丁修女我有多爱她，一个字也没有说过。直到那个时候，我仍不习惯说那几个字。然而，我想她一定知道我有多爱她，正如我知道她有多爱我一样。我希望我已经以某种方式向她表明过我的爱。然而，也许有一天我也能够亲口告诉她。

修女接着说道："你与学生之间实践了那种重要连接。你让他们参与讨论，和他们交流，而不是和他们说话。通过这些行为，你让他们知道，他们的思想、看法和行动在这个世界上有意义，也让他们知道，他们对你而言很重要。"

对极了，我想。没有什么比关上教室门，在一个小时又十五分钟的时间里，与学生们一起踏上探索的征程更美好的了。人人为我，我为人人——一起探讨、一起解决问题、一起学习。

"和出版商发给我的那些拒信不一样。"我说着，扬起了眉毛，"那些信上总是写着'亲爱的作者'，万年不变的格式。我甚至还收到过几封粗枝大叶的信，正文被随意潦草地印在纸上。"真是太荒谬了，我无不讥讽地说起过去的那些事。

修女咯咯地笑了起来。"我想说出版商在这方面得加强。"

"这些信冷冰冰的，不近人情。"

"我们的社会正在变成这个样子：冷漠、没有人情、拒人于千里之外。"修女感慨道，"然而，如果你在街上遇到某个人——尤其是陌生人——与你打招呼，朝你微笑，你会有什么样的感觉？"

"温暖和受到欢迎的感觉，仿佛我认识他们。"

"正是这样。那是因为你确实已经认识了他们。在上帝的国度，你已经和他们相连，尽管你并不知道他们的名字和其他信息。当我们每个人从这一点起步，知道我们每一个人其实都和其他人相连，就像兄弟姐妹一般，那么我们在进一步与他们发生关联时就已经领先一步。"

我想起我最喜欢的一篇演讲稿，那是圣法兰西斯对鸟的讲道："把我们联系在一起的纽带有很多……"

我沉思了一会。"您知道吗，您所说的让我想起了我的父亲。

开车的时候，他总是朝路过的人微笑、打招呼，即使他并不认识他们。有一次我问他为什么要那样做，他告诉我：'交朋友的最快方法就是朝陌生人微笑。'有一次他和牧师提到了这件事，接下来的星期天，他惊讶地听到牧师在讲道时引用了这个故事。"

"看来你的父亲懂得我们与他人连接的重要性。"修女微笑着说，"牧师听到了一个故事，也学到了一门功课。"

看到爸爸每天都这样做——点燃善意与连接的连锁反应，他教会我，一个简单的微笑蕴含巨大的力量。他的信息是清晰的，我最终把这个凝练成一件参与式的艺术作品，标题就是——（你的）微笑改变世界。

"与他人产生连接真的很简单，不是吗？"我问。

"是的——一个微笑，一次招手，一声问候。特蕾莎修女曾说过：'微笑是和平的开始。'然而与他人连接也需要努力。我们每一天都要努力这样做，否则我们会很快失去它。想想那些整天被关在屋里的人，他们要么将自己从社会中脱离出来，要么种种原因使得他们与世隔绝——比如贫穷、疾病、年迈。我们需要去将他们寻找出来。如果他们在受苦，那么我们所有人也在受苦。

"同样，人们经常忽视他人，因为他们没有很多钱，或者他们很平凡，又或者认为他们一文不值。就像我对其他修女说的：'我今晚上洗你们的脚，并不是因为我是这里年纪最大的修女之一，也不是因为我有地位！'那些身份地位背后的'我'，这才是重点。耶稣是上帝的儿子，他也没有必要洗门徒的脚。但是他选择以身作则，告诉我们，身份地位只是一种假象，它们并不是最重要的东西。我们都是平等的，互相引导，彼此扶持。真正重要的，是要伸出手去连接彼此。"

"我在想，即使人们去世以后，我们也能和他们连接。"我说，"我有一个天堂董事会……"

"天堂董事会？这是一个我从来没有听说过的新词。"修女说，"但是我喜欢这个词。"

我笑了。"我的天堂董事会包括我的家人，还有我亲密的朋友，他们全都去世了。还有那些我在人生路上匆匆相遇的人，他们给我留下了积极的影响。我喜欢想象自己仍和他们有连接——他们引导我，帮助我，回应我的祈祷。"我停顿了一会，接着说道，"我的天堂董事会这些日子都在加班呢！"

"我喜欢这个想法。"修女说，咧着嘴笑了。"灵魂是永恒的，充满力量的；我们与其他人的连接也是永恒的。"

"这是一个很大的圈。"我说。

"没有起始，也没有终点。"修女补充道，然后转向身后那个薄荷绿的柜子，"看到那个孩子了吗？"

我站起身，朝那边走去。一个瘦瘦的、皮肤黑黑的男孩，看起来八九岁的样子，穿着蓝白相间的 T 恤，正在小照片里冲我笑。这些年来，我一直在想照片里的这个男孩是谁，但是我从来没问，心想修女总有一天会告诉我的——如果她愿意的话。

"那是一个巴西的孩子，名叫海利尔。他是我通过基督儿童基金资助的一名孩子。"修女解释说，"每个月我都会寄钱给这个组织，这样他们就能够照看他。"

上一次来访的时候，修女曾告诉我，她和圣约瑟修道院的其他修女每个月都会有一小笔津贴，相当于我们其他人每月挣的工资。不同之处在于，她们的津贴只有一点点。修女在陶瓷店挣的一分一毫都直接给了修道院，而不是留给自己。现在奥古斯丁修女告诉我，她从那微不足道的津贴中拿出一部分，帮助另外一个国家的孩子。这个简单的举动，是一份牺牲，也是一种连接。

"您做了一件伟大而慷慨的事。"我说着，回到了我的座位旁。

"对我而言，这也是一种分享与连接的方式。"修女一边解释道，一边用她那双好撒玛利亚人[1]的自信的手，小心翼翼地

---

1 源自《圣经·路加福音》中耶稣基督讲的寓言：一个犹太人被强盗打劫，受了重伤，躺在路边。有祭司和利未人路过但不闻不问。唯有一个撒玛利亚人路过，帮助这个犹太人。好撒玛利亚人意为好心人、见义勇为者。

给兔子眼睛的周边刷上韦奇伍德陶瓷蓝，"即使隔着一个世界，我也能够与那个孩子产生连接。正如你的天堂董事会所显示的那样，此生以及生后，我们每个人都是彼此的责任"

我想起了修女做的那些小小的、被赫勒尔德神父带往洪都拉斯的十字架，还有"格西特制"、圣景像、勿忘我和其他东西，它们如今已散布在当地社区的各个角落，甚至是全国和全世界。就像我父亲的微笑。

"你的每一件陶制品都是你与人们连接的另外一种方式，他们当中的很多人你从未见过或者认识。"我告诉我的朋友。这正如希腊谚语所言："前人种树，后人乘凉，社会才有进步。"

修女点点头。

"你可能会觉得这有点傻。"我接着说道，"但是曾经有一颗老苹果树，它对我而言具有特殊的意义。我以前说过，我们家族拥有一片叫作"熊跑"的地，就在我常常喜欢去的土路和田野附近。我和那棵树有着特殊的连接。我会拥抱它，和它说话，与它分享我所有的喜乐与悲伤。夏天，我坐在它的树荫下乘凉；冬天，我看着大雪落在它光秃秃的枝丫上。我总是觉得这棵苹果树就是我的一部分。"

"这一点也不傻。你是对的，那棵苹果树是你的一部分，永远都是。它也是上帝创造的一部分，正如你一样。"

"我的祖母说，那块地在我们家族拥有它之前曾经是个木材厂。有一天，一个伐木工人吐出了一粒苹果籽，这就是那棵苹果树的来历——偶然，然而真实。那棵树见证了我们家族每一代人的成长。"

奥古斯丁修女笑了。"我知道为什么你和这棵树连接得如此紧密。那种情感把你变成了一个现代版的'苹果核约翰尼'[1]。"她大笑起来，"你知道的，我一直喜欢待在户外，从我还是小姑娘的时候就喜欢在家里的农场玩。我和大自然有一种连接，直到现在还有，尽管我现在外出的次数并不多。正如你和你的苹果树一样，我和商店门口的这些花也有一种连接。我把它们种在这里好多年了。它们开了谢，谢了开，但每次看到新的花骨朵冒出来，我心底就会涌起一种熟悉的感觉，好像看到了一位老朋友的回归。"

就在我们交谈的时候，修女的一位亲密朋友冲了进来——布利岑从里屋钻了出来。"原来你在这啊，陌生人。"修女的声音很温柔，小猫用脸颊磨蹭着她黑色长袍的底部。"我知道你想要什么。"

奥古斯丁修女把画好的陶兔放在桌子上，推开了椅子。"过来。"她招呼小猫，拍了拍膝盖。

1　约翰尼是美国的民间英雄，他穷尽一生撒播苹果种子，梦想创造一个人人衣食无忧的国度。

布利岑一跃而上，立刻在修女的围裙里蜷缩成一团。她拿起近旁一支画笔，开始梳理那团花棕色的毛发。

"动物能交给我们许多关于连接的功课。"我说，"每次我的小凯奥特过来时，他总会提醒我快要忘记的重要功课。"

在此前的一次交谈中，我和修女聊到了我救下来的一只小狗——小凯奥特。在我开始逛陶瓷店不久之后，它就和我住在一块了。它被人遗弃在小树林里，饿得奄奄一息。经过几个月的关心、照顾和宠爱，它如今已经是中等个儿，有着一身软软的白毛、一张俊俏的脸，还有深邃、神秘的棕色眼睛。我在三十初头的时候遇到他，在此之前，我孩提时代唯一的宠物就是一些不走运的金鱼——它们的寿命从来都不长。

小凯特奥的幸存故事以及我们之间建立的连接——我们经常躺在地板上凝视着彼此的眼睛，或者靠在一起打盹——帮助我的心灵打开了一个全新的视角，让我重新观察、思考连接在这个世界意味着什么。

"我想见见小凯特奥。"修女一边说着，一边继续梳理布利岑那厚而发亮、白里带金的毛发，"我想动物是我们在这个世界上最好的老师，如果我们愿意向它们学习的话。人们说动物是哑巴，我不同意这种观点。它们很聪明，只是它们的智慧与本能和我们的不一样。更重要的是，它们提醒我们，我们与其他生物还有这个星球产生了一种连接。"

"小鸟儿，我的小姐妹……"圣法兰西斯在讲道中这样呼唤。

"人人为我，我为人人！"

奥古斯丁修女咯咯地笑了。"布利岑和我都同意。"

第五部分

第十四章

爱之女士

这个阳光灿烂的夏季午后，在踏入修女的陶瓷店之前，我先在"小玩意和大珍宝"礼品店停留了一会。这个商店就在修道院上方，池塘和墓园的旁边。自从我第一次遇到奥古斯丁修女，发现我最好的朋友史蒂夫讲的是真话——圣约瑟修道院除了有一家礼品店，还有一家陶瓷店——三年半的光阴已经悄然而逝。我很难相信时光竟然流逝得如此之快。

玛格丽塔修女在店内热情地招呼我，帮我挑选一个放在婴儿床前的圣牌[1]——我想送给一位刚有宝宝的朋友。我在那里待了约莫二十分钟，聊起关于十二月的开放日的一些新想法，

1　在有天主信仰的人家，在婴儿床前放置一个祝圣过的圣牌是一个传统。圣牌的内容多半是基督像、圣母像、天使、圣人像，也有取自《圣经》故事的图案。

虽然那是几个月以后的事情。

我离开了礼品店，沿着窄小的车道来到有顶棚的走道。走道不长，从修道院的主楼延伸至水泥台阶，台阶下去几步就到了陶瓷店。这是奥古斯丁修女每天去工作时必走的十九级台阶，就位于我平常来访时常走的门廊尽头。

走到楼梯口时，我停了下来。在通往客房路上的花坛边，有个晃动的身影吸引了我的注意力。

那是一只猫咪，但不是布利岑。我不禁纳闷，这个陌生的黑色小家伙是何时来的，布利岑对它会有什么看法。我的目光追随着这头雄猫，只见它穿过花丛，来到一个更大的黑色身影前——只不过这个身影穿着一条柠檬黄和橘黄的围裙。

奥古斯丁修女正斜躺在一边，坡上的鲜花织成地毯，将她簇拥其中。一开始我吃了一惊。任何时候，只要我见到像她那样年纪的人以这样一个姿势躺在地上，最后总会将他们送去急诊室。然而，有某样东西阻止我轻易下结论。身体里面有个微小的声音告诉我：要冷静，先观察。

我很快明白过来，虽然身体紧紧贴着山坡，但修女正在修整她的花园。我看到她轻柔地把一朵花捧在手中，仔细地观察每片花瓣。她不时扯掉一片枯萎的叶子，让它们落入尘土，重新开始新的使命；或者把弯曲的茎秆扶正，让一株小花完全沐浴在阳光下。

就像童年时，像一头小鹿那样在农场欢快嬉戏一样，奥古斯丁修女谙熟这片神圣土地上未开发的土地。在经济大萧条[1]的早期，作为一名见习神职人员[2]来到圣约瑟修道院以后，她的双手就开始在这片泥土上辛勤耕耘了。在那时，她就建起了一个温室，开始种植西红柿、黄瓜、豌豆、黄豆，还有其他植物的幼苗，然后再把它们移栽到修道院那个大菜园里头。她也会带领大伙去池塘旁边的蓝莓丛采摘一桶一桶的蓝莓，或者帮助其他修女把刚刚从园里摘来的新鲜蔬菜做成罐头。修女的母亲去世后，她的父亲乔治搬进了修道院的一间小房子居住。他帮助修女做了许多工作，同时担任场地管理员、木匠和屠夫等多重角色。他也经常和小女儿在地里一道干活。"塞克拉修女太讲究，干不了这种活。"奥古斯丁修女这样打趣她的姐姐，因为后者更喜欢做更为干净的室内活。

如今，九十岁高龄的奥古斯丁修女还在打理她的花园，她的双手仍在与那片清爽、熟悉的大地——她永恒的反舌鸟山庄——发生关联。

这只新来的小猫在修女旁边跳来跳去，仿佛在保卫着她。同时，在斜坡顶端，一尊高大的白色圣母像正在默默注视着这

1　指 1929 到 1933 年间发源于美国的经济危机。
2　天主教会法规定，有志入会做修士、修女者，应先有一段考验期。

一切。我的朋友无疑得到了很好的照顾。

几分钟后，奥古斯丁修女朝水泥台阶那边看过去——那是她离开花园的唯一合理出口，而不是爬坡或者下坡。她还没有看到我。我仔细地观察着她的举动，以免她需要我的帮助，但我知道她有多么独立。

修女坐了起来，摇晃着走了约莫十五英尺的距离。她到达了台阶口，小猫在她身旁雀跃着。对于这段路程，修女显然很熟悉。

奥古斯丁修女抓住了铁栏杆——先是右手抓住，然后用左手扶住。她身手敏捷，很快就翻过了栏杆，站到了台阶中间。整个过程她都一直咯咯地笑着。农场上那个小辫子在身后一甩一甩的小安娜的形象跃入我的脑海。她那毛茸茸的伙伴紧随其后。

我捂住嘴，不让自己笑出声来。

"这位新朋友是谁？"片刻之后，我终于开口问道。我走下她身后的台阶，假装刚刚才到的样子。

修女回过头。"这是托米。它刚刚来，与布利岑和我住在一起。我们觉得今天太美了，不应该在室内待着。我刚刚在花园里干活，托米在一边玩。布利岑在前窗守着商店呢。过来坐一坐吧。"

高大、瘦长的向日葵将圆形花盘藏在楼梯的栏杆后，栏杆与我们前面的门廊一样长。向日葵排列得整整齐齐，正在静静等候着与它们的园丁相处的时刻。

"布利岑和它处得怎么样？"

"它们相处得很好。"修女回答，劳作带来的红晕正在慢慢从她粉红色的脸颊上褪去。"我不太确定会发生什么，因为布利岑之前一直是这里唯一陪伴我们的男性。"

"我刚才去了礼品店。"我一边说，一边在她旁边的台阶上坐了下来，而托米在一旁跑来跑去，寻找新的冒险。"我需要一个圣牌，送给一位刚生了宝宝的朋友。除此以外，我还准备送一个您做的小天使。"发现那两个剩下的基路伯很像我的守护天使后，我曾央求修女为我将它们上釉，涂上浅蓝色和茶玫色。这次，连同圣牌一起，它们是送给小宝宝独一无二的完美礼物。

"这倒提醒了我，我刚刚做好了你想要的马利亚雕像。"修女告诉我，"但是我恐怕其中一件是悲伤。"

"为什么？怎么啦？"几个星期以前，修女和我在里屋的时候，我发现了几件新的模具可以用来制作圣母雕像。每次当我自认为清清楚楚地知道奥古斯丁修女有哪些模具的时候，一件新的宝贝就会出现，仿佛从天而降的白色吗哪[1]。我央求她为我绘制三尊新的马利亚雕像，添加到我现有的两尊藏品中——那还是我第一次来陶瓷店的时候买的。

"当我给其中一尊雕像的深蓝色披风画金色的勿忘我时，不知道怎么回事，有一些花被弄脏了，我当时没有注意，直到把它烧制好了以后才发现。"修女解释说，"你可以不要那件雕像。"

"哦，但是我就想要那个，那样使它显得更加特别！"我坚持道，"我喜欢这些艺术品，是因为可以从它们身上看出制作者的手工。对我来说，这些不完美的地方正是完美所在。"

"你总是拥有看待事物的积极心态，难道不是吗？"

这有待商榷，我想。然而，我欣赏那些有着瑕疵的工艺品，它们往往能激发出创作的灵感。这些瑕疵是如此的独一无二，不可复制；也正是因为如此，这样的艺术品才更加显得珍贵。

"要是您的作品，我就很容易满足。"我说，"我在创作那些民俗画时，会故意把那些用来作油画布的木板凿开，让它们看起来像旧的一样，经历了风吹日晒。我喜欢让颜料从板子上溢出来。你会知道那是人手画的，而不是机器画的。"

---

1 《圣经》记载，以色列人出埃及后，在旷野中漂泊了四十年，上帝从天上降下吗哪给他们当食物。

"我什么时候能看看你的艺术作品啊？"

"将来的某天，我保证。"说真的，我仍然不敢向奥古斯丁修女展示我的作品。我害怕需要背诵"万福马利亚"来交换她的乌龟、青蛙和七星瓢虫。我知道这样想问题很傻。"其他两个雕像还好吗？"我问，将话题转到她的作品上。

修女点点头。"其他两个都是喜乐。"

"您在上面签名了没有？"这已经成了我的一句习惯性问话。

"签了。"她说，眼珠一转。这也是她习惯性的回答。"你会很高兴地知道，我在其中一尊雕像上前进了一步。"

"是怎样做到的啊？"

"很多年前，当我得到这些模具的时候，它们都有自己名字，比如'瓜达卢佩圣母'和"厨房的马利亚"。但是，你要求我做的第三尊雕像没有名字，因此我给她取了一个。"

"您给她取了什么名？"

"爱之女士。"

"这名字太美了！"

"我也是这么想的。因为我知道你可能会问，所以我将那个名字写在了雕像的底部，想给你一个惊喜。"

"太棒了！您这么做，我真是太开心了！"

"马利亚是一个完美的角色，值得今天的人们去效仿，尤其是女性。"

我微笑着赞同。从我还是一个小孩子起，我的祖母施利姆总是鼓励我在晚上睡觉前对圣母说三声"万福马利亚"，这样圣母就会保佑我。就连我们的小镇圣玛利斯也是以圣母的名字命名的。小镇建造于 1842 年 12 月 8 日，刚好在圣母圣洁日[1]那天。

"您的工作室里有一尊白色的圣母像，就在通往里屋的门旁边角落的架子上。那尊纯白的圣母像，是您做的吗？"

"不……我'救'了她。"修女道出了实情。

"您'救'了圣母？"

"从某种意义上可以这么说。"修女大笑了起来，"许多年前，一些建筑工人在修道院盖房子。有天我刚巧路过，看到圣母像被掩埋在一堆被扔出来的垃圾里。"

"为什么会有人将她扔出来？"

"我不知道——也许只是一个意外——但我把她从垃圾里挖出来，清洗干净。然后我把她放在很高的地方，只有布利岑和托米才能够得着的地方。"

"您'救'了圣母。"我喃喃自语，惊讶地摇摇头。这道功绩无疑可以为她在圣彼得的功劳簿上多添上几颗金星了。

---

1 天主教节庆之一，日期是每年的 12 月 8 日。

修女露出了微笑，身后映衬着鲜花盛开的花园——这样的一幅画恐怕会让莫奈[1]拿起画笔来创作。"我更将这看作是报答，因为圣母总是回应我的祈祷。"

这时，我们的注意力被吸引到了客房旁边的马路上。杰西塔修女和约翰·保罗修女开着修道院的皮卡车经过，她俩都冲我们挥手。皮卡车上印着"ora et labora"的字样，这是一句著名的拉丁语，意思是"祈祷与工作"。这也是"圣本笃会规"的核心。两位修女都上了五十岁，是圣约瑟修道院最年轻的修女。她们负责修道院日常的维修、养护和跑腿等大部分杂事，那是奥古斯丁修女的父亲很久之前干的活计。

奥古斯丁修女和我也朝她们挥了挥手。

"有件事我保证你不知道。"修女开玩笑地说，"我为自己保留的唯一一件物品是一尊小小的圣母像。"

"真的吗？"我怎么从来没有问过她这个问题呢？

"我把她放在楼上我的房间，就在梳妆台上。圣诞节的时候，我用纸做了一个小小的马槽放在圣母面前，马槽里面是婴儿耶稣。

我刻意避免与奥古斯丁修女谈论有关她房间的事。从我所了解到的情况来看，修女们的卧室都很简朴，不过是一张床、

1　法国画家，印象派代表人物和创始人之一。

一把椅子、一个梳妆台、一盏台灯、一个小衣橱——与她们所恪守的保持清贫的誓言相印证。修道院是一个与尘世隔绝的地方。这并不是说，如果有人告诉我"你有十五分钟的时间，可以参观这里面任何地方"时我不会到处乱跑。但这样的情况从来不会发生。因此，圣约瑟修道院永远笼罩在某种神秘和威严的气氛中，艾克县本笃会的修女们也是如此。

奥古斯丁修女继续说道："作为一名修女，马利亚对我而言具有特殊的意义。'M.奥古斯丁修女'中的 M 即是马利亚（Mary）的意思。"

"修女，如果您是男儿身，您觉得您会当牧师吗？"我问，一阵温暖的空气将我们拥抱。温和的清风将几步开外的风铃声变成了柔和、持续不断的小夜曲。

修女凝神望着远处她的那些花儿。"我觉得，如果你有那样的呼召，那么无论你是男儿身或是女儿身，它终究都会来到。我们在此生都有各自的使命要完成。"

"您觉得女人应该被允许当牧师吗？"很久以前我就意识到，在生活中学习以及进一步发展自我指导原则的最好方式就是发问。毕竟，问题引向答案。幸运的是，我的朋友对我层出不穷的问题表示欢迎。

奥古斯丁修女转过来面向我。"在我们那个时代，这种事不会被问起，也不会被讨论。我珍视我所选择的呼召，以及自己在这个角色中所能够做出的贡献。"

"但是现在呢？如果女性愿意的话，您觉得她们能够去当牧师吗？"

"看看那些允许女性践行这个角色的其他信仰，你会发现女性做出了非常伟大的成就。像马利亚一样，她们是坚强、智慧、鼓舞人心的领袖。九十岁的时候，我很满足天主教的这些条规，因为这是我所知道的。我也满足于待在一个安静的小陶瓷店，即便似乎没有人还记得这家店，直到那天你走了进来。回头看看那些我们拥有的欢乐，对我和修道院而言，都是非常精彩的事。"

我带着极大的热情连连点头。是的，是的，是的。对每一个参与的人而言，这些都是极其精彩的事。

修女继续说："然而，我确实认为，女性也能和男性一样领导教会。女性和男性一样聪明、悲悯、敬业，有时甚至超过男性。在我这一生中，我见过一些牧师，他们很早之前就应该去做别的工作。我经常疑惑他们到底从谁那里领受了呼召。"

我强忍着没有笑出声来。

"我有幸与一些成功的女性一起共事，我从她们那里学到了许多宝贵的功课。"我说，"我曾在白宫为第二夫人蒂珀·戈尔服务，在纳什维尔担任经纪人时曾与娜欧蜜·贾德[1]共事，在那期间，没有哪一天我不在反省自己学到的功课。她们向一个小镇孩子展示了他从未想象过的世界。"

我的脑海飞快地闪过那些画面：在美国海军天文台副总统的官邸举行的宴会上，蒂珀让我有机会搭乘副总统的专机"空军二号"；乘着车队旅行；所到之处都被特工包围；参加由蒂珀发起的国际照片互换运动，与她和一群学生在华盛顿四处拍照；在蒂珀的办公室为我举办的生日惊喜派对；与蒂珀多次私人的交谈。在纳什维尔，娜欧蜜·贾德开玩笑地称呼我为"封面公爵"，而我则称呼她为"料理一切的女皇"；搭乘贾德家族的"追梦号"旅游巴士游玩；在音乐会的后台闲逛；在娜欧蜜那个被叫作"宁静山谷"的宽阔农庄的池塘旁野炊；倾听天籁般的歌声，那些歌声足以证明上帝一定是位乡村音乐爱好者。当然，与这些工作相伴的是许多艰辛的工作，但每一刻都给我带来了难以磨灭的印迹和欣喜。

"这些女士教会我成为一名专业人士该有的担当，教导我如何回馈社会、如何充实自己的想象力。"我接着解释，"当然，我也从我的母亲、祖母和外祖母以及姨妈们身上学到了同情他人、勤奋工作、快乐生活的人生态度。"

---

1 美国著名乡村歌手，好莱坞女星艾什莉·贾德之母。

"你很幸运，在生命中有过这些特殊的女士。"奥古斯丁修女说，"今天，特别是年轻女孩比以往任何时候都需要这些模范和导师，但我认为像你这样的年轻男士也应该多多见识这种坚强的女性，这也很重要。这样会带来尊重，摧毁伤害我们这个世界的隔阂。"

半个小时前，我在修道院的礼品店里看到了一张黑白老照片——在满是尘土的操场上，几名修女正在热火朝天地工作，那块操场将来会成为隔壁高中的校址。玛格丽塔修女告诉我，其中一位修女是年轻时候的奥古斯丁修女——坚韧、不知疲倦、不怕弄脏双手——与当时修道院的看守员、她的父亲乔治在一起干活。

这幅画面让我想起了在课堂上遇到的那些年轻女士。她们每一个人都在某一方面有天分，但并非人人都能认识到她们所拥有的巨大潜能和力量。四月，当我第一个学期的大学课程接近尾声时，我独自站在教室，聆听走道上那渐行渐远的脚步声。我所教授的那些大四学生结束了最后一个学期的课程，悄然走远了。我不禁想，在今后的岁月，这些脚步会将他们带向何方。我希望他们从我这里所学的成为他们背后永远的支持，正如他们与我分享的青春的热情与希望一样，成为我教学生涯中前进的动力。

我知道修女会在我的教职上给予我更多指导。在我帮助那些年轻人的使命中，我也帮助他们释放了他们拥有的巨大潜能。

"修女，对于她们要踏入的这个世界，您会对今天的年轻女士和女孩子们说些什么呢？"

奥古斯丁修女想了一会，风铃在一旁低吟浅唱。"我想告诉她们学会如何依靠自己。我想让她们知道，她们身体里面拥有和年轻男子一样多的潜能。我想对她们说，犯错没有关系，只要你从中有所收获。我希望她们培养对上帝的坚定信仰，从马利亚和其他女圣徒身上学习。我还想鼓励她们在生活中寻找善良和充满怜悯心的女性，就像你找到的一样，不论是职场导师还是她们自己的母亲和祖母。最后，我想告诉她们发挥才智和兴趣，去寻找服侍他人的方法。顺便说一句，这也是我送给年轻男子的忠告！"

"我真的觉得您可以写一本书。"我向她建议，正如我不时提及的那样。

"那是你的呼召，不是我的。"修女说，咧着嘴笑了，"毕竟，你的名字是以作家的主保圣徒起的。用笔来充当使者是你的职责。"

"在烹饪书这件事上，我还在等着主保圣徒的帮助呢！"

"谁说上帝和传道者圣约翰没有为你当作家预备，也许有许多你还不知道的计划。记住，上帝的时间和我们的时间并非一样。"

托米冲下台阶，在我们中间跳来跳去，仿佛在飞快地打招呼，然后跳过前窗。在暖和的时节，奥古斯丁修女总是会为布利岑把前窗打开，现在也为托米留出空，好让它们自由地蹿来蹿去。

"我们应该去看看那两只小家伙上哪儿了吧？"修女问道，慢慢起身，"我敢肯定不太好。"她补充说，脸上挂着一抹农场小女孩的微笑。

"当然啦。"我答道，也站起身，"您台子上的那些花儿很美，还有走廊前面的那些向日葵也是。我觉得它们在看着我们。"

"它们今年确实长得很好。"奥古斯丁修女也赞美说，"有了它们，我出来外面走走就有很好的借口了。"

我没有提起刚刚来时看到的那一幕。那是我留给自己的一份特殊记忆，静静等待分享的时机到来。

"如果您没有来圣约瑟，说不定是位很棒的园丁呢。"我打趣道，"又或者是一名农妇！"

修女转过身来朝我微笑。"你没有看到吗，我身兼数职：修女、花匠、农民、生意人、动物爱好者、渔民、艺术家——你常常这样叫我，还有老师——当然，那是很久以前的事啦。不管我们身在何处，我们都可以选择成为我们想要成为的人。"

"别忘了您还是拯救雕像的人！"我补充道，"我能想象得到，至少有一位优雅的女士，她坚持要把这样一个头衔加到您的简历中。"

奥古斯丁修女摇摇头。"你非要这样说的话，约翰。"

"您知道吗，修女，您的名字也在激励我的那些女性名单之内。"

我的朋友谦逊地点点头，然后带着我走下台阶。我生命中那个活生生的、有血有肉的爱之女士此时就在我身旁；我用手划过风铃，跟随她进到屋内。

第十五章

圣景驴

十一月初，就在奥古斯丁修女九十一岁生日前，我在一个午后闯入了陶瓷店。我非常激动，满脑子的想法都快要蹦出来了。

"修女，我这里有个新点子，您快来听听！"

我匆匆穿过进入工作室的门，在桌子面前停下了脚步。桌子边上摆放着一排五个奥古斯丁修女的微缩塑像，仿佛正在列队欢迎我。我弯下腰，面对面研究起这些陶像。她们和我想象的一模一样。每一尊微型修女都穿着传统的修女服——黑色的长袍，白色的头巾，祈祷的双手，蓝色的围裙，上面染上了一些颜料。

我听到熟悉的笑声从房间另一端传来。抬起头来，我看到真正的奥古斯丁修女站在通往里屋的窄小门框里，穿着她的蓝色围裙，上面染着颜料。从这个视线与桌子齐平的角度看过去，奥古斯丁修女看起来就像我眼前这些六英寸的塑像一样高。我情不自禁地笑了起来。

"喜欢吗？"她问。

"她们太美了！和我想的一模一样。"

"你很容易满足。"修女总是这样说我，却对她自己在每件陶器上展现的天赋轻描淡写。

一周以前，奥古斯丁修女告诉我，今年的圣诞节，她要给圣约瑟修道院的每位修女一个惊喜——送给每人一尊迷你陶瓷修女像。"您有迷你修女的模具吗？"我惊呼。"哦，我真不应该告诉你的。"修女开玩笑说。"有了！"我的脑子开始转起来。"您能不能也帮我做五尊小修女像？"我问。修女点点头。"唯一的要求是，"我补充说，"我的小修女像要是您的翻版。"修女摇摇头，笑了起来。现在，她早已习惯了我这些稀奇古怪的要求。"我是认真的！您能否为她们加上小围裙，上面还加上颜料的印迹？"奥古斯丁修女想了一会儿，然后回答说："我想我能做出来，但只为你做！"

我继续欣赏那些陶瓷修女像。她们是如此甜美。我打算给自己留下两个——一个备用，以免另外一个打碎——另外三个将作为礼物，分别送给帕蒂、我的一个堂姐和大学里面共事的一位教授。这些雕像都是限量版。我知道她不会再做这些了，我需要劝她一次就做好。

"给这里的修女做塑像之前，我想我能先把你的做好。"奥古斯丁修女告诉我，"我给她们做的都是普通的修女像，不是我。"

"您知道这些都是自画像吗？就像许多伟大的艺术家所做的那样。"我告诉我的朋友。

"又来了。"修女咯咯地笑着说，"你总是有说不完的东西。"

"您总是将线条画得如此完美！"我惊叹道。那是一只自信和满足的手才能创作出来的。"我就没有一只那样稳的手，也没有耐心。"

"需要练习。"修女打趣说，"我不知道怎样绘制我的眼睛，所以就让它们闭上了。我想这样看起来，我像是在祷告。"

"您看起来很安详，完全沉浸在祷告之中。"我评论说，注视着修女描绘她自己闭合的眼睑所使用的那一弯细细的新月。

"猜猜我在祷告什么？"奥古斯丁修女开玩笑地说，"我也有一些秘密。"

我站直身。"关于今年的开放日，我有一些新想法。"我说，把话题拉回到这次来访的目的。一年一度的开放日如今近在眼前，只剩一个月的时间了。

"我最好坐下来聊这个。"修女说。奥古斯丁修女朝工作桌外面、我经常坐的那把薄荷绿的纺锤椅走过去，然后坐下来。

这是头一回，也是唯一一次。仿佛这是最自然不过的事情，我走过去，坐到了马蹄形桌子里面她那把一模一样的薄荷绿纺锤椅上。

我看着桌子对面的修女，她身后是一扇高大的窗户，光线从那里透过来——在我之前的拜访中，我总是和她这样相对而坐。当你坐在别人的椅子上时，你观察到的一切都是那么有趣。一道白光照在修女黑色的面纱上，当她笑起来的时候，她的酒窝显得比平时更美。我以前从未注意过的一个小小的凹口装饰着她的下巴。摆放得整整齐齐的画笔、装水的容器、小小的素胚树，还有一堆堆颜料瓶摆在我们中间，就像一座桥。

"还记得您以前给我做的那些装饰品吗？"

"我怎么会忘呢？"

几年前，我拜托奥古斯丁修女为我做一些圣诞树上的装饰品。一开始只做了一套，我原本打算送给史蒂夫作礼物，但我很快发现自己也需要一套——当然要给自己留下一套啦。

有天下午，修女和我花了好几个小时，在她的饼干切块模型和装饰品模型中翻找，选出了十六件可用的物品：树、教堂、圣诞拐杖糖、大象、兔子、驯鹿、公鸡、爱心、雪人、星星、圣诞灯泡、铃铛、蝴蝶、鸽子、姜饼人情侣。然后我们挑选了每款装饰品的颜色：冬青浆果红色、霓虹橙、钴蓝色、青柠、松树绿、番茄红、紫晶、镉黄、巧克力色、粉蓝、哈佛红、银色、象牙、奶油、猎人绿、粉红玫瑰色。最后，我们为每件装饰品选上一个特别的词：爱、希望、和平、恩典、喜乐、敬畏、信仰、快乐、欢笑、家庭、想象、生活、存在、简朴、梦想。之后，在素胚阶段，修女为每个装饰品刻上对应的词，包括姜饼人装饰上的"约翰"。这是我们自己的象征和语言，看似古怪，然而传达了一个强有力的信息。这是对另外一位我最喜欢的艺术家——凯斯·哈林——的致敬。

"那些装饰品给了我灵感。"我说，"我想在今年的开放日上，你也可以做一些限量版的装饰品。"

"我已经做了许多装饰物。"修女说，"去年，你用那些装饰品装扮那棵圣诞树，它们全都卖光了。我还可以做一些。"

"我的意思是，您应该做一件特别的装饰品。"我解释说，"限量版会更加有意义。"

奥古斯丁修女想了一会。"你觉得人们想要和别人一模一样的装饰品吗？"

"如果您做的话，当然啦！它们肯定会被一抢而空的。相信我。"

修女还是没有被说服。"你难道不觉得现在才开始做太晚了吗？还有几周就要到开放日了。"

"我相信您一定能及时完工。"

修女笑了。"我想我可以做，但选哪一样装饰品呢？"

"这个我还没有想好。也许我们两个人可以一起合计合计。"

从她眼眸的亮光中，我看得出，创造性的车轮已经开始滚动。

"让我们从那些可以激发您兴趣的事物开始。"我建议道，"应该是这样一件装饰物，它对您有特别的意义，这样就会对顾客更加有吸引力。还有，这件物品让您在今年的发布会上有新的东西可说。"

"别告诉我你又要把记者带到这里。"修女说，她的眼睛圆睁着，咧着嘴笑。每次她稍稍一动身，她身后的阳光就跟着闪动。"我去年就已经将我知道的一切告诉了他们。"

我笑了起来，提醒她道："他们去年写的关于您的报道让开放日和修道院受到了许多关注，募集到了许多资金。"

修女叹了口气。"你说的对。我想他们不会太坏。"

该回到正题了。"那么，有什么激发您灵感的东西吗？"

奥古斯丁修女想了一会，说道："上帝、自然、动物、色彩。"

"很好。我们可以从这上面着手。"我们现在有了艺术家之间的默契。

"说到圣诞节，什么让您感到兴奋呢？"我接着问。

"耶稣的诞生、季节的欢乐、爱。"

"我们如何把这些融合到您现有的模具里？"

"如果你想看的话，我的饼干切块模型都在里屋第一个桌子上的盒子里。把它拿过来，我们可以一起找找看。"

我一跃而起，经过还摆放在桌子边的五个微型奥古斯丁修女像，从里屋拿来了饼干切块模型。返回时，修女已经重新整理好了桌子，为我们接下来的行动留出了足够的空间。很快，桌子空白处就洒满了锡制的红色塑料模具，有教堂、十字架、糖果棒、爱心、星星，以及你叫得出名字的各种动物。

"我想，既然您这么喜欢动物，可以做一个动物装饰品。"我建议道，目光在大象、狮子、长颈鹿、兔子、驯鹿、公鸡和蝴蝶之间穿梭，"但我们该怎么将您有的这些动物模具和圣诞节结合起来？"

"这个怎么样啊？"奥古斯丁修女说，拿起一个红色的饼干切块模型。在这个小小动物园里，我还没有见过这个。"一头驴！"

哈利路亚！[1]

"圣景驴！太好啦！"

"我也这么想，但该给它上什么色呢？要做多少呢？我没有太多时间，特别是我要给每位修女做一个陶瓷修女像，还要为开放日做所有圣诞节的物品。"

"你可以弄简单一些。它们不需要每处都涂得很逼真。"我

1　意即"赞美上帝！"

解释说。

奥古斯丁修女仔细地打量着这头塑料驴。"如果给每头驴涂上灰釉色，也许再加点金边，怎么样？"

"这个主意听起来不错，也简单。您觉得您能够做好二十五头圣景驴吗？"一年前，为了我组织筹办的一次慈善活动，她在几周的时间内就做好了五十个一模一样的粉红色花瓶。因此我知道她对快速创造出许多一模一样的物品不会陌生。

"这个数字很合理。"

"它们很快就会卖完，这就是限量版。"我说，"我想，我们应该在每个上面添上标签，这个我可以在电脑上做出来。当然，您要在每件装饰品上签名、刻上日期……"

奥古斯丁修女的眼珠一转。她还是觉得，人们想在陶器上拥有她的签名是一件傻乎乎的事。标明艺术品出处的标签——全世界艺术爱好者趋之若鹜的东西——对她而言没有任何意义，正如我经常提到的与她的作品有关的那些艺术家的名字一样。

"您能为标签想出一句简单的话吗？"

"比方说？"

"用您自己的话来说说驴子，以及这种动物在耶稣诞生的故事里的特别之处。"

"你为什么不做呢？你才是文字高手啊。"

"因为这不是我的装饰品啊。您才是这里的艺术家。"

修女的眼珠转了好几转，我咯咯地笑了起来。

几天后，奥古斯丁修女递给我一张便条贴。"这句话怎么样？"

修女以她独特风格的字体，为装饰品写下了这样一句宣传语："这头谦卑的毛驴一路驮着耶稣和马利亚回到伯利恒。"

"太棒了！"

我找了一些大小合适的空白商业名片来印制圣景驴的二十五个标签，修女的这句话成了标签中的重中之重。在帮修女为开放日装扮商店的时候，帕蒂和我把每一个标签都用薄缎带系在装饰物上。

为了展现这件特别的装饰品，较之去年，帕蒂和我在装饰商店的时候做了一些改变。这一回，我们把一棵小的人造树搬到了"小岛"中间，上面缀满了圣景驴。然后我们把附近的架子全摆满了"格西特制"。其他架子上摆满了新制的圣诞老人、雪人、天使、点亮的树、雪橇、烛台、圣诞花盘子、糖果碟，每一个都贴上了修女的霓虹橙价格标签。

十一月下旬，如同一年之前的首场发布会一样，奥古斯丁修女的第二场新闻发布会开始了。记者们坐在我安排的环绕在桌子旁的椅子上，问了修女有关她生平和背景的问题，以及"格西特制"的历史。得知眼前这位九十高龄的老人还在超常工作时，他们不断流露出敬仰之情。

　　"您怎么看待'格西特制'的成功？"一名记者发问。想到她最有名的陶器如今有了历史和一帮粉丝，我不禁笑了。到现在，她已经做了三百多件"格西特制"。

　　"如果我的顾客高兴，我也高兴。"修女的回答和没说一样，"要我做什么，我就做什么。"

　　"做这些东西一定很有趣吧？"另一名记者紧接着问——她自己也是一名艺术家。

　　"它们总是充满了神秘。我永远不知道会做出什么来。"修女说，"每次我打开窑炉，总是有喜乐也有悲伤。但幸运的是，到目前为止，所有的'格西特制'都是喜乐。"

　　"您愿意告诉我们，您是从哪里得到启发为这些彩碗命名的呢？"去年来过的一位记者开口问道。之前，奥古斯丁修女和这位年轻人开玩笑，告诉他说，这个独特的名字是她自己的秘密。但从一开始，她就告诉过我，"格西"是她在修女之中的昵称。

　　"也许明年吧。"她含糊其辞地回答。"下一个问题？"

我笑了起来。

记者们将目光转向了圣景驴。"您为什么打算做这一批限量版的装饰？""为什么是一头圣景驴呢？""为什么只有二十五只？""这是第一个系列吗？"

修女一一作答："我想我的顾客会喜欢它们。""因为我喜欢动物和耶稣降生的故事。""二十五对于限量版来说是一个吉利的数字，我也只有时间做这么多。""我们会先看看人们的反应，然后再决定明年的系列。"

奥古斯丁修女告诉记者的这些新鲜事都是我之前不知道的。这再次证明，她总是留着许多惊喜。

"今年早些时候，我的窑炉坏了。"奥古斯丁修女在访谈中解释说，"你们知道，这种东西很贵，我打算找一个二手的，但是一无所获。因此，我做了我一贯做的，将问题交托在上帝手中。毕竟，他是老板。我知道他会有解决办法的。后来，有天早晨我来到商店时，发现前门口摆着一个新窑炉。我一直不知道是谁放在那里的，但是我从不怀疑是谁让它出现在那里的。"

记者们离开后，我随后问起修女有关新窑炉的事情，感到很惊讶。"您为什么不早点告诉我那个旧的窑炉出了问题呢？"

"我不想麻烦你。"修女回答。

"我很高兴您讲了这个故事。读者们会喜欢的。"我说，"您身上总是有许多令人惊讶的地方，还有各种奇迹。"

修女朝我挥挥手。"不要给我身上添上光环。"

"是什么让您告诉记者有关窑炉的事？"

修女咯咯地笑了。"我知道你会很高兴的。"

我确实很高兴，记者们也是。其中一位记者这样报道："事实证明，在陶瓷店，有着诸多奇迹。"确实如此。

记者们随后写的每一篇报道都引用了修女在装饰标签上写的话，而且都强调这样一个事实：圣景驴是限量版。这引发了一阵狂潮，正如我预料的那样。修女的电话一直响个不停，人们都想提前预订一头圣景驴。"它们要到开放日才有卖，"修女告诉每一位打进电话的客人，"希望在开放日见到你！"

我在一旁偷着乐。

十二月的第一个礼拜六，我三十五岁生日后的第一天，顾客比往年更早地在陶瓷店前排起了长队。在开业时间九点的前一个小时，兴奋的顾客从前廊排到了右边高中的方向，还有许多人挤在左边的台阶上取暖并躲避风雪。

我的母亲、表姐菲莉丝、史蒂夫的母亲丹妮斯再次过来帮忙。待奥古斯丁修女安安稳稳地在马蹄形工作桌中间落座以后，我提前十五分钟打开了前门。

摩肩接踵的人群涌了进来，就像一幅题为"群众场面"的行为艺术，人数是去年的两倍多。不到五分钟，所有的圣景驴就不见了踪影。二十分钟后，帕蒂和我摆好的新"格西特制"的展示架子就全部空掉了。到了下午结束的时候，留给修女的只是一个空空的商店和一整年新的订单。

在我六点离开之前，我和修女坐了下来，回顾这旋风般的一天。

这时，布利岑和托米重新从白天隐身的僻静角落里现身。修女用一个自制的玩具——吊在一根线上的一朵假雏菊——逗布利岑。我仿佛看见很久以前小安娜在反舌鸟山庄的谷仓里用一朵真的雏菊逗小猫咪玩。奥古斯丁修女慢慢地引诱这只花斑猫。她把雏菊放在地上，手里拿着线；待布利岑靠近时，修女开始收线，雏菊一弹一弹，布利岑在后面一跳一跳。我的朋友咯咯直笑。这时，托米在工作室里跑来跑去，爪子捉住一只小布偶老鼠，圣法兰西斯的金属环在它的脖子上闪耀。

"我觉得明年您应该做一百件装饰品。"我对奥古斯丁修女说。

修女抬起头。让我惊讶的是，她同意了。"这不是一个坏主意。"她说。

"我们要好好想一想，您下一个系列的装饰物是什么。"

"嗯，我们还有时间来想想。"

我抑制不住激动的心情。"现在开始永远不会太早，也不会太晚。"

奥古斯丁修女点点头。"你啊，让我越来越相信这句话是真的。"她说，把注意力转向了托米和布利岑，它们如今都歇息在她的脚边——好一幅宁静和谐的画面！

第十六章

启示录

奥古斯丁修女闯入我的生命之后不久，在附近一个镇上，有群孩子发现了一只小狗崽，当时那个小家伙身上的毛全都掉光了，几近饿死。这些孩子看到有个东西在一辆废旧汽车下边蠕动，但不知道那是什么。如果他们当时没有发现它，这个无助的小家伙不可能熬过那一天。多亏了这些孩子以及当地的艾克县人道协会救助站，这条小狗被救了下来，最后来到我的身旁。我给它取名叫小凯奥特。

尽管我已经和奥古斯丁修女度过了很多时光，我却没有将她亲自介绍给我最好的四腿朋友——虽然她经常听我提起它。当我告诉修女，每天准备午餐的沙拉时，我也会为我的小凯奥特做一份时，她被逗乐了。小凯奥特最喜欢的菜肴是满满一盘用蘑菇和红灯笼椒做成的美味。每当听到我叮叮咚咚地为它切蔬菜时，小凯奥特就会兴奋地冲进厨房，欢快地绕起圈来。

在与奥古斯丁修女交流的过程中，我学到了许多，其中之一就是：与他人分享自己的人生故事是一件礼物。因此，在圣诞节前我们各忙各之前，我决定给修女一个惊喜，与她分享我生命中两件重要的东西。

到了陶瓷店，我用手碰了碰走廊上的风铃，让她知道我已经来了。走进店内，从前门望过去，我没有看到她，但是听到了她的声音。

"约翰，你好。"她高声说，"一定是你来了。"

我的肩头背着一个背包，里面装着一袋子的惊喜，另一只手则牵着一个毛茸茸的惊喜。透过工作室的门往里瞅，奥古斯丁修女穿着那件蓝白色格子的围裙，坐在马蹄形工作桌左边的外侧——这是我唯一一次记得的她坐在桌子左边外侧的情景。她正在用一块湿海绵抚平圣景像中那些粗糙的边缘，那些边缘都是模具的接缝造成的。我知道在开放日上，有人订购了来年的圣景像，因为再过几天就是圣诞节了。桌上摆满了几十件灰色的陶坯，有马利亚、约瑟、东方三博士、牧羊少年、奶牛、驴子、骆驼、绵羊和婴儿耶稣。

"我给您带来了两个惊喜！"我倚在门边告诉她。

"是吗？"修女的声音透着少女般的欣喜。我常常忘记我俩竟然差了五十六岁。"快进来，快进来。你带什么来了？"

我哈哈大笑起来。"一个是物品的它，另外一个是动物的它。"

修女脸上浮现出一丝好奇的神情。她放下手头的绵羊，凑近前仔细瞧着。

我不想和她卖太长时间的关子。小狗和我迈进工作室，来到奥古斯丁修女坐的地方。

我的朋友满脸笑容。"这一定是小凯奥特了！"她向它伸出手，而它也急忙朝她冲过去，沐浴在她热情的问候里。

"是的。我想，是你们俩见面的时候了。"

修女低下头去凝视着我这只毛茸茸的小白狗。"你可真俊啊，跟约翰和我说的一样。"小凯奥特舔着修女的手。"你有一双最漂亮的眼睛。"她哄着小狗，而它则照单全收。

修女转过身来，招呼我坐到她旁边的椅子上。"你说它和你待在一起多久啦？"

我把背包放到地上，开始从头讲述小凯奥特被救的故事，尽管她以前曾经听我讲过。当我的小伙伴就活生生地站在眼前时，这个故事显得更加真实饱满，同时也平添了一层更加温馨的味道。

"我的天啊。"当我讲完后，奥古斯丁修女感叹道。她抚摸着小凯奥特的头，而它则深情地凝视着她。"感谢上帝，孩子们发现了你。"

我多么希望能找到那群孩子，当面向他们道谢。他们肯定不会知道，自己那天的举动使得我的生活变得更加美好。小凯奥特的故事提醒我们，我们每个人都和其他人互相连接，我们所做的每一件事情都可能或多或少帮助或伤害他人。

"上帝确保我们每个人最终回到自己的归属地。"修女提醒我道。

我点点头。"小凯奥特的幸存故事让我深受鼓舞。每当我想到它独自在寒冷的树林里瑟瑟发抖的样子，心里就发疼。但是它坚持了下来。它知道在这个世界的某个角落，有人正要去关爱它。每当我心情不好的时候，我就和它靠着躺在地上，盯着它那双大眼睛。这双眼睛装满了很多情感，它们总会让我心情开朗起来。凯奥特能够从它的遭遇当中幸存下来，我知道自己也能够应对迎面而来的各种问题。我俩互相理解，这种情感是言语难以表达的。"

"这正是真爱的力量。一切尽在不言中。"奥古斯丁修女说。

我再次点头。"它教会了我很多。"

修女瞥了一眼通向里屋的门道。"看看谁来了。"布利岑和托米溜达着进来，显然想过来瞧瞧来到它们地盘上的这个毛茸茸的新家伙。

我不知道它们之间的见面会朝什么样的方向发展。卡通片《兔八哥》中的经典桥段突然闪过我的脑海——结局就是陶瓷店被糟蹋得一片狼藉，而三只小家伙带着一脸狞笑。

"布利岑、托米，过来见见小凯奥特。"奥古斯丁修女说。

事实是，我并不需要担心。两只小猫走到小凯奥特跟前后，三个小家伙立刻在我们的椅子之间蹭起鼻子来。奥古斯丁修女和我哈哈大笑起来。"谁说猫狗不能和睦相处？"修女咯咯地笑着说。

"我猜是异性相吸。"我补充道。

我们看着三个小家伙玩了几分钟。小凯奥特伸出舌头来舔了舔布利岑和托米，而两只小猫则用爪子轻轻一划，以示还礼，吓得小凯奥特往后一跳，撞到了我的椅子上。这个镜头是陶瓷店无数精彩的瞬间之一，至今仍深深地印在我的脑海里。

"我还给您带来了第二样惊喜。"我宣布说。

"今天是我的幸运日！"修女的眼睛闪着期待。

我弯下腰，把那个重重的背包放在膝上。"在这儿。"我说着，拉开了拉链，掏出一本海军蓝颜色的画夹。

"这是什么？"

"这是我的作品集。"

修女拍了拍手。"我终于要看到你的作品啦！你准备了好长时间。你毕竟把我这间陋室都看了个遍，我也要来瞧瞧你的作品，这样才公平。"

奥古斯丁修女把桌子上的一处地方收拾干净，让圣景像呈扇形展开在我们面前。它们排得满满当当，成了我们的观众。

我把厚厚的画夹放到她面前。"全在这儿。每完成一幅作品，我都会给它们拍照。"

小凯奥特和它的两位新朋友此刻蜷缩在我俩椅子中间的地板上。它们脸对脸，似乎在挑战谁会第一个眨眼。

修女打开画夹，开始欣赏每一张照片，它们全都是美国原始民俗艺术。"你画这些多长时间啦？"

"好几年了。在哈佛拿到硕士学位之后，我就开始创作这些作品。"

"你叫我艺术家，你才是艺术家呢！这些画太美了，非常独特。"

"我们是两种不同类型的艺术家。"我提醒她道。与大多数艺术家（包括我自己）不同，她是一位自学成才的艺术家，能够创作从现实主义到抽象主义的一切作品。即使她因所做的陶器——特别是"格西特制"——收获了很多赞誉，奥古斯丁修女仍然谦逊地将自己视作一个仅仅在做自己热爱的工作的普通人。

"是什么激发你创作这些原始民俗画呢？"现在轮到她来扮演发问者的角色了。

"你能看到有一双人手在创造这些作品，这也正是我喜欢您作品的原因。我用新木头来创作绝大多数的作品——首先用斧头将木块劈开，然后用砂纸打磨，让它们看起来显得老旧，像是经历了风雨的洗礼。我也逐渐学会欣赏自己所犯的错误，这些错误将作品引向了我从未想到过的一个新奇方向。我在高中和大学里学过艺术，但之后花了多年的时间把学到的技巧忘掉，因此我的作品才会有一种真实而原始的味道。"

"你有没有卖过这些作品呢？"

"没有真正意义上地出售过。可能时不时这里卖一件，那里卖一件，大多数时候都是送人。"我回答说，"我出售的第一批油画作品是在哈佛期间创作的，那是我的第一批民俗艺术作品。那时我刚开始秋季学期的功课，不久'9·11事件'就发生了……"

修女看着我，睁大了眼睛。

"我将两幅画有美国国旗的油画和一副棋盘图案的作品捐给了纽约市一个叫作'艺术医治'的拍卖活动，用来帮助'双塔孤儿基金'。我很感激自己首次出售的画作可以用来帮助儿童。"

"那是一个极大的荣誉，也是向上帝表示感谢的一种完美方式，感谢他赐予你才华。"修女说道，"你知道吗，除了作家，传道者圣约翰也是画家的主保圣徒呢。"

"是吗？"

"看来你总是和这一位交好运！"

"也就是说，他也在看顾您的工作。"我说。传道者圣约翰的标志——那只在屋子后面的柜子高处俯瞰工作室的雄鹰，现在显然有了更多的寓意。

奥古斯丁修女微微笑了，然后继续翻看画夹。那里有上百张图片，包括我创作的油画、雕塑和其他艺术品——格子图案、美国国旗、地图、天使、汤姆大叔、圣诞老人、雪人、星星装饰品、十字架、鸟屋、风景，以及"星星小乡村教堂"系列。与此同时，我们面前那群素胚观众正在无声地注视着我们，似乎也被它们面前的表演深深吸引了。

"我不知道你还创作了这么多艺术品。"修女感慨道，"这还与你的写作与教学同步。你真是多才多艺。"

"现在，谁让谁骄傲自大了？"我大笑着说，"这都是我喜欢做的，就像您每次谈到您的艺术品所说的那样。"

"这些天使……"

"我知道您会喜欢这个的。在每一幅民俗作品上，我都在背后或者角落里画上一个天使。他们就像秘密的守护小天使。我想每个人都能得到这样一个天使的帮助。"

"那是肯定的。"

奥古斯丁修女继续欣赏每一张图片。

"我喜欢你配在作品上的文字。"她说着，眯起眼睛来看我那些自创的题词。它们是用木头、图钉、电线、腈纶写成的。

"将写作与绘画融合起来是一种很好的方式。这些话语大多数是我创作每一件作品时引发的思考。这些作品，正如您的一样，全都是让人心情舒畅的，提醒人们生活是多么精彩。这就是为什么我画了星星的缘故。对我来说，星星充满象征意义，让人开心。"

创作这些作品也让我自己身心愉悦，为当下充满挑战的生活带来了希望。当我用双手去辛勤创作时，我会沉浸在颜料和其他材料的平静和鲜艳之中。当我将一些地方当成工作室时，我会感到舒适惬意，灵感汩汩而来。在我钟爱的"熊跑"田园池塘边的一座小山上——我的先辈开怀大笑、拥抱自然的地方，或在我的父亲、曾经的屠夫从前卖肉的地方，我完成了大部分的作品。在我的少年时代，后面这个工作室的桌子和地板上曾经布满了死亡、鲜血以及锯骨机的轰鸣声。如今，这里成了新作品的出生地，颜料飞溅，我天马行空的想象让这里焕然一新。这样的经历帮助我更好地理解和懂得，为何这么多年来，奥古斯丁修女一个人在寂静的工作室工作，却能独享孤独，平安满足。

"这最后一幅图画的是什么？"修女指着一张照片说，那张照片里面有许多幅画。

我靠近一看。"这是我最大的一幅画作之一，描绘的是创造天地万物的故事。"

"太独特啦！我从来没有见过《创世记》被描绘成这样。"

我从包里拿出一个薄一点的画夹。"我还带了这个给您看。这是一本童书的手稿，我希望将来有一天它会出版。这本书叫作《跳上月亮的星星》。"

"很好的书名！这个名字已经激发了我的兴趣。"奥古斯丁修女微笑着说，"是关于什么的？"

"这本书讲的是一颗小星星的故事。有天早晨，它醒来后发现自己待在一棵老苹果树的鸟巢里……"

修女咯咯地笑了起来。

"它不知道自己如何到了那里，很快它就发现自己和周围的一切都格格不入。后来，这颗小星星和老苹果树成为朋友。苹果树告诉小星星，它真的非常特别，它是能够做大事的。"

"这是很棒的信息，尤其对孩子们而言。"修女眨了眨眼，说道，"小时候我喜欢爬我们家农场果园里的苹果树。"

"还记得我告诉过你"熊跑"山的苹果树吗？就是我非常喜欢的那棵树。"

修女点点头。"你的祖母告诉过你，那棵树是由一个伐木工吐出的苹果籽长大的，对吗？"她又咯咯地笑了起来。

"就是那棵树。嗯，我从来没和您提过那棵树后来怎么样了。我的几位堂兄把它砍了。"

"太可怕了！"

"有一天，我的爸爸回到家，告诉我说苹果树被砍了。事情就那样发生了，一点征兆也没有。我的堂兄们认为，苹果树老了，没有什么用啦，因此必须砍掉。这些在我这都说不通。这棵树对我而言意义重大！我跑到'熊跑'山，到了苹果树那里，却只发现苹果花凌乱地散在地上，连树根都被挪走了。那时是春天，我永远感激最后一次见到苹果树的时候，当时整棵树被裹在炫目的粉色和白色花骨朵中。后来，我的堂兄们在原来苹果树生长的地方盖了一座小亭子——我想那是他们砍倒它的真正原因。那棵老苹果树曾经教给我许多关于人生的功课，直到现在仍是如此。我写下这个《跳上月亮的星星》的故事，讲的就是这棵树以及我所学到的功课。它就像一个我永远也不会忘记的挚友。"

"这个故事很特别。你显然与那棵传奇的老苹果树发展了一种令人难以置信的连接。"

我笑了。"这是我要告诉您的故事。我不愿放弃这个故事。我还为这个故事创作了插画，这些画也在画夹里，就在手稿后面。"

修女打开画夹，慢慢地读起故事的每一个章节。读完后，她朝我这边看过来，冲我微微一笑，然后开始翻看插画的照片。

翻到最后，奥古斯丁修女转过身来对我说："上帝真的很祝福你，赐予你如此多的才华——又是艺术家，又是作家、老师……"

她往下看了看在我们中间熟睡的三只小动物，接着说道："……还是动物们的好朋友。约翰，你真的很有福。"

在那个简朴与神圣的地方与她待在一起，我感到非常舒适。确实，我是多么有福啊！四年来，几乎每隔一周我都可以来这里。

我看着奥古斯丁修女。"我想让您知道，有您在我的生命当中，每一天我都充满了感激。"我告诉她。

修女微笑了。"我也很感激像你这样有才华和同情心的年轻人走进了这家商店，成为我的朋友。"

我说不出话来，眼眶中满了泪水。

奥古斯丁修女伸出手来握住我的手。

我能做的就是微笑着回应。两位朋友之间的那些充满温情的谈话是我此生经历过的最温馨的时刻。

我的朋友将注意转回到那两个画夹上。她再次翻看每一张照片，仔细地研究我的艺术作品，脸上一直挂着大大的微笑。

此时无声胜有声。

看着她，我想，这就是真爱的力量。就在这里。

第六部分

第十七章

精神食粮

教皇专车[1]缓慢地划过奥古斯丁修女那台二十四英寸的旧电视机屏幕。那真是一台非常有趣的小车——就像一个博物馆的展示柜套在我爸爸皮卡车的后座上，里面拉着贵重的货物。我和修女正在观看几年前多伦多世界青年日[2]的纪录片，成千上万的年轻人就像欢迎摇滚明星一样欢迎教皇的到来，他们高喊道："约翰·保罗二世，我们爱您！"教皇的脸上充满了温暖和幸福，他欣喜地看着这些年轻一代的新教徒。

我被修女对教皇的痴迷给逗乐了。她眼眶湿润，双颊涨红，

---

1 教皇约翰·保罗二世出访时为防暗杀所乘坐的专车。
2 由教皇约翰·保罗二世 1984 年创立的天主教宗教盛会，创建这一节日的目的是为了扭转有天主教信仰的青年日益远离教会的倾向。

仿佛下一秒就要喊出："他是最棒的！"

作为一名教师，已故教皇从年轻人那里唤起的热忱尤其让我感动。尽管他是全世界十亿天主教徒的领袖，但在任职期间，他总是能够鼓舞人心，这种力量超越了宗教、年龄、性别、政治和其他。他为当代教会和继任者本笃十六世、弗朗西斯一世设立了很高的标准，以便继任者在他去世和封圣后能继续带领教会前进。刚刚进入一个崭新的世纪，教会显然有许多工作要开展。它的规则、问题，以及随之而来的争论通常是我挣扎和疑惑的症结所在，让我像其他人一样，通过对不同信仰、哲学的探索，深入了解"我们是谁""我们会成为什么"等问题。

奥古斯丁修女和我一边观看教皇具有历史意义的游行活动，一边品尝着满满一野餐篮的美食——蘸酱、蔬菜辣味汤、浓郁巧克力蛋糕——都是和啤酒一起做的，全部出自我的烹饪书手稿。既然我已经给修女展示了我的艺术作品，并且此前很长一段时间，她一直都在听我唠叨和抱怨烹饪书的出版有多困难，我想她也许会乐意尝尝我所说的到底是什么东西。

"修女，您认为人们探寻其他信仰是错误的吗？"我问道。她正端起一碗蔬菜辣味汤。我们已经把薄脆饼干和蘸酱消灭光了。

奥古斯丁修女拿出遥控器调低电视机的音量。"不，探索其他宗教并没有什么错，尤其出于学习的渴望而这样做的话。

人们需要了解其他信仰和它们的教义，这一点很重要。你会发现，我们所有人其实是多么相似。这会帮助我们去尊重和接纳彼此。"

"谈到区别，难道各个宗教之间真的没有什么细微的区别吗？"我质疑道，好奇她究竟会如何回答。

"并不是这样。"她说，咧着嘴笑了，"但是我认为，在信仰里，我们会变得更加紧密，而不是相互远离。爱是大部分信仰的核心，饶恕、祷告、服侍、救赎也是。它们只是术语名称和实际做法不一样，根本的情感却是一样的。我认为，了解每一种宗教是将这个世界凝聚起来的最好方法，而不是用仇恨、偏见、忽视和战争去拆毁它。不幸的是，许多有权势的人和所有的军队都不懂这些。但是，这是我们每个普通人都能够做到的。"

"小时候，我有一个堂兄要被受洗成为路德会教徒。"我告诉她，"我的祖母施利姆是虔诚的天主教徒，她祈求我不要去路德会观看受洗仪式，还告诉我这是一种罪。但我还是跑去看了，她为此难过地哭了。然而，我也并没有因此成为一根盐柱[1]，或者别的什么东西。"

1　盐柱（a pillar of salt），出自《圣经·创世纪》。上帝为惩罚所多玛城的罪恶，决定派天使降灾毁灭这座城市。天使警告城中的义人罗得在逃离的过程中不要回头，但罗得的妻子忍不住回头了，结果变成了一根白色的盐柱。

修女笑了，品尝着最后一勺辣椒。"你的祖母有那样的感受，你不能责备她。在她那个时代，她就是这样被教育的。'上帝作证'，但这又是依据谁来评定？这就是为什么你们这一代以及后来者需要在不同的信仰和宗教基础上不断地塑造全球视野，以开启更多的心灵和心智。"

电视屏幕上那些年轻人朝气蓬勃的脸庞让我陷入了思考。他们生动地诠释了修女的话。他们是教会最新的建造者——初出茅庐，手中和心里握着闪闪发光的新工具。他们的才华、洞见、满腔的热情都是建立在坚固根基上的新鲜石块。凝视着他们的眼睛，我知道未来也正在凝视着我。

"现今人们用自助餐式的方法对待宗教，只选取最适合自己的。您是如何看待这个问题的呢？"我享受着最后一勺辣椒的美味，同时等待着修女的答案。

"对人们适用是一码事，对他们方便又是另外一码事。"

我突然纳闷自己到底属于哪一类。我以为自己懂了，但是真是这样吗？我经常觉得自己一直以来被教导的教规有时更像是另外一种规则。我承认，这是因为我没有花时间去好好了解它，直到现在仍是如此。

修女接着说："通常，人们尝试一下这个宗教，或者那个宗教，仅仅是因为他们缺乏真正的根基。在他们心里，他们纵容缺乏真正意义和道德要求的生活方式。"

"如果人们已经有了信仰的坚实基础——一种核心信仰体系——同时又寻求着看待和理解上帝的新方式，那会怎样？我觉得这是我目前的处境。"

"知识就是力量，尤其是谈到信仰的时候。有了知识和信仰的深厚根基，日常决定、道德、行动、情感和人际关系等便会自然而然随之建立。在信仰这件事上，拥有更多的知识，并不意味着你是一个狂热分子，或是想寻求一条容易的出路，而是意味着你知道有样东西比你自己更加伟大。通过更好地理解这个更加伟大的事物——上帝，你希望成为一个更好的人。"

"我花了不少时间来学习不同的宗教，以便获取更多的知识，然而我发现它们有许多相似之处。"我边说，边把两块巧克力蛋糕分开，把较大的那块递给了我的朋友。

奥古斯丁修女点头表示谢意，说道：“相似性是把我们连接在一起的胶水。那样的探索表明你与世界和上帝联系得更加紧密。我想，我们都应该对这种方式保持一种更加开放的心态。这并不意味着人们可以随意选择对他们来说方便的东西，从一种宗教跳到另外一种宗教；但是，我们应该给予人们空间，让他们对自己的信仰更加从容，也让他们在信仰中成长。这是侍奉世界和上帝的最好方式。"

我想起了在大学里的那些学生。我看到未来在他们的眼睛里闪烁。新的春季学期已经过去了大半，尽管我没有特意问过他们的宗教背景和喜好，但我猜想他们有着不同的信仰。在我的课堂上，所有的障碍都减少了；就像浩瀚的大海，包纳百川。每当我们相聚的时候，我们都能互相学习，共同成长。于是，思想打开，差异褪去，道路汇聚。

"不管是对还是错，'开放的心态'都是很少和宗教联系在一起的词。"我说。

"封闭的心态就像是打开大门，欢迎魔鬼进来。"修女说。她扬起了眉毛，拿着一叉子浓郁巧克力蛋糕的手停在了半空。"不幸的是，魔鬼正巴不得进来呢。"

我捧腹大笑。我的朋友有她自己的智慧和幽默。她把复杂的事物变得通俗易懂，这也是一种艺术。我不禁想起了高中时代的神学老师凯思琳修女。她教我们《圣经》，然后花了一整年时间告诉我们怎样划出重点，却只让《圣经》成了一本让人望而生畏的大书。那本卷了角的《圣经》至今仍在我的床头柜上摆着。

尽管我们错过了接下来教皇游行的部分，但我觉得自己在人生旅程中前进了好几步。每一次与奥古斯丁修女对话，就像是身后有一双温柔的手在推着我前进；我希望自己在学生的生命中也能扮演同样的角色。

我们吃完了蛋糕，修女邀请我跟随她进到里屋。她在那里还有工作要做，并且希望当天能够完成。除了野餐篮子，那天下午我还带了自己的一项议程，希望修女能够好好考虑下我的建议。

"我有个特别的请求。"我说。

奥古斯丁修女和我站在摆满模具的长桌子旁。她用一把沾满了干黏土的旧铁壶，小心翼翼地把灰色的液体倒到一个小塑料盒子里。

"我想你已经用完了今年的'特别请求'。"修女开玩笑地说。她一直紧盯着液体，看着它们慢慢地消失在模具上端的圆形开口里。

我笑了起来。我知道她正在灌的模具是我早先定下的圣诞节订单，尽管现在还没有到春天呢。我曾央求她用藏品里的一个小鸟模具做一个我称之为"圣诞节山鹑"的艺术品。这些丰满的小鸟的后背将被涂成冬青浆果红色，肚皮涂成白色，再加上银色的边。我计划把这些"圣诞节山鹑"当作礼物送出。我早已学会提早订制圣诞礼物，这样，这一年剩下的大部分时间，修女可以集中精力完成其他订单，并为十二月的开放日制作各种物品。

"好吧，这个想法只是为我做一个独一无二的艺术品，而且，你可以想做多久就做多久。"

"我喜欢你说的后半句。"修女俏皮地说。

"还记得我们一起看过的我的那些民俗艺术品吗？您说您

喜欢我写在上面的那些字。"

"当然记得，我从来没有看过像那样写在画上的文字。"

"我想让您拿一只碗，把它全部涂成白色。然后，拿一只黑笔，把您最喜欢的句子写在碗上。"

修女抬眼一瞥，带着一种确定的神情。我熟知她的这种表情，咯咯笑了起来。

我接着解释说："我在电视上看到一种叫作唱歌碗的东西，然后想到了这个点子。"

"你不会是要让我唱歌吧？！"

我笑得更厉害了，眼泪都出来了。"不。唱歌碗像一种特殊的上下颠倒的钟，会发出美妙的声音。在我这个碗上，我希望您可以写下您最喜欢的句子。"她在碗上写下的那些话语，将会是一首无声的激励之歌。

奥古斯丁修女灌满了山鹑模具，将大水罐放在桌子上。她看着我，思索着这个想法的可行性。此时，布利岑已经跳上了桌子，也在等待着她的关注。托米显然在某个角落里忙着自己的事，也许就在外面晒太阳——那可是它最喜欢逛的地方。经过漫长的冬日，我们现在终于可以见到阳光了。

"我的字写得不好看。"修女说，用手抚摸着花斑猫的后背。

"我喜欢您的字，这是这件艺术品中最重要的部分之一。"我喜欢的一些民俗艺术家——比如霍华德·芬斯特和格特鲁德·摩根修女——会在他们创作的艺术品上写字，这是我很喜欢的艺术创作手法。

"我觉得我想不出像你那些画作上的句子。你才是作家，我不是。"

"您不必自己想这些句子。"我解释说，"您只需要将那些您喜欢的、对您来说有意义的句子写在碗上就可以了。"

修女停下来考虑了一会。

"当您完成以后，"我补充道，"我希望您能把您最喜欢的一个词刻在碗的内底。"

修女又考虑了一会。"我想，你今天给我带来了这么多美味的食物，这是我应该做的。毕竟，你的巧克力蛋糕是我吃过的最好吃的东西。"

我笑得嘴都合拢不上了。

奥古斯丁修女指着另外一张桌子。"那个碗可以吗？"

我转过头去。那是一个大的素胚纹碗，和修女通常用来制作"格西特制"的碗相似，只是这只碗没有弯曲的边缘。"那只碗很不错。"

"本来这只碗是用来做'格西特制'的，但是它的部分边缘坏掉了，我把它重新修整了一下，然后进炉烧制。我以为它会是一个悲伤，但显然不是。"

不完美正是完美，我想。"这个碗正合我意！您总是有我想要寻找的东西。"

修女摇摇头，笑了起来。"你先别这么激动，最好先看看它会是什么样。"她把布利岑抱起来，用自己的鼻子蹭了蹭它的鼻子。

"我头脑里现在就有它做好的样子——非常漂亮！"

在她的工作室里，奥古斯丁修女把碗涂成了白色。几天后，她把碗带到卧室。她告诉我，一连几个月，每天晚饭过后，她都在思索自己最喜爱的句子。与此同时，我迫不及待地想见到完工的作品。

我可以想象，在修道院主楼的某个角落，一个几乎没有什么家具的房间，修女坐在她的安乐椅上，精心地挑选每一句名言，把它们小心翼翼地刻在碗上——这些话语都曾触动过她的心。

然后，有天下午，我走进工作室，发现那个黑白碗已经做好了，正在桌上安静地等我。奥古斯丁修女刻上的那些句子就像一圈花环绕着它。

"希望它是你想要的。"修女说，"我告诉过你不要期望太多。"

我端起碗，慢慢地将它放在手中旋转。看得出，为了我这个特别的请求，修女倾注了大量的时间和心血。我看到了她一直以来最喜欢的一个词，正如我所要求的那样，她把这个词刻在了碗的内底。与碗的外侧那些弯曲的字行不一样，修女将她最喜爱的词用大写字母刻了出来——"和平"。

"比我想象的更好。"我说。恰合我意。

奥古斯丁修女微微笑了。

我迫不及待地回到家，坐进一把安乐椅中，拿出碗，细细读着碗上刻着的每一行句子，就像一个人在深情地吟唱一首赞美诗。这是我从修女那里得到的人生智慧的总结——这些句子反映了她的思想、幽默和创意。

我知道，在未来的任何一个时刻，当我需要一句鼓舞我前行的话语时，或者想听一听修女的声音时，我就能端起这个碗，从任何一个角度看过去，开始阅读……

施比受

更有福。上帝喜欢乐善好施的人。

授人以鱼不如授人以渔。消极的心态就像一

个瘪了的轮胎，你无法走远，除非你换掉它。在一

切事上荣耀上帝。主啊，你有永生之道，我们还跟从谁呢？

做好事你永远不会累。希望绝不会抛弃你，除非你抛弃它。

上帝祝福你。芳华易逝，世事难懂。这是主所命定的日子，我

们要在其中高兴欢喜。从一个人所为之生气的事情可以看出他

的品质。主啊，你对我们的爱永不止息。微笑是最廉价的美容

方式。行善永远不会太早，因为你永远不知道什么时候会太

晚。如果你不着急，还有足够的时间。不工作的人没有吃

的资格。友谊天长地久。人们会忘记你说的，忘记你

做的，但他们不会忘记你带给他们的感觉。一

颗充满爱的心永远年轻。想一想你

要为谁工作。和平。

第十八章

明光普照

有天傍晚，我刚刚从学校教完书回到家，帕蒂就打电话过来，告诉我她刚刚从玛格丽塔修女那里得到的消息。"布利岑今天去了。"她告诉我，"它突然生病，她们不得不给它执行了安乐死。"

我喘不过气来，"哦"是我唯一说得出口的词。我知道奥古斯丁修女有多么喜爱她的这只花斑猫。早在我认识修女之前，这只小猫就和她做伴很久了。随着去陶瓷店的次数日渐增多，我也渐渐喜欢上了与布利岑和托米玩耍。"我要去看看她。"我说。

当我把车驶入修道院的院子时，太阳正开始没入远处西边的地平线。我驾车驶过右边的小礼拜堂和西边的主楼，阳光洒在棕黄色的砖上，将整个大楼镀上了一层金色。数十个玻璃窗将夕阳的余晖折射到我的身上。

客房就在我右前方。当我往前行驶时，我看到修女正在给商店的前门上锁。我把车停在路边，跳了出来。

我匆匆走下通往长廊的台阶，大声叫喊着："修女，修女！"

她已经开始往反方向的水泥台阶走去。现在，每当要走出商店和工作室外，她都要使用拐杖。我不得不时刻提醒自己：她都九十高龄了，用拐杖没有什么好奇怪的。

当我赶到台阶下面的时候，奥古斯丁修女停下脚步转过身来。她站在第三级台阶上，拄着拐杖。

"我听说布利岑的事了，我很难过。"我气喘吁吁地说，"我知道它对您来说很特别。"

修女微微笑了，但是她的眼神里有着我此前从未见过的忧伤与疲惫。"谢谢你。它现在安息了。"

跑到走廊时，我注意到了太阳光形成的一条线。金色的光芒正朝着修女的方向，慢慢移过走廊。

"您觉得动物会去天堂吗？"我咧嘴笑了笑，"我希望它们会去的。"

我想象自己和八岁的安娜正在反舌鸟山庄为布利岑举行追思仪式，就像她曾经为其他动物所做的那样。一堆石头，两根交叉的木棍——上面挂着它们的名字，还有一束金凤花和勿忘我。我们两人把白色的蒲公英种子吹向天空，看着它们随风飘落。

修女柔声笑了。"我相信上帝会看顾它们的。毕竟，它们是他的创造，也应该得到应有的奖赏，因为它们给这个世界和我们每个人都带来了欢乐。"

"我还为托米感到难过。它失去了最好的伙伴。"

那道光已经照到了奥古斯丁修女站立的地方。"我们时常被提醒，生命是多么的宝贵，又是多么快地逝去。"她说。

"每一刻都很重要，不是吗？"

"当然重要。"修女赞同地说，"我们从来不知道哪一刻是我们的最后时刻，或者是所爱之人的最后时刻。然而，这其中有一种美妙的、神圣的设计，它鼓励我们每个人活在当下，对我们此刻所拥有的充满感激。我希望更多的人懂得这个道理。"

我们静静地站了一会。那道闪烁的光渐渐将我们两人包围。我开口说道："这样的时刻，根本没有言语能够形容，不是吗？当这样的事发生时，即使是一个作家，我也总是感到词不达意。"

奥古斯丁修女看着我，眼睛里仍满是忧郁。"生命中最重要的一件事情就是出现。约翰，我很感激你来这里。无须用言语去描述，如同一个微笑，一切不言而喻。"

"我应该让您走了。"我微笑着说，"再见。"

"再见。"修女轻声回答道，然后转过身，扶着拐杖，走上了台阶。

我用手指轻轻划过风铃，正如我此前无数次所做的那样。现在这个动作已经植根于我的脑海。我走到走廊中央，把脸朝向远处的太阳。这时，伴随着风铃声，我听到身后传来一阵欢快的笑声。我转过身。

　　奥古斯丁修女再次面对着我。看到我每次都不忘拨一拨风铃，她被逗乐了。那道亮光又回到了她噙着泪水的眼中。她站在通往修道院主楼的第六级台阶上。夕阳在地平线上不肯散去，在她身上洒下了金色的光芒。我的朋友站在那里，宛如我曾经一直想象的圣母马利亚的形象。

　　那一瞬间，我知道自己此生再也无法忘记修女此刻的模样——如此光彩照人、超凡脱俗，超越了一切的言语。

　　我朝她一笑，挥了挥手，她也朝我挥了挥手。然后，我们就此分别，阳光也缓缓消逝。

第十九章

城中话题

　　前一个圣诞节开放日刚刚过去，为来年开放日进行的筹备活动又开始了。过去一年，参加开放日的人数翻了一番，"格西特制"和其他陶制品也很快就被抢购一空，而奥古斯丁修女推出的首批限量版的装饰品——圣景驴，一眨眼的工夫，二十五头小驴全都消失不见。"这种平日慢腾腾的动物今天跑得可真够快的！"修女诧异地笑着说。

　　接下来的几个月，我们一直在讨论她接下来要制作什么装饰品，却始终没有定下来。唯一可以确定的是，这次修女要做一百件限量版。"五十件放在开放日之前出售，余下五十件可以留待开放日当天。"我向修女建议道。"好主意。"她很赞同。我们说这话的时候还是二三月份呢。

　　一晃到了七月。"修女，我知道您该做什么了！"我兴奋地跑进修女的工作室，向她报告这一喜讯。她正坐在马蹄形桌右手边角落的橡木椅上。

她抬起头来，神情激动地看着我。"我就知道你会想出来！"

"嗯，您是那个给予我灵感的人。"我脱口而出，"和平鸽。"

"和平鸽。"她重复了一遍，"我喜欢这个点子。"

"您在我的彩碗里写下了'和平'这两个字，因为那是您最爱的词，所以我想，用和平鸽来做装饰品应该不错。"

"我也这么想。有圣灵帮助真好。"

"是的。"我微笑着说。我们聊起了很多话题。"我想您可以用浅蓝色，因为我在哪本书上读到过，那是国际上流行的治愈色；或者我们用了这种颜色之后它就是了。"

"我办得到，听起来不难。"

"另外，每只鸽子前面还可以刻上'和平'这个词，就像您为我和史蒂夫做的装饰品那样。"

"这个我也做得到。"

创造的韵律在我们之间流动。

"就像上次那样，我来做一批特别的标签，给每一个装饰品都系上一个。也就是说，我需要从您这要一条名言；当然，与和平有关。"

"我有一句完美的名言，但不是我突然想到的。"奥古斯丁修女说，她的眼眸里泛起亮光，"这是埃利·维塞尔[1]曾经说过的，我最近又重读了一遍。"

我知道维塞尔是大屠杀的幸存者，也是诺贝尔和平奖得主——他写了具有开创性意义的作品《夜》，以及其他许多有影响力的作品。修女选择引用一名犹太人的名言，这一点我不是没有注意到。这充分说明我这位天主教修女朋友的谦卑，她从不会提起自己，以免自夸。

"哪一句？"

修女笑了笑，凭着记忆复述了维塞尔在1986年获诺贝尔奖时的发言——"和平不仅是上帝赐予我们的礼物，也是我们给予彼此的礼物。"

"太棒了！"

到了十月，一百只浅蓝色的和平鸽就要翩翩起飞了。我写了一份正式的新闻稿来推广开放日，还为奥古斯丁修女写了一份宣传简历。

这份只有一页纸的宣传简历是以刊登在当地报纸《每日新闻》上的宣传语开篇的："奥古斯丁修女是圣玛利斯鲜为人知的秘密……她融汇了喜姆修女和摩西奶奶的特点。"宣传简历还配上了我给奥古斯丁修女拍摄的一张照片——她和心爱的布

---

1 1986年度诺贝尔和平奖得主，美籍犹太人作家和政治运动家。

利岑的合影。这些照片和简历标明了每件物品的出处。随后，我把它们系在了几十个新的"格西特制"和奥古斯丁修女在过去一年为开放日而创作的其他陶器上。

那个秋季学期，我也在课堂上和学生分享了这两则促销写作的内容。我经常援引这类素材，教导学生如何将课堂上所学的知识运用到真实的世界中——不论是推广一位纳什维尔巨星、一名白宫政要、一家财富 500 强公司，还是开着一家陶瓷小店的修女艺术家，运用的都是同样的写作工具和技巧，以及相似的激情。

突然，我好像悟到了什么。临近为开放日做准备和筹划的最后阶段，我们越来越忙，但我还是决定将给学生的建议运用到自己身上。在"促销写作"和"管理写作"两门课程上，我教导学生要创作简明扼要的写作方案来宣传人物或产品。然而，一直以来，当我向出版商推介自己的啤酒烹饪书时，却都是给他们寄去整整四百页的手稿。我这才恍然大悟，对任何一个被各种书稿淹没的编辑而言，我那厚厚的书稿着实令人发怵。尤其是我并没有经纪人为我保驾护航，替我和编辑接洽。此外，每周将一大堆书稿寄出去的邮资也已经让我承受不起了。于是，我将这本皇皇巨著缩减成简明扼要的十五页纲要：大纲、章节概要、一些啤酒配方、一份简历。简单，切中要害。

十一月初，我重振信心，将一批纲要邮寄给新的出版商。

正如修女所说，创造和产出是一个过程，自有它们的学习曲线。一切都在上帝的时间内。

这个新方法最终会奏效的。对此，我充满信心。

我向当地媒体广泛推销有关修女和开放日的宣传材料，这件事立刻有了回应。

采访请求接踵而至。我在一个午后拜访奥古斯丁修女，和她商量此事。早在几个星期前，她就已经宣布："我不想再接受任何采访，到此为止吧。我没有什么要说的了。"我知道至少后半句不是事实。然而，前半句话让我暗地祈祷，希望她能改变主意。

我走进商店，就像即将参加一场谈判峰会。我希望我那些已经劳累过度的守护天使和天堂董事会这一次再帮我一把，尤其是考虑到修女也会祈求天上的帮助——如果她愿意的话。

奥古斯丁修女坐在桌子的一边，我坐在另一边。"邓肯"颜料瓶摆在桌面上，像我们中间的一堵墙；颜料色彩缤纷，有李子色、玉米丝色、冬季雾色、冰薄荷绿色、迈阿密粉红、火棘色、矢车菊蓝色、香蕉奶油色。她正在为开放日做一系列的圣诞花盘子。

"我有事相求。"我开口道。

"说吧。"她说道，仍然手握画笔，紧盯着盘子。

"一个非常有名的电台节目'城中话题'想要采访您。"

"我从来没有上过电台节目。"

"我知道，但这是我们这里一个很大的电台。他们拥有上千听众，覆盖十六个县市。"

"确实很大。"她说。

我觉得有点信心了，谈判开始朝着于我有利的方向发展。

"是啊。我的想法是这样的：如果您愿意参加这次电台采访，就会为修道院和开放日吸引更多的人。您可以和玛格丽塔修女一块参加，这样您就不会孤单。我保证纸媒采访会降到最低限度。"

"你如何保证？"修女不依不饶。

"我将为报社记者提供他们想要的大部分信息。我还会为您拍一张照片供记者采用。这样的话，他们所需要的就是从您这讨教一两句名言。您觉得如何？"

修女想了一会，继续在素胚圣诞花盘子上画着粗线条。

"成交。"她眨了眨眼，终于答应。

开放日的前两周，我邀请当地报社的记者来陶瓷店，为奥古斯丁修女召开第三次正式的新闻发布会。正如我答应修女的那样，我确保让发布会简短而有趣。

我给记者们提供了许多背景信息，包括一张修女正在给一个大雪人上釉的照片。记者们只问了修女一个问题，一个最重要的问题："您今年为什么做这些和平鸽呢？"

修女的回答有条不紊："现如今，和平是一件非常稀罕的东西。拥有一只和平鸽，我们也许能为这个世界带去一丝和平。我们所处的这个时代需要和平，因此我尽己所能去传播和平。"

九十二岁高龄的修女所发出的这番关于和平的言论成了当年媒体介绍的重点。

十一月下旬，奥古斯丁修女履行了我们的约定。一天下午，电台"城中话题"节目的两位主播来到陶瓷店。玛格丽塔修女也加入了进来，她俩坐在工作室桌子的外面——那是奥古斯丁修女和我经常坐的地方。帕蒂和礼品店的另外一名志愿者潘也过来陪伴玛格丽塔修女，她们站在一边观看。在马蹄形桌子的里侧，主播丹尼和乔把工具放在桌上，开始准备访谈。这次节目将在接下来的礼拜天播出。

我事先准备了两页纸的谈话要点，帮助主播们提问题，也帮助奥古斯丁和玛格丽塔修女回答这些问题。我明白，一旦采访开始实况录制，那就不是我能掌控得了的。

我站在离奥古斯丁修女三英尺远的地方，以防她需要我的帮助。

从一开始，丹尼和乔就被奥古斯丁修女迷住了。听到玛格丽塔修女被介绍成了"玛格丽特修女"，我捂住嘴笑了起来。在长达一个小时的访谈里，玛格丽塔修女只是在穿插的间隔里介绍了即将来临的开放日的情况，奥古斯丁修女才是主角。

"您介不介意告诉大家您的年纪？"丹尼问奥古斯丁修女，并给她递过去一个麦克风。她之前从来没有用过这个，但还是像专业人士那样握住麦克风，把它放到唇边，加入了谈话。

"我今年九十二岁。"

"您是说九十二岁吗？"

"九十二。"我的朋友重复了一遍，仿佛这是世界上最显而易见的事实。

"您看起来还像个小女生啊。您在这里干得很不错啊。"这个六十多岁、和蔼可亲的男主播发出惊叹。我捂着嘴笑，帕蒂和潘也是如此。这次实况录像是一次真正的冒险旅程。我敢肯定，修女以前从来没有被人叫过"小女生"，尽管丹尼是以一种轻松愉快而又带着尊敬赞赏的方式如此称呼她。

让我惊讶的是，修女发出少女般咯咯的笑声，她顺着丹尼的话说："可不比以前了。"

丹尼将话题转向了修女的作品。

修女介绍了制作陶器的一连串流程，从和黏土、灌注模具，到烧制陶胚和上好釉的素胚；她还透露了自己的独特仪式："我往窑炉里洒圣水，这样那些在炼狱里的可怜的灵魂会帮助照看里面的物品。"

"修女，您是不是一周在商店里工作五天呢？"丹尼问。

"一周六天。"她纠正道。

"哇！"

主播激动的反应让他的采访对象笑了起来。

丹尼朝着我站立的方向看过来。"约翰·施利姆是不是推动您向前了一点？"

嘿，等等。我心里一个微小的声音嚷起来。

修女也看过来，见到我一脸惊讶的神情，她不禁笑了。她那搞怪的咧嘴大笑告诉我，还击的时间到了。我也要被卷进来了。"他有许多许多的点子。"她说，"我学会了去听从这些点子，因为它们实践起来真的很棒。"

"这么说来，你就是那个幕后策划人。"丹尼对我揶揄道。

修女哈哈大笑起来。"约翰是个好小伙子。"

我的心怦怦直跳。

丹尼将话题扯到了和平鸽上，我早就在谈话要点上将这个列为了重点。

奥古斯丁修女解释道："今年我们做了一百只。我们去年做了驴子，是圣景驴，只做了二十五只，全卖光了。因此今年，我们做了一百只和平鸽。"

"我们是不是也要在开放日之前把和平鸽卖光呢？"丹尼问道，他本身就是一位成功的生意人。

像任何经纪人所做的那样，我很想插话进来。不，在开放日前只提供五十只和平鸽，开放日当天销售另外五十只。这个也列在了谈话要点上。我咬住嘴唇。

"据我所知，我们今年做的足够多。"奥古斯丁修女说道。

"它们的数目不会比这里的修女多，是吗？"

"我们不会在开放日之前卖光的。"

"您能不能讲讲'格西特制'呢？您是不是格西？"

修女咯咯地笑了，脸上漾出了红晕。"是的，那是我的昵称。"她第一次在公众面前透露这个秘密。事实上，我一直悄悄地告诉了顾客这个秘密。"在这儿，我们不被允许起昵称，但她们还是给我起了一个。"

修女接着介绍了"格西特制"偶然的来历：她在素胚上清洗画笔，以免浪费颜料……

"那么，在开放日，如果人们想见格西，他们就可以到这里来见格西，是吗？"

修女又大笑了起来。如果我没有弄错的话，她现在是乐在其中。她脸上的红晕和她动听的声音出卖了这一切。"我希望待在这里，如果上帝愿意的话。我很高兴见到这么多人来。"

在整个采访的过程中，耐心的玛格丽塔修女——她仍然被主播称呼为"玛格丽特修女"——不时回答关于开放日的各种提问，还谈到了她自己经营的"小玩意和大珍宝"礼品店。之后，话题又自然地转回了奥古斯丁修女身上。

"修女，您刚才谈到您已经有九十二岁的高龄了。您把长寿的原因归结为什么呢？"丹尼问道。

"我想，就是好好活着。"奥古斯丁修女一本正经地说，实事求是，又切中要点。屋内的每个人都哈哈大笑起来。

"您最喜欢的食物是什么？"丹尼接下来问道。

我的天啦！我不禁笑了。访谈突然变成了打探隐私的小报风格。

"我最喜欢的食物？"修女反问道。这个没有列在谈话要点里面。我知道她此刻在想什么。她朝我看过来，这一猜想得到了证实。磁带一直在转，我只有耸耸肩膀，朝她咧嘴一笑，意思是：演出还得继续进行！

"对，您最喜欢什么食物？"丹尼重复了一遍，微笑着，焦急地等着她回答。

"这个很难说，"修女咯咯地笑了，"要看有什么。我没有最喜欢的食物。"

丹尼继续追问。从这里开始，这个节目变成了"名人专访"，我也看得津津有味。

"您活到了九十二岁，那在礼拜天的时候您是不是喜欢出去兜兜风，或去乡下转转呢？"

又一个出乎意料的问题。修女再一次朝我的方向看过来。"我好久没有那样做了。但我也想出去转转。"她回答。

这个回答让我有了一个新点子，我把它暂时藏在心底。我不敢相信，自己以前居然没有想过这个问题。我一直在为自己在大学所教的公关关系课程寻找嘉宾导师，而去往校园的一个小时车程中刚好穿过乡间。

丹尼将话题转到了修女的家人，她童年时代生活的农庄，接着又聊到了钓鱼的故事。

"您喜欢钓哪一种鱼呢？"

"愿意上钩的鱼！"奥古斯丁修女将球抛了回去。

"您曾经钓到过的最大的鱼是什么？"现在变成了两位钓鱼人的谈话。

"白斑狗鱼，有二十九英寸长。"

"我对白斑狗鱼有点了解。我在加拿大钓这种鱼。"

"那也正是我钓这种鱼的地方。"修女说，"就是在加拿大。"

帕蒂悄悄走到洗水槽边的角落里，那里有一幅修女在皮马土宁湖的照片。照片里头，修女正抱着那一天的猎物。帕蒂将照片递给丹尼。"收获不少啊！"他说。

"那些是蓝腮太阳鱼。"奥古斯丁修女解释说,"我们那一天钓到了一百一十五条呢。"

丹尼的眼珠都快要掉出来了。"一百一十五条!"

修女笑得合不拢嘴了。游戏,得分,大获全胜!

"我正在试图破解您活到九十二岁的秘密!"丹尼也哈哈大笑,"我想告诉您,修女,您在这里所做的真是太令人吃惊了!"

"这里能让我远离尘嚣。"修女俏皮地回答,把两年前第一次新闻发布会上的那句妙语又重复了一遍。

我猜出这话暗示着访谈该结束了。修女将麦克风放到桌子上,从椅子上站起来,朝角落里她的座位走去。在那里,一个糖苹果红颜色的敞口瓶子和一个圣诞老人素胚正在等着她——要不是那双墨黑的靴子,圣诞老人看起来就像是被大雪覆盖了一样。我想走过去扶住修女的胳膊,但我们相隔太远,她又走得太快。我只有朝帕蒂和潘看过去,耸了耸肩膀。

主播跟在她身后。"我们不能让奥古斯丁修女就这样转身离开,她现在迫不及待地想去做她那些陶器。"丹尼开玩笑地说。他绕过桌子,把麦克风递给修女,就像一位锲而不舍的狗仔队记者。屋子那头的我都快崩溃了。"她跑得太快了,我都赶不上她!我要尽力抓住她!"

他终于在工作室后边抓住了她,让她重返节目。"修女,能不能和我们分享一下您的经历，或者谈谈即将来临的开放日？"他把麦克风递给她。

当她弯下腰时，我看到她眼眸中闪过一丝顽皮的亮光。我屏住了呼吸。

"我想该说的都已经说了。"奥古斯丁修女如是回答。

我如释重负。

但是丹尼仍是锲而不舍。他抛出了一连串新的问题，包括她最喜欢的陶瓷制品，一共有多少件模具，一天之中最喜欢的工作时间等等。

"对于一个九十二岁高龄的人而言，这些工作确实很多。"

"是的，我退出的时间到了！"修女哈哈笑着说。

就在这个时候，在屋子的另一角，我大声说道："您还不能退出呢！"

我的朋友笑了起来。

"我觉得您还不到退出的时候呢，修女。"丹尼说。他终于缓了下来。

"嗯，有朝一日，有人会让我停下来的！"

就在丹尼结束的时候，较年轻的那个主播乔开始插话了，他等了这么久，终于有机会和这位明星嘉宾聊一聊了。现在修女坐了下来，看着圣诞老人。

"走过了九十二年的岁月，您能不能告诉我们大家，圣诞节对您来说意味着什么？"乔问道。他把麦克风放下来，准备录下她的回答。

"嗯，目前来说，圣诞节对我而言意味着解脱——这些东西终于做好了！"修女回答道。她低下头，正对着圣·尼古拉斯[1]——他现在还需要一件红衣服和一条红裤子。

我很清楚她的意思：访谈结束了。

丹尼和乔发出了阵阵笑声，就像两位开心的学童。

奥古斯丁修女抬起头来看着我，露出一抹不易察觉的微笑。她眨了眨眼。

二十英尺以外，我摇了摇头，朝她微笑，抛还她一个眨眼。

报刊文章和"城中话题"的访谈节目一发布，五十只和平鸽就全部卖光了。"它们全都飞走了！"当最后一只和平鸽被买走的时候，修女兴奋地对我说。她给在家的我打电话，告诉我这个消息。这是她第一次，也是唯一一次打电话给我。"我该做些什么？"她有点慌张地问道，"一直有人过来买这个东西！"我哈哈大笑起来，告诉她："让他们先回去，等到开放日的时候再来买一只，现在把剩下的五十只先藏起来。"

1　圣诞老人的原型，土耳其历史上真实存在的一位主教。

开放日的前一天，我把那棵小圣诞树再次摆到了商店中央金光闪闪的"小岛"上，同时还有剩下的五十只和平鸽。

附近的架子上已经摆满了三十六只新的"格西特制"，那是帕蒂和我在如今一年一度的清扫日和装饰日摆好的。修女终于同意涨价，原因只是釉彩和颜料的价格上涨了。标在每个彩碗底部的霓虹橙价格贴显示，如今每个大碗的价格是十美元，小碗的价格是八美元——仍然是非常便宜的。我坚持事先只购买一个。

那是一个小碗——上面涂上了天空蓝、青草绿、琥珀色、粉红色、蓝色、长春花色、红色和象牙白色。一个印象主义画家笔下的伊甸园，或是反舌鸟山庄，抑或是我的"熊跑"田园。"我看到了天空、郁金香、楼斗草、罂粟花、毛地黄、野胡萝卜花、白色铃兰花、柔软的苔藓、高草，甚至还有一只主红雀。"几个星期前，当我第一次见到这只彩碗，我这样激动地告诉修女，"这是您所有的'格西特制'里面我最喜欢的一只。我想我注定要拥有它。"奥古斯丁修女微微笑了："这也是我最喜欢的。"在这只特别的彩碗上，还有另外一幅图画，那是许多年后，时机成熟时，我偶然发现的；我从没有和其他人讲起过这个发现。在那只象征绝望之中保持信心的主红雀旁，是一张人脸。那是一张引人注目的、熟悉的面庞。也许只有我注定见到他。如果真是这样，那我就心满意足了。我不必去追问：这可能吗？我只知道，自己是多么的有福气。

到目前为止，在四年半的时间里，奥古斯丁修女已经创造出了四百多件杰作。其中几十件成了我的私人收藏，它们大部分摆在我书桌后面的柜子里。通过这种方式，她永远与我同在。

开放日当天，我的母亲、菲莉丝，还有丹妮斯一如既往地在收银台和点心桌旁坚守职责，这已经是第三年了。奥古斯丁修女还是坐在马蹄形桌子的中间，以方便她与顾客打招呼和交流。我继续担当销售员的职责。

九点还差一刻，我打开了门，正如我前两年所做的那样，提前了十五分钟。由于有了媒体的宣传，奥古斯丁修女和她的作品如今成了小镇上人们津津乐道的话题。顾客们鱼贯而入，就像快闪一族。

在一片欢喜之中，不到几分钟，剩下的五十只和平鸽也都纷纷飞离了商店。同样，在这一天时间内，消失的还有"格西特制"和奥古斯丁修女花费整整一年时间做好的其他物品。

架子高处我的那只鹰也飞走了。下午三点，我急匆匆进来扫了一眼，发现它也不见了。

粉丝们排成一行，期盼着和修女聊天，其中包括一名勇敢的年轻女孩——她念了四遍"万福马利亚"，赢得了一只小鸟龟和小瓢虫，外加奥古斯丁修女的一个拥抱。我还从来没有拥抱过她呢。

这一次，开放日在12月1日举行，刚好和我的生日是同一天。我没有对修女提起这事，不想让她为我做点什么特别的。特别之处就是我的三十六岁生日仍像往年一样度过。一切进展顺利，不料午饭时间过后，我的一位堂兄走过来，兴冲冲地朝我打招呼："生日快乐，约翰！"修女想起了这个日子，一脸惊讶地看着我，我耸耸肩膀，朝她微笑，然后跑过去帮助另外一名顾客找他想要买的东西。我深信，这些东西一直等候着人们将它们买走。

如同往年一样，最后一位顾客离开商店以后，我锁好前门，关掉缠绕在光秃秃的货架上那些五颜六色的小彩灯。我和修女坐下来，盘算着顾客订制的将近一百件的新订单，包括圣景像、"格西特制"、勿忘我碟子、细颈瓶。

托米和新成员——一只叫作海蒂的花斑猫一起加入了我们。最近，一些修女从当地艾克县人道协会救助站带来了这只被救下来的小猫，给奥古斯丁修女带来了惊喜；我的小凯奥特也是来自那里。这只活泼的小猫咪喜欢和修女玩躲猫猫的游戏，有时一整天都见不着影子；她的名字也是因此而来。

"你觉得我们明年可以做两件什么装饰物？"奥古斯丁修女问道。她把海蒂搂在膝上，而托米则在空了的商店里欢快地跑来跑去。

阿门，我点了点头。

"现在您开始说起我说的话来了。"我说。

"任何时候开始都不会太早，你知道的。"她咯咯地笑着。她知道这句话是我以前说给她听的。

"我也是这么想。"我们俩想到一块去了。

"还有，"我的朋友说，"生日快乐！"

第二十章

礼　物

　　圣诞节的前两天，我到奥古斯丁修女的陶瓷店，带了一份礼物给她。我的朋友系着那件有一群嗥叫着的狼的深蓝色围裙，坐在马蹄形桌子里面的那把薄荷绿纺锤椅上。几周前为开放日而收拾好的各式颜料瓶和素胚又大批回到了桌面。一切又回到了正轨。

　　"这个学期，你给所有的学生都打 A 了吗？"修女微笑着问道。她面前的桌子上摆着一个很大的白色波纹碗。

　　我大笑起来。"不完全是。不过我刚刚提交了成绩，大部分学生应该会很高兴的。这个学期，我教到了许多真正有天分的学生。"我一边说着，一边坐到了平常那张椅子上，"每次我都从他们身上学到很多，不亚于他们从我这里学到的。"

　　海蒂钻出来待了几秒钟，然后冲出了屋子。托米也不告而别。

"您在忙什么？"看着摆得满满的桌面，我问道。

"我正在开始忙活所有'格西特制'的新订单。"修女回答说，"你知道的，在开放日，人们订购了几十只。"十个敞开盖子的釉料瓶在修女和白碗之间摆成了一个弧形。

"加上这些新订单，我算了一下，目前为止您总共制作了将近五百个'格西特制'。"

奥古斯丁修女惊讶地摇摇头，把画笔放到一个标有"深海蓝"的"邓肯"瓶子里蘸了蘸。"想想以前，我只要在这些碗上清洗画笔就可以做出它们来，而现在我必须要专门订购颜料才能完成任务。"她从瓶子里取出画笔，盯着仍是素胚的大碗研究了一会儿，然后拿画笔在波纹的表面一上一下刷了起来。

"想一想您通过这些碗给多少人带去了快乐。还有那些勿忘我盘子、装饰品、圣景像，以及其他一切作品。"

"那天头一回见到你，我本应该跑开的。"修女开玩笑说，她的目光一直注视着那只大碗。一支新的画笔如今伸到了"日落黄"的瓶子里。蘸满了颜料的画笔在碗上拍打，像一只顽皮的猫爪。随后，碗被转过来，继续轻轻拍打。然后再转过来，再拍打。

我哈哈大笑起来。"您跑不了多远，我肯定跑得比您快。"我开玩笑地说。

"我相信你做得到。"修女咯咯笑着同意。又一支画笔，另一种颜色——雨林绿。这一次，修女把碗拿在手中旋转，用笔尖在上面绘上点。创作者用经验丰富的大手给每一件作品都赋予了灵魂。"如果我的这些碗和其他陶器给人们带去快乐，那就值了。你知道，我早可以退休了。"

那一次，奥古斯丁修女邀请帕蒂和我去修道院的餐厅和她共进午餐，过后，她带我们去到主楼西面一条长长的走廊上。那是一个僻静而温暖的地方，四周围上了玻璃。"当我退休了，我要到这里来安度时光。"她向我们透露了这个秘密。从走廊望去，可以看到修道院那些修剪得整整齐齐的草坪朝远处高中的方向延伸，以及渐渐西沉的夕阳。近前右手边，可以看到客房和通往陶瓷店的前门。眯起眼睛细看，还能望到那串风铃。左手边便是小礼拜堂。"您的计划不错，但只有一个问题。"我告诉我的朋友，"我还不打算让您退休呢！"我们几个全都大笑起来。修女俏皮地说："这正是我所害怕的！"

"为了明年该做什么样的装饰品，我想了很多，听到这个你肯定很高兴。"修女一边说着，一边将另一支画笔蘸上了另外一种釉料——克里奥香料，然后在大碗的褶皱处弯弯曲曲地行走起来。唯有艺术家才知道每一笔的走势，就像一位顶级大厨本能地知道，一撮这样的配料加上一把那样的配料能调出一锅怎样的美味。

"我恨不得马上知道您的点子。"通常，都是我带着满脑子主意跑到她这里来，这一次真是一个大惊喜。

"我在想，我可以再制作一款鸽子作为装饰品，这样鸽子就可以成为一个系列。"

"太棒了！"奥古斯丁修女仍和我第一次见到她的时候那样不事张扬，但我很快就知道，谈起公共关系和市场营销，她绝对是一位潜在的天才。可她自己是绝不会使用这类术语的，无论我说什么样的术语，她只会用自己的话来表述。

"我觉得新鸽子可以是粉色，一种像茶玫瑰那样的浅粉色，就像我送给你的基路伯上使用的那种颜色。我会在每只鸽子上刻上一个'爱'字，就像我之前刻的'和平'那样。"

"爱之鸽！"

修女朝我投来一个大大的笑容。此时，她正在绘制的碗融汇着暗灰色、青色、棕色和粉色——经过窑炉的陶造，这个碗将会变得色彩缤纷。我学会了欣赏釉彩的美。它让光透进来，又反射回去，将覆盖在下面的色彩点亮。完工以后，修女将碗放在一旁，专注于我们的聊天。

"是的。至于另外一件装饰品，我想，可以沿着我之前开始的那个驴子的圣景主题继续下去。"

"我喜欢这个想法。"

"我有一个天使饼干切模。"

听听！我心里那个微小的声音叫出来了。"圣景天使！"我大声叫道。

隔着桌子，又是一个咧嘴大笑。"正是。"

"这两样都太不可思议了。您计划每种都做一百只，对吗？"

"当然。"

有那么一会儿，我们俩谁也没有说话，想要好好回味到底发生了什么。那一刻，我满心欢喜雀跃，恨不得马上跑回家，开始设计下一个开放日的宣传材料。可是还有一年的时间呢！

"我现在好像就看到它们的样子了。"我告诉修女，"我们可能需要一棵更大的圣诞树来展示所有的装饰品，因为它们将会是上一回的两倍多。"

"你呀，脑子从来没有停止思考过。"

"当然没有。但接下来这部分您可不会感到惊讶。"我说，"我计划在明年的开放日前寻求更大的推广媒体。考虑到您的'格西特制'越来越受欢迎，装饰品系列也越来越好，我想，全国性的媒体也会对您着迷的。"

修女的眼珠一转。"早知如此，我就该闭嘴。"

我哈哈大笑起来。"我早就跟您说过，要把您打造成超级明星。"在当地而言，这已经是个不争的事实了。

"上天，帮帮我！"奥古斯丁修女微笑着说，看着上方，"这些预定的产品我都忙不过来呢，我以前也从来没见过这里这样热闹。"

"我给您带来了一件礼物。"我转换了话题。此时，肾上腺素奔涌出来，淹没了我身体的每一个细胞。我把一个小包裹放在布满了颜料瓶、画笔和素陶的桌上。礼物用红绿格子纹的彩纸包着，还扎着一个闪闪发光的金色蝴蝶结。

"你不需要这样破费。"

"没有破费。"

修女拿起那个包裹，仔细打量起来。这是一个非常奇妙的时刻，当人们注视着一个包好的神秘礼物时，不管他们的年龄大小，都可以看到他们眼中闪烁着的火花和欢欣激动——那是一颗年轻的心。

奥古斯丁修女把礼物放到膝上，慢慢打开那层闪闪发光的包装纸。

"太美了。"看到里面那个特殊的纪念品，她惊叹道，"这是我的幸运星。"

"还有我的心。"

那是一颗黄色的小星星，是她几年前为我和史蒂夫制作的两个装饰品系列当中的一个，上面刻着一个"是"（be）字。我在沃尔玛超市发现了一套简易的黏土装置，便用这套装置雕刻了一个四英寸长的心形陶胚，把它放在烤箱里烘烤，并给它涂上了冬青浆果红色。我用一只白色的颜料笔，在上面写下了"恩典"（grace）这个词。最后，我把小星星放在心形的上面，用一根浅绿色的细丝带将它们串在一起。这样连起来后，上面的字就成了"心怀感恩"（be grace）。

"我觉得这个东西代表着我俩的合作。"我这样告诉我的朋友。

奥古斯丁修女仔细地端详着这件装饰品，放在手心翻来覆去地看。她摩挲着心形光滑而不平坦的表面——那是我亲手做的作品。在背面，我画了一个天使，还刻了一行字："献给奥古斯丁修女，您的头号粉丝约翰·施利姆敬赠。"

她把这件装饰品放在胸口，望着桌子对面的我说："我会永远珍藏它。"

"您能喜欢，我很高兴。"

"我非常喜欢！但我没有东西回赠你。"

"修女，千万别这样说。您已经给了我最好的礼物，整整五年了。"

"你太容易满足了。你在这里走过的每一步，上帝比我更知道如何给你奖赏。"

"我们前面还有很长的路呢，我的朋友，现在才刚刚开始呢！"

奥古斯丁修女笑了。"如果上帝愿意的话。毕竟，他是老板。"

我只有点头的份。

这件事毫无疑义。

第七部分

第二十一章

借来的时光

二月的第三周，带着一份邀请和一些好消息，我来到了修道院。匆匆穿过商店，我注意到，奥古斯丁修女已经重新将货架和中心"小岛"摆满了物品。三个月前那次成功的圣诞节开放日过后，它们空空如也。前两周，我在大学忙碌而没能来陶瓷店，在这期间，许多新陶器陆续上架了，其中包括一件特别的"格西特制"。那是一个高花瓶，仿佛被喷上了深蓝色、绿黄色、长青绿、棕色、白色和闪烁的红色——它是"小岛"中央引人注目的焦点。

我的朋友坐在马蹄形桌子后面的角落里。托米和海蒂正在工作室里追逐打闹，跑向唯有它们才知道的终点线。

我还没有来得及宣布带来的消息，奥古斯丁修女就开口说道："我真高兴你来了。我要给你一个惊喜！"

这句话如音乐般悦耳。"是什么呀？"

她站起来，招呼我随她到里屋。我头一回注意到，她现在在室内也使用拐杖，而以前她只有外出旅行时才用。我尽量让自己不要盯着那根简单的木棍胡思乱想。然而我意识到，许多时候，我们故意选择对近在眼前的事物视而不见。

"您近来很忙呀。"我说，"前面的房间又满了。"

修女回过头来微笑着说："是啊，我得充分利用每一分钟。我还完成了开放日的所有特殊订单。"

"那可有将近一百个订单哦！"

"没有时间浪费了。"她以一种前所未有的紧迫语气说道。

"那个'格西特制'花瓶是新的吗？我记不起来了。"

"我这周才烧出来的。"修女回答说，"这就是你没有见过的原因。"

"看起来像街头艺术或涂鸦。"我评论道，"这些笔触看起来就像您用了一听喷漆，画面冷静，轮廓分明。"

修女摇摇头，咯咯地笑了起来。"我希望自己有你那样的想象力，还有你使用的那些词汇。"

我很肯定，没有人把修女的作品比作涂鸦，但是这件器皿的确有那种感觉。难怪班克斯 [1] 会对这种艺术如此迷恋。

1　英国街头涂鸦艺术家。

"您可以创造出更多那种风格的'格西特制'。"我建议道。

奥古斯丁修女朝我挥挥手，露出顽皮的笑容，把我带到了一张长桌前。这张桌子将里屋纵向地一分为二，一张雪白的床单覆盖住桌子，让人想起古代那些大理石浅浮雕。这张床单很薄，下面隐约若现的连绵起伏的线条让人浮想联翩。

修女转过身来微笑着对我说："过去一整周，我都在忙着做这些东西。我当时希望你不要过来，这样就能给你一个惊喜啦。"

我再也无法抑制住激动的心情。

修女拄着拐杖，靠着桌子，双手掀开床单。"嗒嗒！"

我愣了一会，才看清面前这两百个小小的泥灰陶坯。"爱之鸽和圣景天使！"

修女被我的反应逗乐了。"它们现在还是陶坯，我还没来得及在鸽子上面写上'爱'字，但我想，你一定会很激动地看到，为了今年的装饰品，我已经开始启动了，尤其是现在距离开放日还有九个月。"

"我真不敢相信您做了这么多东西，完成了开放日的所有订单，还为商店添置了新物件。"我俯下身去，手指轻轻划过这些清凉、湿润的鸽子和天使。我们前面讨论过，爱之鸽将会涂上茶玫瑰色，而圣景大使会上一层透明釉，好使它们如圣诞节的雪花一样洁白。"您真是大有斩获！"我说，"这些东西太棒了。"

"永远不要把明天当作理所当然的。"我的朋友说。

我竭力克制自己不去看面前那根木头拐杖。

"太好了!"我高兴地说,"这些做好了,我就能够尽早宣传它们,当然,还有您。"我们之前讨论过,与和平鸽一样,这两款限量版的装饰品有一半会在开放日之前提供给顾客,以制造出轰动效果。剩下的一半将会在十二月活动当天销售,好让那天充满惊喜和愉悦的气氛。

我对奥古斯丁修女有个大计划,想在下半年让她的故事出现在全国性的媒体上。既然她本人和作品在当地已经家喻户晓,是时候将她介绍给更多的观众啦。毕竟,她的作品已经散布在美国的每一个州还有国外,这都是逐渐积累的,大部分是在她做这个生意的早年阶段。那个时候,来自全国各地的游客——大部分是圣玛利斯曾经的居民——都会来小店驻足,将修女的作品当作纪念品带到自己的新家,或将它们送给海外的朋友。现在,这种情况越来越多,因为人们以新的方式认识了奥古斯丁修女,开始了解到她是一位颇具天赋的艺术家,而修道院的背景又为她的故事增添了绚烂的色彩。

由于大众对修女的作品重新燃起了兴趣,我估计到年底的时候,修女制作的"格西特制"将会超过五百件。我将许多彩碗当作礼物送出,包括送给我那些著名的朋友,这一做法让修女很高兴。一天下午，我带给修女刚刚收到的一封来自前第二夫人蒂珀·戈尔的信，并将有关她的那段念给她听："非常感谢你送给我修女制作的精美的'格西特制'，它和我那间有着浅绿色墙壁的家庭办公室非常相配。我很喜欢！"我告诉修女，蒂珀白宫的办公室在一间大套房里，套房里还有副总统的办公室，而她的办公室被涂成绿色——那是她最喜爱的色彩。因此，我央求奥古斯丁修女将一只大碗绘成绿色，送给蒂珀——她一直是我一位特殊的朋友——作为生日礼物。我还将"格西特制"送给了好友伊桑·左恩和詹娜·莫拉斯卡，他俩是哥伦比亚广播公司热门真人秀节目《幸存者》的赢家。从政界到娱乐界，通通可以用修女的艺术品搞定。

看着面前两百件鸽子和天使，听着修女讲述她上一周如何加班加点做这些，就为了给我一个惊喜，我的脑海中响起了美妙的和声——"奇异恩典，何等甘甜……"

"您什么时候能完成这些？"我问。

"我尽力在接下来几周做好，但我先要完成一些新的圣景订单，我也想早些完成你的那些复活节彩蛋。"

"我等不及想看看那些彩蛋会是什么样！"修女有这么多进行中的项目，这太让人激动了。我曾请求奥古斯丁修女为我做一打复活节的小陶瓷彩蛋，正如几年前她为史蒂夫和我做的圣诞节装饰品那样。每个彩蛋上将会刻上一个词语，比如

"爱""希望""和平""恩典""喜乐""敬畏""欢笑"等等。一月初，我们花了一整个下午讨论她该给那些彩蛋上什么色，刻哪些词语。

我们最后决定，在这组彩蛋中，将会有一个极其特别的第十三个彩蛋。那将会是一个红色的蛋，对我的朋友而言具有特殊的意义。当修女还是一个小女孩时，在农场的每个复活节早晨，她的父母都会将一颗绘好的彩蛋藏起来，让孩子们自己去找。她的父亲总是将其中一个彩蛋绘成鲜艳的红色，找到这颗红蛋的孩子将会得到巧克力作为奖赏。我们决定，让修女在我的红色彩蛋上刻上"诺克斯"（Knox）这个词。

"彩蛋的陶坯已经在桌上了。"修女告诉我，"我也计划着早点将它们做完。当你今天走进来的时候，我正准备在它们上面刻字呢。今年的复活节是一百年来来得最早的，因此得抓紧时间。"

我帮修女用床单将爱之鸽和圣景天使重新盖起来。我知道，等我下一次见到它们时，它们将会被涂上一层釉，闪闪发光，正如修女和我所计划的那样。我还会做一些标签，系到每个陶器上。

我们朝工作室的薄荷绿纺锤椅走去。路过后面角落的台子时，我看见上面摆着一打复活节彩蛋。它们现在还是泥灰色，极其脆弱，等待着刻字和第一轮烧制，然后再被涂上五颜六色的釉彩。我把修女要在每个彩蛋上刻的字写在一张纸上；现在，那张纸就摆在一旁。

托米和海蒂之前追逐打闹的游戏显然结束了，胜负未分。它们两个此刻正在闲逛，对周围世界漠不关心。

"你不介意我在我们聊天的时候绘制这些圣景像吧？"奥古斯丁修女一边问着，一边坐到了马蹄形桌子中间的椅子上。她把拐杖靠在身后的桌子上——幸好放在这样一个我看不见的位置。

"不介意，您继续做吧。"我也坐上椅子。

"这样我就会做得更多。"修女告诉我，"有这么多东西要做，我必须充分利用时间。"

"谈到充分利用时间，我要邀请您做件事，还要告诉您一个好消息。您想先知道哪个？"

我的朋友从正在绘制的婴儿耶稣圣景像上抬起头来。"先听好消息。"她的眼睛中闪烁着亮光。

"我联系的一家出版商有意向看我的稿件，他们看起来对这本书很感兴趣。"

"太棒了！"

"这件事还没有最后敲定，但无疑往前迈进了一步，显然比拒信好多了。"把简短的出版计划而不是洋洋洒洒的手稿寄给出版商，这一招看来奏效了。我告诉自己，活到老，学到老。

这些天来，我的自信逐渐提升，人也重新焕发了活力。

"都在上帝的时间里。我对这件事很有信心。"修女说，"我把你的事交托在我们这儿的祷告清单里，迟早，上帝会让步，要不然，他会一直听到我们所有修女祈求让你的书早日出版的祷告。"

我哈哈大笑起来。"我想不出有什么比你们所有人的祷告更好的支持了。"

"如果上帝也尝一口你带给我的巧克力，我想他可能会亲手把你的手稿交给出版商。"修女微笑着看了看我，然后注意力又回到了婴儿耶稣上。他的眼睛闭着，像一眉新月，平和安宁，颜色是沉香木色，和她此刻正在绘制的头发一样。

"现在要说说邀请的事啦。"我宣布说，"这个学期，我在大学里的公共关系课堂上提到了您的事迹，学生们叫我邀请您到课堂上和他们聊聊。"

我停顿下来，好让奥古斯丁修女听明白是怎么一回事，同时仔细观察她的反应。我知道她很少离开修道院，更不用说去到一所大学校园，尽管不久前，在"城中话题"的采访节目中，她说过自己并不介意坐车去乡下。我每天驾车一小时到校园正好穿过乡间。

婴儿耶稣再次被搁置起来，她把它放在了膝盖上，抬起头。"他们想要我去课堂上？"

"是的，我告诉他们所有关于您的故事，'格西特制'、开放日、采访和文章。我甚至还给学生分发了几篇报刊文章，作为促销写作的范文。他们觉得亲眼见见您，从您这听听故事，一定是件很有意思的事情。"

"你想要我说些什么？"

"不要担心，他们并不期待来一场'山顶布道'[1]。"我咯咯地笑了起来，"只要说说您的生活，您的工作，还有这个商店。他们是很容易满足的听众。大部分人可能还从未在生活中见过真正的修女呢。"

修女的脸亮了起来，随即红了。"你希望我什么时候去？我最近非常忙。"

我激动地咬住了嘴唇。这并不是我原以为会得到的斩钉截铁的拒绝，正如早几年可能会遇到的情况。我开心地笑了。"我打算四月份带您去我的课上，在复活节后，等您把现在这些活差不多干完了，我就立即带您去。"

奥古斯丁修女想了一会儿，婴儿耶稣和我都在耐心地等待。终于，她说道："那一定会很有意思！"

"这么说您同意了？"

---

1 《圣经·马太福音》中一段十分精彩的文字，集中表述了耶稣的教义和基督教的基本精神。

"是的，我打算去。"她肯定地说，然后又补充道，"要看上帝的意思。他是老板，我永远也不知道他明天会对我有什么安排。"

"我想上帝一定会很高兴您去到大学校园和年轻人聊一聊的。"我说，"他们已经被您的故事所激励。我迫不及待地想让他们见见您。您可以教导他们许多东西。进到课堂上，您会将珍惜光阴的理念带至新的高度。这将是您讲座之旅的开始！"

"你说是就是吧，约翰。"修女咯咯地笑了起来。她已经画完了婴儿耶稣马槽里那条粉蓝色的毛毯。

我静静地看着我的朋友在四英尺开外的桌子旁忙碌着，这一看就是五年。她那只上了年纪的手轻柔地握着一支尖细的画笔，此刻正在优雅地给婴儿的嘴唇和胖嘟嘟的小脸蛋绘上一层红晕。

想到我为奥古斯丁修女安排的计划，我越来越激动，这些计划如今就要变成现实，正如我自己的写作梦想和为人师的新生活一样。在内心深处，我清楚地知道，这一年将永远改变我俩的生活。

我有宏大的计划。

第二十二章

黑　暗

　　三月上旬的一个午后，在驱车前往修道院的路上，我不禁想，这是我第几次驾车穿过小镇，行过这一英里半的路程，前去看望奥古斯丁修女。应该有上百次了。现在，即使闭上眼睛，我都知道怎么往那里走。春假[1]即将到来，我计划前往纽约度假并开会，而我的学生们则会涌向海滩，或去寻求其他探险。这将是我休假前夕最后一次探望修女。天色灰暗，阴云密布，冰冷的风似乎在宣告冬天仍迟迟不肯离去。

　　我想修女可能已经做好我的复活节彩蛋了；我还打算买下上一回见到的那个涂鸦花瓶，以及看看她是否在爱之鸽和圣景

1　美国学校的假日，一般是在三月到四月之间，每个学校放假时间早晚略有不同。这大约一周到十天的假期意味着春天的来临和欢乐时光的到来。

天使的制作上取得了进展。我已经开始思考圣诞节开放日的新闻发布会，以及几个月后要介绍给修女的国家级媒体名单了。此外，我还迫不及待地想告诉修女，在听到她四月份要来课堂后，我的学生们都非常激动。自从我告诉学生修女接受了他们的邀请之后，他们每堂课上都会提起此事。

与往常一样，我用手划过风铃。音符穿过寒冷的空气，告诉奥古斯丁修女我来了。

我转身开门，这才注意到商店和工作室灯都是暗的。外面的光线洒向室内，像大颗大颗的眼泪。

门锁住了。我看到玻璃窗上贴着一张字条。上面的字是用印刷体写的，我立刻知道那不是我朋友的笔迹。

我把便条读了一遍，然后又重读了一遍：

"店主生病，陶瓷店停业，开业时间另行通知。"

从外面看向里面时，我忽然想起了几年前一次午后的谈话：

"修女，您害怕死亡吗？"我问我的朋友。

"不害怕。每个人都有权得到他们应有的奖赏。"

"您最好别太早计划着得到奖赏。您还有很多事情要做呢。"

"唯有上帝知道答案。"她说，眼睛里闪烁着亮光，"你知道，我的许多家人都突然离世。如果哪一天你过来时发现我不在这，不要太过惊讶。"

我深深吸了一口气。那一天来到了。

风铃此刻静默不语。在被锁住的门前，我伫立了几分钟，静静地望着商店和工作室。中心"小岛"上那只孤零零的"格西特制"让我很伤感。我们的距离如此之近，然而又是如此遥远。只要看看这个花瓶，我就得到了一丝慰藉，仿佛奥古斯丁修女在透过它与我交流，安慰我。

我的目光转向工作室尽头的一个角落，想看看我那些复活节的彩蛋是不是还在那里，等待被刻上字，涂上釉。角落上方是一个空空的地方，有只鹰曾经一度在那儿守卫。再往里就是里屋，我能够想象得到，那两百只素瓷鸽子和天使正平静地卧在一块白色的床单下面。它们不会意识到发生了什么，只是静静等待着。

未完成的工作，还留待完成。

在修道院的地界上，除了修女的商店和工作室，我很少去到其他地方。此刻，她就躺卧在主楼的某处角落，在这些远离尘嚣的宅院内，在我到达不了的某个地方。我从门口走开，手指温柔地划过那串风铃。我抬起头，看着修道院那一扇扇窗户，每一扇都是昏暗的，没有阳光给它们带来生机。

我停下来，沉思了一会儿。我再次用手划过风铃——重重地掠过。

　　不管奥古斯丁修女在里面什么地方，也许她能听到风铃声。她会知道，如果她需要我，我就在那里。

　　她曾经告诉过我："生活中最重要的一件事情就是出现。"

　　我希望我的朋友知道我来了。我很快就会回来。

第二十三章

进到光中

第七日，神造物的工已经完毕，就在第七日歇了他一切的工，安息了。[1]

电话铃声是在礼拜六下午三点响起的，那天刚好是复活节的前一天。我去了趟纽约，受难日[2]那天刚刚赶回家。尽管我在大苹果[3]的时候一直忙着与朋友聚会、休息和放松，心头却一直惦记着奥古斯丁修女。自从帕蒂自愿到"小玩意和大珍宝"礼品店帮忙后，她和许多修女成了朋友。在我离开的这段时间，她几乎天天向我汇报我朋友的情况。奥古斯丁修女患上了充血

1　出自《圣经·创世纪》。
2　复活节前的礼拜五。
3　纽约的别称。

性心力衰竭症，再加上年老体衰，她终于病倒了。

在电话的那一端，帕蒂让我到修道院去探望奥古斯丁修女。她的话音很沉重，但却没有特别说明什么。我上一次探望修女是在几周前，那时她还没有生病。然而，我知道，我的天堂董事会的名单里将要增添一名新的超级明星。

我很快换好衣服，离开家，驾车朝小镇西边驶去，正如五年前我所做的那样。

数分钟后，我和玛格丽塔、德洛丽丝两位修女站在了一条很长的走道上，那条长廊上除一扇门开着以外，其余的都关着。走道中间，阳光透过打开的卧室门倾泻下来，洒下白色和金色的光辉。

"她在里边。"玛格丽塔修女说，朝那束光微笑着点点头。

我睁大了双眼，犹豫不决，就像任何人预感到要做某件永远改变他们人生的事情那样。

然后我听到她的声音，如此熟悉亲切。"我一直在等你。"奥古斯丁修女的声音从屋里传来，"我想听听你的旅行故事！"

我朝玛格丽塔修女和德洛丽丝修女咧嘴一笑。"依然如故。"我说。

"我们在这儿等你。"玛格丽塔修女微笑着回应我。

"好的。"我低语道，仿若在分享一个秘密。我对这两位女士心怀感激，她们就像一对守护天使，领我进入让人生变得特别的一个重要时刻。

我转过身，走进这光中。

走进那扇打开的门时，我变得坚定起来——这次的探望和过去几年来上百次来访并没有什么不同。

"您好！"在门口的时候，我大声地打招呼。修女躺在靠里面的一张床上。她并没有穿平常的修女服，而是穿着一套浅色的病号服，头上戴着一顶白色的小帽。我看到，有几缕灰白的发丝漏了出来。在她旁边，从三连窗往外望去，可以看到修道院的前庭通往教堂街。金色的阳光洒在她身上，将整个房间用温暖和平和包裹起来。

"你什么时候回来的？"奥古斯丁修女微笑着问道。

"我昨天才回到家。"我告诉我的朋友，"我不太确定……"我的话只说了一半。

我坐在病床旁边的椅子上，那刚好是一把薄荷绿纺锤椅。

"你的旅行怎么样？"

我开心地笑了。"我要告诉您一个好消息。"

"什么好消息？"修女睁大了眼睛，满怀着期待。

"那家看过我手稿的出版社……答应要出版我的书了。"

"哦，你的这本大作终于要出版了！"修女激动地说道。此刻她和我一样神采奕奕。

"您能相信吗？这么多年了。"我说，"终于发生了。"

"是的，我相信。上帝的时间。"修女说，"那条充满了拒绝的道路终于有了回报。"

"还有一个消息，您肯定会喜欢的。"我接着说，"到纽约后，我做的头一件事就是去参观圣帕特里克大教堂[1]。那里有一尊传道者圣约翰的雕像，当我去纽约的时候，我总会去瞻仰这尊雕像。平常总有许多游客在拍照，我只好在一旁等着他们先拍完。他真的是一名非常做作的演员……"

修女咯咯地笑了起来。

"这一次也没有什么不同。我一直等到其他人拍完照，然后才在雕像面前点上蜡烛，感谢他庇护这本书最终得以出版。祷告和永不放弃是这件事成功的关键。"

"你很幸运，能够以他的名字命名。"修女说，"但我认为这不是什么巧合。你们两个非常合适。他会在你当作家、老师和艺术家的职业道路上引导你，也会在你生命中的其他事上引导你。"

"我当然希望如此。"

"约翰，你前面还有许多奇妙的工作。"奥古斯丁修女说，"在你的生命中，你会做许多精彩的事，许多你从未想到过的事。这个世界将会因着你所做的事，因着你心中的同情而变得更加

1　美国最大的天主教堂。

美好。我相信这一点。"

"就像您一样。"我插嘴道。

修女笑了。"我从来没有想过，在八十七岁的年纪，我的人生还会掀开新的一页，而且这些年一直在续写着。如果那天你没有走进我的商店，我就不会开始这个新的篇章。这件事说明，生活永远会给你惊喜，会教给你新的功课。"

"您还有许多事没有做完呢。"我说道，想起了那些爱之鸽和圣景天使陶坯，以及在她的工作室和商店等着的其他一切。还有我为她制订的计划呢：去我上课的课堂、更多的记者见面会、更多的项目——比方说传道者圣约翰的雕像，我希望她能够从头做一个，这件事我还没有来得及和她谈起。我们才刚刚步入正轨呢。

修女笑了笑。"这就是生活的意义：留下一些没有完成的作品，你走了之后，其他人可以继续接替下去。"她告诉我说，"这条路没有起点，也没有终点。"

走进房间没多久后，我就注意到，那道将黑夜和白天分割开来的线照在我左边的墙上。在我和修女聊天的前几分钟，那道光线一直徘徊在天花板上，随着夕阳西沉，这道光线也渐渐移到了窗帘上。

现在，外面那束温暖的光移到了修女床头几英寸高的地方，罩住了我俩；然而，几分钟后它就会消逝。

我知道，我只剩问最后一个问题的时间。

"修女，我怎么样才能进到天堂？"

奥古斯丁修女看着我的眼睛。"我们已经讨论过这个问题。"她回答道，"很多次了。"

"有吗？"

我的朋友点点头："自从我们第一次见面以来，我们每次的讨论都是如何过一个圆满的生活，这些问题最终都指向天堂。"

那一刻，我豁然开朗。

用感恩拥抱生命中的喜乐与悲伤；原谅那些伤害过我们的人，把他们视作我们的老师；用博爱和忍耐连接我们的同伴；打开我们的心灵，挖掘我们真正的潜力和天赋，然后用这份天赋去帮助他人，回馈世界；接受他人的本来面目，接受上帝造我们的样子；认识到改变也是一件好事，明白惧怕是我们可以逾越的高墙，懂得简朴的东西大有力量；透过上帝赐予我们的不同眼光，来看待上帝和他的恩典；生命是宝贵的；每一刻都是新的起点——这些都是同情和谦逊的道路，任何人都可以借着这些道路通向天堂。

在奥古斯丁修女的帮助下，过去的五年光阴将我彻底改变。从困惑迷茫、担惊受怕到通达透明、满怀希望；从一个失意绝望、紧紧抓住一个不确定的未来的青年，成长为一个充满自信的人；

我相信回到家乡追寻一条更加简单和真实的道路并用心拥抱激情是正确的选择。当初我曾迷失，如今我已拥有指导性原则的根基可供效法；曾经我呆呆地伫立在生命的十字路口，如今我有力量迈出脚步，迎向前方的道路，不管黑暗还是光明。

耶稣的话语掠过我的脑海，那是《约翰福音》3 章 3 节："人若不重生，就不能进神的国。"

我深深地吸了一口气。我已焕然一新。

"一路走来，您给了我很多的引导。"我对奥古斯丁修女说，"您是我的指路明灯。"

"你也引导了我。"修女说，"你也是我的指路明灯，恐怕你自己都没有觉察到，你以那么多的方式指引了我。"

"我有吗？"

奥古斯丁修女朝我眨了眨眼。

墙上的地平线如今已轻轻触到了她的头顶。

"我想我该离开了。"我极不情愿地说道，"有什么我能为您做的吗？"

"你能帮我把枕头垫高一点吗？"

"没问题。"我站起身，修女往前倾了倾身体。我将一只手放在修女的背上扶住她，另外一只手把两个枕头抬高了一点。"这样就好点了。"我说着，帮她把头靠回枕头上。

"谢谢你。"她说，眼中闪烁着亮光。我知道自己永远也不会忘记这亮光。我也知道她这声谢谢不仅仅是指我拉枕头的举动。

此刻，修女从床上抬起头来看着我。她沐浴在金色的阳光中，而这道光即将在这个房间里消逝。

"我爱您。您知道这点，是吗？"我说。

奥古斯丁修女笑了。"是的，我知道。我也爱你。"

我朝她微笑，停顿了一会，注视着她那双闪亮的眼睛。

然后，我转过身，走出了房间。

玛格丽塔修女和德洛丽丝修女在走道里等着我。她们安静地带我穿过来时的长廊，走上台阶，到了礼品店旁边的门。

"谢谢你们。"我轻声说。

我不再犹豫，打开门，朝着那个正在另外一边等候我的世界走了出去。

第二十四章

奖　赏

复活日，星期天。

我和家人在堂兄家度假。那是一个阳光灿烂的温暖日子，天色出奇的碧蓝。对于我们这里的三月而言，这是一个难得的好天气。这样的日子里，你会只想躺在草坪上，望着蓝天白云，任由时光流逝——你的心灵早已飞向了某个地方。

黄昏时分，我回到家中。电话应答机上有一则语音留言。

小小的盒子上，数字键"1"不停地闪烁着红灯。我按下了接听键。

玛格丽塔修女的声音传来："约翰，我要告诉你一个消息——奥古斯丁修女今天早晨离开我们了。"

我呆呆地盯着电话应答机和那个不再闪烁的数字"1"，慢慢地消化着刚才那番话，渐渐意识到这一切都是真的。

我望向窗外，朝着西边的方向——晚霞是那样绚丽，就像"格西特制"上的色彩。我听到了天空回荡着我的朋友几年前说的一句话："每个人都会得到应得的奖赏。"

我露出了会心的微笑。

致　谢

　　奥古斯丁修女曾经对我说："约翰，每一个故事都有它被讲述的时刻。"

　　确实如此。

　　若没有我的挚友兼经纪人史蒂夫·特罗哈的坚持，这本书永远不会写成。在一个阴郁的冬日午后，正是他通过某种神圣的介入，领我头一次去到奥古斯丁修女的商店和工作室。在修女去世五年之后，史蒂夫鼓励我将这个故事写下来，然而我怀疑自己能否写出来——这个故事是我个人的经历，珍藏在我的心底。我和修女之间无话不谈。

　　但史蒂夫一直在温柔地催促我，因此，几年前我恳求奥古斯丁修女送给我一个特别的兆头——一个唯有她和我才知道的秘密。如果我收到了这个兆头，我就会有信心把我俩的友谊和她教给我的功课与这个世界分享；倘若我没有收到这个兆头，我也会感到平和，因为我知道，我从她那里学到的功课会贯穿于我的日常生活，以及我现在所做的各项工作之中。

光阴流逝，我继续在大学里教书，同时写更多的烹饪书，完成更多的艺术作品，四处旅行，结交来自各行各业的朋友。一个普通的午后，正如几年前我坐在薄荷绿纺锤椅上与桌子对面的奥古斯丁修女交谈一样，那个兆头不经意地来了。"上帝的时间。"我心底的声音轻声说。我打电话给史蒂夫，告诉他我第二天就开始写作。我真的这样做了，于是有了呈现在诸位面前的这本书。

※

致 Folio 文学经纪公司的史蒂夫·特罗哈——

感谢你在整个过程中扮演的角色——你是这个故事的守护者，把它带到 Image 出版社这个家，带到了千万读者的手中。同时，你还是我的挚友，是我生命中另外一位重要的老师。

致我的编辑加里·詹森——

你是这个世界的一道亮光。我俩的道路在这本书中相逢。我相信，奥古斯丁修女此刻一定在朝你微笑，正如我朝你微笑一样。你用细心和热情一路守护着这个故事，让它变成了白纸黑字，使得它此刻能够感染各个年龄段的读者。

致在这五年间采访奥古斯丁修女的媒体朋友——

谢谢你们帮助我将奥古斯丁修女以及她的作品推向世界，也帮助修女认识到她的人生还有最后一个精彩篇章。

致帕蒂·伯登——

谢谢你在奥古斯丁修女的商店和工作室陪伴我走过那么多旅程，言语无法诉说我的感激之情。

致艾克县本笃会的修女们——

谢谢你们让我分享你们的格西。在过去的 160 年间，你们在我们这个小镇传承了珍贵的遗产，愿上帝祝福你们每一个人。

致 Image 出版社的团队——

正是因着你们的努力，奥古斯丁修女和我的故事才能够来到这个世界，无数读者才能在本书的答案中寻找到他们自己的意义。谢谢你们帮助我成为一个用笔传递信息的使者。

致出版商吉尔达·斯夸尔与西蒙·库珀——

你们心地善良，才思敏捷。感谢你们在出版这本书的过程中所扮演的角色，谢谢你们让书中的信息得以传播出去。

致 Folio 文学经纪公司的德维斯凯迪克——

感谢您从一开始就对这个故事的支持和您的专业眼光，感谢您与我分享您喜欢的艺术与艺术家。愿您的人生旅程充满光和冒险。

致过去五年来与我相逢的朋友，以及那些一同走过这段旅程的朋友——

奥古斯丁修女和我将你们的善良和慷慨永远铭记在心。你们的奖赏是大的。谢谢诸位。

　　最后，致奥古斯丁修女——

　　我往天堂望去，脸上露出一个大大的笑容！待我们再次重逢，我亲爱的朋友……

暖暖的爱　智慧的光

　　十多年前，我还在念高中，当时有一本书风靡一时。有一天，我不知从哪里得到这本书，在一个安静的周末午后读完。书中讲的是一名离开校园多年的学生和即将离世的教授之间的故事，学生每周二下午都会乘坐飞机来看望老师，与他聊天，谈论人生。

　　我的心被这对师生之间真诚的对话深深触动，但也就是一会儿，两人谈论的一些话题，比如对衰老的恐惧、死亡等，仿佛离我太过遥远。书中探讨人生这样恢宏的命题，而我当时的人生就是不停地做习题，希冀用这些题目换取通往大学的门票。

　　十多年后，我走过了二十岁到三十岁的时光。迷茫过，彷徨过，忧伤过，最痛苦的时候是缩在一个时常有老鼠光顾的小宿舍里发呆，不知道未来在哪里。想找人倾诉，却四顾无人，我想起了多年前看过的那本书，那些睿智而充满温情的对话。只是，去哪里寻找这样一位人生导师呢？

如今，我也遇到了这样一位年轻人。他过了而立之年，来到了人生的十字路口。顶着世界名校的硕士帽，却连高中的教职也求之不得；离开了繁华的首都和热闹虚幻的娱乐圈，却在家乡小镇找不到归处；怀着美好的愿望写作一本书，却屡遭碰壁。于是，他开始怀疑，怀疑自己当初所做的追随内心的决定。

一个寒冷的冬日午后，他推开了一家陶瓷小店的门，看到了一位慈爱的修女，满室的温馨让他暂时忘却了冬日的严寒，绚烂的色彩调动了他每一处感官。他的好奇心被掀开，一股温柔的力量牵引他随后不时造访这家小店。这间陶瓷小店成了他的课堂，修女成了他最知心的朋友。年轻人向年迈的修女奶奶倾吐他所遇到的各种问题和困惑，修女这位天生的艺术家和老师总能为他答疑解惑。冬去春来，光阴静静流淌，两把薄荷绿的纺锤椅，见证了两人共度的时光和真诚的友谊。

我也在一个冬日与这个故事相逢，被这个故事打动。我喜欢这个看似平淡无奇却意蕴深厚的故事。然而很多次，当我想找一个准确、更准确的词语来呈现原文的意境时，就像故事开头的作者一样——电脑上的光标不停闪烁，他不再有答案——而我也不知道该如何传递一个词、一句话、一种心境。我生怕自己拙劣的译笔会影响这个故事原有的美好。

译后记写到这里，我暂时搁笔了。又一个冬季来临，我终于把译稿交给了编辑去进行后期的校对，着手做前往大洋彼岸访学的准备。在我心中，深藏着一个愿望——我渴望去探访书中的修道院，哪怕在里面走走也好。我希望在那里探寻到一些灵感，对译稿进行更好的润色，将写了一半的译后记画上一个句号。

访学的间隙，一个明媚的五月，当我终于有机会乘坐旅游巴士进入宾州的地界时，心中却涌起淡淡的失落。此前，通过与作者的邮件交流，我得知修女的教堂已经人去楼空了。汽车一路前行，驶过广袤的原野，当那郁郁葱葱的树林、清澈的溪流、教堂的尖塔、宛若童话故事中的小屋在眼前一一闪过时，我终于释怀。这片土地安静美好，在山的那一边，或许就是修女的家园吧。

我想起在阳光明丽的加州，我也遇到了这样一位老奶奶。她的名字叫伊莲，没错，就像一首歌里唱的那样。八十五岁高龄的她仪态优雅、手脚敏捷、待人真诚，微笑起来有如少女般天真，眼眸里也时常闪烁着亮光。

她开车带我们国际学生外出购物，每周末邀请我们去她家聚餐，教我们制作复活节彩蛋，优雅地享用英式下午茶，如何做绅士与淑女……

在她家简朴却精致的院子里，灿烂的阳光倾泻下来，花香满园。在那里和她畅谈，你会觉得，她生来就如此幸福，她应该从小像小公主一样被呵护长大。然而，她童年就失去了父母，在不同的亲戚家成长，度过了清贫的少女时代。因为害怕失去，大学时遇到心爱的人却差一点不敢答应；因为共同的信仰，他们最终相伴走过了五十多年，老伴先她而去。她富有吗？她住的房子位于没有产权的老年社区，但房间里格外温馨，处处留下她丰富一生的印记。她的晚年生活忙碌而充实，因为她把爱倾注在了他人身上。

其实，在短暂的访学日子里，我遇到了不止一位如伊莲奶奶这般善良、睿智的老人，他们常常让我感动不已。我想，我有幸将奥古斯丁修女的故事介绍给中国读者，又能在现实生活中与像伊莲奶奶这样的人相遇，这何尝不是一种恩典呢？

伊莲老奶奶教会了我什么呢？我想，和本书作者从修女老奶奶那里学到的一样：

用感恩拥抱生命中的喜乐与悲伤；原谅那些伤害过我们的人，把他们当作我们的老师；用博爱和忍耐连接我们的同伴；打开我们的心灵，挖掘我们真正的潜力和天赋，然后用这份天赋去帮助他人，回馈世界；接受他人的本来面目，接受上帝造我们的样子；认识到改变也是一件好事，明白惧怕是我们可以越过去的高墙；懂得简朴的东西大有力量；透过上帝赐予我们的不同眼光，来看待上帝和他的恩典；生命是宝贵的；每一刻都是新的起点——这些都是同情和谦逊的道路，任何人都可以借着这些道路走向天堂。

亲爱的读者，愿这些话语能够温暖和感动你，因为在这些话语里，有暖暖的爱，有智慧的光。

2016 年 6 月初稿于美国加州
2016 年 10 月修订稿于桂林